U0004887

女族記事

〔小說〕

利格拉樂·阿𡠄（Liglav A-wu）

——————— 著

晨星出版

穿越煙霧，向光前行

一部難以定義的小說

散文集《祖靈遺忘的孩子》八年後，阿媽的長篇小說《女族記事》問世，以往散落在她超過二十年的作品中，以單篇散文各自展演生命故事與情感經驗的部落女性，在這部小說中，以不同敘事線交織互涉，形成一部名符其實的「女族記事」。

然而，這部小說不只是一部女族記事，更是原住民女性書寫者筆下第一部從女性家族的視角側看台灣史的長篇小說，它不僅有大歷史的圖形輪廓，更展現原住民女性在時代變換、政權更替的歷史浪濤中，如何面對與抉擇，如何堅定意志，守護傳統，走自己的道路。無論從原住民主體抑或女性主體來看，都極具意義。

原住民女作家書寫長篇小說，泰雅族里慕伊‧阿紀是最主要的實踐者，目前兩部長篇小說，《山櫻花的故鄉》

以堡耐・雷撒一族的遷移與歸返為主題，而《懷鄉》則以女主角懷湘超過一甲子的生命史，映寫泰雅族三代家族史故事。作為第三部由原住民女作家書寫的長篇小說，《女族記事》與前兩部的差異，當然是於泰雅和排灣兩個族群的社會結構和文化體制不同，其所展現的家族史視角各有殊異，《女族記事》的最大特色，正是從母系社會女系家族的角度，建構了跨越數代的女性家族史。

《女族記事》很難定義，它是女性家族史小說，與此前諸多女性家族史小說相同，男性角色大都模糊隱身其間，但兩者又有很大差異。以往的女性家族史小說中，男性雖不曾現身，卻總是強大地在場，經常是牽動故事發展的主線，甚至是撥動女性角色生命曲調最重要的那根弦，而《女族記事》則不是，男性角色確實退居次線，女性角色鮮活立體，隱身次線的男性角色也不是強大的背後靈，但這並不是基於任何女性主義理論的書寫策略，而是一位出身排灣族母系社會的原住民女作家，對於女系家族與部落傳統的紀實繪寫。

另一個差異是，以往的女性家族史小說，大都聚焦於個人史與微觀史，觸及大歷史與公共史者，雖有但不多，而《女族記事》除了女系家族史之外，最獨特的地方是從女族記事側看台灣史，從小歷史微觀史側寫大歷史公共

史。這並不是說大歷史優於或重於小歷史，而是因為這部小說的主角，是排灣族不同世代的頭目家族掌家人，是部落王國的女性領導人，她們的個人史與家族史，就不得不與部落整體歷史有關，而日本殖民體制與漢人政權的政策，也不得不與她們產生或直接或幽微的關係。

也因此，這確實是一部難以定義或者超越一般定義的小說，它是女性史、女系家族史、部落史，也是台灣史的某個側面。然而，敘寫部落史或台灣史，都不是作者的核心意旨，這又與一般意義的歷史題材小說不同。應該可以這麼說，部落史與台灣史的線索，既擴充了小說的時間縱深，也成為我們理解故事中幾位女性領導人行事風格的重要參照。

女系家族與台灣史

《女族記事》以南排灣部落的兩個女系家族，一個頭目家族與一個平民家族，幾個世代女性的生命經歷為核心，小說含涉了許多主題，如部落歷史記憶與生活空間場域；部落傳統文化，特別是幾個重要儀式，如離世親人的安魂與召喚、掌家者手紋儀式等；除了這些非日常性、儀式性的描寫之外，部落日常生活細節也散落其間，如水與

空間一般自然而然；最重要的主題，是女性部落領導人的形象、母女關係（女性繼承人的傳續）、女性情誼、身體情慾，以及女性主體的生命選擇與承擔等。

小說以兩個女系家族的掌家人為重心，頭目家族的掌家人，也就是部落王國的領導人樂歌安，以及平民家族掌家人，與樂歌安一起長大的隨侍吾艾，由他們向前向後推衍時間線。頭目家族向前拉到日治時期的掌家人，樂歌安的母親爾仍，向後則是樂歌安的女兒依邦、孫女魯真和孫子嘉納夫、曾孫女奈奈，總計五代，而平民家族則以吾艾和女兒阿露伊為主體。小說以這兩個家族數代女性架構出多重交織的故事線，拉開小說敘事的時空幅員。

小說開場，從太陽傾斜寫起，從樂歌安的生命晚年如何面對頭目家族的財產紛爭寫起，而結尾則以吾艾向當代部落女性領導人魯真敘說她的 vuvu，也是自己摯友樂歌安的少女時期故事作結，這些故事包括樂歌安為具備部落領導人身分必要的 nakivecik 手紋儀式施術過程，也包括樂歌安隱祕收藏一生的愛情記憶。最後，說完故事的吾艾在睡夢中微笑離世，前一個世代的太陽落下，而下一個世代的太陽正等待迸放。

阿娤對頭目家族四代女性角色的設定很有意思，不必花大篇幅描繪外部歷史圖像，就映襯出台灣史與原住民史

的某個重要斷面；爾仍處於日本殖民時期，經歷族裔遷徙、傳統受壓制、部落青年被徵調戰場；樂歌安身處跨世代台灣，必須面對傳統與現代的衝突與協商，特別是在宗教與法律層面；樂歌安女兒依邦，出生於政權變換之際，在教會受外國傳道士影響而受洗，堅持去讀教會學校，回到部落後也經常以西方宗教挑戰部落傳統；而孫女魯真，是完全接受現代漢式教育的世代，大學時曾與漢人男子談戀愛，最後結束感情，帶著腹中女兒回歸部落，成為部落王國頭目繼承人。

從時間縱深與鋪展其間的歷史紋理來看，《女族記事》以跨越兩個時代的樂歌安為中心點，展現了很好的敘事張力，透過她的生命故事的前後延伸，可以看見排灣族部落的女性領導人，在兩個重大的歷史劇變時期，如何面對難題，如何抉擇，如何行動。日治末期，在日本殖民體制與各項政策底下，領導人爾仍所面對的難題，除了被迫遷移，失去傳統領域，還有各種傳統儀式被禁制，以及部落青壯男子被徵調去南洋戰場，造成部落男子愈來愈少，作為領導人，爾仍必須思考如何保護她的子民，如何守護並存續傳統。而跨越日本殖民與漢人政權的樂歌安，少女時期在殖民體制的壓制下，隱祕進行手紋儀式，承續傳統，承接部落領導人的重責，晚年則要面對傳統和現代的

衝突所產生的家族矛盾，她必須找到解決矛盾，讓家族、部落、傳統得以存續，親人族人也能受到照顧的兩全方法。

溫潤而決斷的女性領導人

這樣的設計構成這部小說的第一個特點：透過敘寫爾仍、樂歌安兩位掌家者的生命故事，建構獨特而鮮明的排灣族部落王國女性領導人形象。這在原住民文學中很少見，（卑南族男作家巴代在《最後的女王》中所描寫的彪馬社女王陳達達，也是形象鮮明的女性領導人，未來可以做交互比對。）阿嬭筆下的女性領導人，不是男性領導人的複製品，也無法從男性的反面去理解，她們無須以任何族群任何文化中的男性領導人為參照，她們既有自身的文化脈絡，也有個人的人格特質，形成鮮明而無法被抹除與取代的主體風格。

樂歌安的母親爾仍，在日本殖民者拆散部落，強制部落族人遷徙的政策下，「帶著所屬的子民攀越稜線、越過河流前往另一個老部落，接手原本居住在這裡的貴族家族之一，成為了失去傳統領域的mamazangiljan」。其後爾仍為了尋找更豐饒穩固的安居地，帶著族人幾番遷徙，檢視

地質水文，終於落腳目前所居之地。爾仍從二十幾歲開始當家，成為部落王國的女性領導人，小說中，她的形象集溫柔、智慧、堅毅、果決於一身，處事風格透明坦率，思慮縝密周延，從阿嬤筆下的幾個事件，可以觀察到爾仍的人格特質與領導風格。

失去傳統領域後，歷經離散遷徙，終於找到落居地，爾仍首先要面對的，是日本人「以夷制夷」的離間政策而引發的族群內部不同部落、甚至不同家族之間的嫌隙與矛盾，作為領導人，這是她無法迴避的課題。到了二戰時期，部落情勢更加嚴峻，爾仍要面對的，除了前面說的日警監控更甚，傳統儀式幾乎全面受到禁制，還有她的族人被迫去戰場，以及繼承人樂歌安與平民家族拉敏家的男孩里本相互有情；這三個問題的本質其實是相同的，如果無法進行頭目家族掌家人的nakivecik手紋儀式，如果樂歌安不能在危困之際接掌領導人，部落存續就會出現危機。

小說中，爾仍採取「三重溝通」的方式來面對問題與解決問題。一方面穩定繼承人，直接跟樂歌安敞開談話，將所有主觀的、客觀的、部落整體的訊息讓樂歌安知道，讓她自己抉擇，她向樂歌安說明未來作為掌家人所必須扮演的角色與責任承擔，直言在排灣族的階級社會中，她若與平民階級男子成家，將會失去領導人資格，在日警嚴厲

控制的局勢中，部落領導人不穩定的結果是什麼，這兩者如何權衡，如何抉擇。二方面，爾仍跟平民家族掌家人拉敏商談，討論如兩家如何同時面對孩子的情感問題、里本的婚姻問題、里本被徵調南洋戰場問題，以及拉敏家族的未來傳續問題。三方面，她跟部落族人開誠布公，召集各家屋代表開會，向族人宣布傳位樂歌安，並且為了部落存續，擬定策略，讓將被徵調的青年先逃進山裡，她假裝帶長老搜山，趁此亂局，讓人護送巫師、手紋施術者久布蘭、樂歌安等人前往山上獵寮，以搜山行動掩護樂歌安完成手紋儀式，讓她取得領導人身分，同時，爾仍也以她對國際戰爭局勢的觀察了解，告訴族人，日本人離戰敗不遠了，此舉既可讓部落青年不去南洋戰場，也可讓新領導人順利產生；她說：「這樣，未來我便可以和大家一起對抗日本人了。」

這是爾仍的智慧與決斷。而樂歌安的處事態度與領導風格，習自爾仍，智慧、坦誠、溝通、尊重、決斷，成為這個部落王國女性領導人的共同特質。與爾仍面對自己少女時期戀情時的態度與做法相同，樂歌安當面撞見繼承人魯真與平地人談戀愛時，第一時間直截了當地告訴男孩，排灣部落的女系家族婚姻傳統，男孩必須住到部落家中，其餘則讓兩個當事人自己去討論與決定。但是，或許由於

性格差異，更或許是因為時代早已改變，樂歌安的溝通方式更傾向於解決問題，而不是要達成唯一的最終目標，以她得知魯真懷孕為例，對部落而言，甚且是對部落領導人而言，祖靈所賜的第一個孩子是無比珍貴的，但是她不忍以此壓迫魯真獨力承擔育子重任，只是通過祖孫對話溝通給予她思考方向，而將是否生下孩子的決定權交給魯真自己，並支持她的決定。在面對女兒依邦的基督教信仰與自由戀愛對象時，雖然口中心裡確實都後悔將依邦送到平地讀書，「好好的一個繼承人出去，回來的卻是個腦袋變成外族人的怪物」。但仍然默默接受了女兒的信仰與婚姻。

對於長孫嘉納夫與平地女子的婚姻，也開啟迴旋空間，最初樂歌安與部落族人都是反對的，後來樂歌安見到鷹族盤旋，召來部落巫師商討，肯認了這個婚姻。當嘉納夫以當代法律提出土地繼承權訴求時，她也以獨特智慧，既保持傳統，又滿蘊溫情地解決問題。即使如此，直到她過世，無論是長孫婚姻或土地分配問題，族人都還心懷質疑，有族人甚至認為她是因為「將土地分割出一塊，給沒有財產權的嘉納夫，因此才會遭到祖靈的懲罰過世」。族人、魯真，甚至連嘉納夫本人，都要到看見遺物中的法律文件，才知道樂歌安的智慧與溫柔，既保住了部落土地，守住傳統，也讓長孫嘉納夫獲得生存依靠。

理性、智慧、決斷，對其他主體保持尊重，有領導者的威嚴，但也沒有丟失情感性的能量，這一點更體現在小說中的母女關係。阿媽筆下，無論是爾仍或樂歌安，都因為是掌家人，是傳統的守護者與執行者，確實在面對繼承人的情愛與婚姻時，必須選擇採取比較殘酷的、斬斷感情的做法，但是，她們自然而發的親情母愛仍然在關鍵時候療癒了女兒或孫女的痛楚。如樂歌安陪伴魯真一起思考是否要留下腹中胎兒，她「將魯真的手緊握在掌中，輕柔的安撫著眼前一臉懊悔又困惑的孫女」。而爾仍將樂歌安送到獵寮進行儀式，阿媽也以不少篇幅書寫爾仍心中的思念與憂慮，以及樂歌安回來後，她如何學習護理方法，細心照顧。

　　爾仍與樂歌安這兩位排灣族女系家族的領導人，無法以父權體制性別化的「父親」或「母親」這種被文化性屬標籤化的角色扮演、性別氣質來理解，也無法以西方女性主義理論或漢人女性主義思想來拆解其間的性別意涵，我們需要進入部落的歷史情境、文化脈絡、社會關係，以及女性領導人個人的人格特質，才可能掌握一二。

女性情誼與情感書寫

　　小說中另一個動人的描寫，是女性情誼，尤其是樂歌安與吾艾緊密纏結一生的情誼。出身平民家族的吾艾是掌家人的隨侍，傳統制度上，兩人有階級上的界線，這些界線體現在兩人談話時關於頭目家族話題的聽／說分際，吾艾謹守這個界限，她知道什麼該聽，什麼不該聽，樂歌安在向她傾訴時，有時會因為情感依賴而不留心說出跨越界線的話，她會直接出言制止，但是，除此之外，兩人相互傾訴與聆聽，交換意見，彼此扶持與支持，完全是一對感情深厚的知己。因此，小說在樂歌安離世後，由吾艾向魯真講述樂歌安的遺物中一柄梳子與簪子的故事，這一段情節安排很有意義，讓我們認知到，對排灣族階級制度的理解，不能以其他異文化的任何權力階層體制來任意套用，還是要回到文化主體與個人主體本身。這一段情節，吾艾是一個陪伴者、見證者，也是一個經歷者，她講樂歌安，也講自己，既分享樂歌安的情愛故事，也回憶自己如何為她擔憂，如何陪伴與見證一場手紋儀式的痛楚、美麗與神聖。最終，她在聽聞樂歌安靈魂被召喚回來時，收下她最喜歡的吾艾的兩顆檳榔，深受感動，安靜微笑離世。

　　還有吾艾女兒阿露伊與同伴舞蓋的女性情誼。兩人一

起長大，一起被嫁到眷村，又一起到建築工地賺錢養家，一起經歷被眷村的外省太太歧視與排擠，一起體驗建築工地的勞動生活與工作文化，也經驗了相同的情慾流動與情感出走。少女時期，兩人以觀察和觸摸彼此身體來認識自己，建立關於女性身體的知識，遇到生命的徬徨時刻，也經常相互擁抱，既給予溫柔撫慰，也提出嚴肅建言。在阿露伊面臨婚姻與愛情的兩難困局時，舞蓋提醒她已到了該抉擇時刻，兩人相互擁抱痛哭流涕，一起熬過抉擇的漫漫長夜，讓她及時「從貪戀情慾的邊緣轉身，不致跌入痛苦的深淵之中」。

真摯的情感書寫，是這部小說另一個動人之處。阿媽沒有把母系社會女性領導人建構成只有威嚴而無情感波紋的扁平形象，沒有犧牲角色的立體感與複雜性，無論是寫樂歌安祕藏一生的少女戀愛情懷，或者寫魯真因為主體尊嚴而分手，卻又隱隱期待男孩前來相尋的矛盾心事。至於其他女性角色的情感流動，也都因富含層次感而更顯鮮活流動，如阿露伊與工地監工小林老闆陷入婚外情，內心澎湃、情慾流動，但又牽掛三個女兒，心理層次複雜。又如信奉基督教而沒有成為繼承人的依邦，阿媽以不同的情感狀態，寫出她性格上的多重性；依邦在小說中剛出場時，因為長子提出土地繼承問題，她害怕觸怒母親，聽見母親

回來的聲音「如受到驚嚇的貓般」，此時的形象軟弱，感情脆弱；然而，在建築工地，與作為工頭的丈夫一起管理工人的依邦，卻是嚴厲與決斷的，她同時也以保護者自居，對於阿露伊與小林老闆的情感，看在眼裡，不曾搬弄是非，但為了一起長大的夥伴，也為了部落規矩，率直地向阿露伊提出建言，因為她認為阿露伊和部落來的女工，「是自己要保護的子民」；也就是說，如果不是時代捉弄使她信奉基督教，依邦應該也能是一個合格的掌家人。

部落空間與傳統領域

除了獨特而鮮活的女性領導人形象、女性情誼與情感書寫，這部小說對於部落空間場景與日常生活的描繪，細節豐盈，視覺、嗅覺、聽覺、觸覺等感官知覺空間的營造鮮活。例如以三個層次描寫部落家屋與外延空間，第一層是家屋，第二層是田園，小米、高粱、芋頭參差其間，第三層是部落入口處的瞭望高台，負責部落安全的男性勇士聚集此處。描寫石板屋，以來自百步蛇的製作靈感，幾筆就繪寫出石板屋的特殊形制：「來自族人觀察這個為祖靈傳遞訊息的使者的身體，認為這是祖靈的暗喻，於是仿造百步蛇身上的層層鱗片，搭建起石板屋作為居所。」

小說中有一段，從樂歌安視角，寫秋末冬初部落的冷冽夜晚，有風過竹林的婆娑聲，有雞叫聲與狗鳴聲，然後是不同層次的視覺空間。樂歌安的白內障眼睛與月光，揉成一片神祕白霧，白霧的正前方是已經過世的部落巫師慕妮的家屋，但小說中寫的，不是現實中已頹圮的家屋，而是樂歌安記憶中的昔時模樣：「她想起那屋頂原本的樣子，層層鋪疊的石板，像極了故事裡百步蛇身上的鱗片，會在黑夜裡發出詭異的亮光，若是遇上了冷凝的晨露，一條條順著石板緩慢流動的水滴，會讓人錯覺是正在滑行中的蛇身。」

　　這一段非常傳神，靈巧地勾勒出巫師家屋的空間語境，白內障與月光揉成的神祕白霧發揮關鍵效果，成為一個通路，讓主體從現實逸出，讓記憶文本替置現實景象。而後，再前方的三層樓教會，通上電流的十字架閃著白光，神祕白霧繼續為記憶闢出通道，舊時部落景觀浮現，從前沒有教會，她的視線可以穿越更遠，「可以越過派出所的屋頂，望見學校的操場，和操場周遭一覽無遺的秋芒，以及那些隱藏在秋芒叢裡的烤芋頭工寮，……裊裊的白煙，會從好幾個不同的方向揚起，從白煙揚起的位置，就能判斷出是誰家的烤芋頭工寮。」

　　空間場景的描寫最精彩的一段，是少女樂歌安進行手

紋儀式時，她忍受極度疼痛，意識迷茫，靈魂飄移，在祖靈接引與鷹族帶領下，巡視自己部落的屬地。接引她的祖靈是母親爾仍的 vuvu，也就是她的 qaqidung，qaqidung 說要帶她去看最古老的部落：「你的祖先們所統御過的屬地，還有一切故事的起點。」

即將成為領導人的樂歌安，跟隨 qaqidung 移行，在自己部落王國的屬地上巡走，「看著巍峨綿延的大山在眼前展開，陽光柔柔地灑遍大地，遼闊的土地、河川無限蔓延，直至視線的盡頭」。她知道東方山脈的第一道稜線，陽光升起後第一道光線照射之處，「就是我們家族誕生的地方」。然後，她坐上老鷹雙翅，朝著地面俯衝而去，見證族人如何沿著溪流拓墾，找到好的安居地就停下來，遇到戰爭或疾病只好離開。樂歌安沿著溪流飛行，認識到水源與部落、作物、生存的關係，理解保護水源地的重要性。她看見森林、山腰聚落、部落的石板屋頂，以及住著可能闖入的人們的茅草屋頂，還有一大片藍色的土地（其實是海洋，少女樂歌安的世界還沒有海洋的概念）。

她也認識了部落屬地的界域與界限，她知道翻過北面稜線是另一個部落王國的屬地，而溪流以西也是另一個部落王國的地盤；北面稜線的部落是曾締結美好盟約的友善鄰居，而溪流以西的部落則是經常越界挑釁的好戰者。即

將成為掌家人的樂歌安，在祖靈與老鷹的引領下，如同觀看一部大型紀錄片，走過部落的傳統領域，看見部落誕生史、遷移史、定居史，以及部落屬地的界域，還有和四鄰的「國際關係」，這一趟靈魂旅程結束之後，樂歌安回返現實，銘刻領導人身分的手紋儀式結束。

這一段的精采之處，在於現實儀式與祖靈引領這兩條敘事軸線共時推進，以交織性與互涉性開啟無限可能。第一條敘事軸線，現實上樂歌安正在獵寮裡進行手紋儀式，這是現實的、個體肉身經驗的，卻也是部落的、儀式的、文化的。施術者久布蘭在她的手上施針，而樂歌安的手紋圖案，早已與貴族家長們討論，由爾仍最後決定：「雙手大拇指的圖紋依循自己的樣式，因為這是唯有mamazangiljan才擁有的權力，特別複雜的人形紋，是部落最高領導人的代表，不是這個身分的人，絕對不能使用。至於第二到第五隻手指，則逐層是頭對頭人形紋、一般人形紋、太陽紋、齒狀紋、波形紋、百步蛇紋，最靠近手腕處的地方則是兩個掛勾形紋，這樣的排列組合，任何熟知部落知識的族人，都可一眼看出手紋主人的身分地位，除了是太陽神子女的血統之外，還享有土地、河川和食物的所有權。」

另一條敘事線是祖靈接引，鷹族守護，去看祖先們所

統御過的屬地，見證一切故事的起點，這是信仰的、精神的，也是部落的，更是實際的部落界域與生活空間的。這兩條軸線，交會在樂歌安的手紋中，當樂歌安的靈魂在鷹翅上飛翔過一片山岳，一條溪流，一條條手紋也隨之完成。也就是說，當這些代表部落族人領導權的人形紋、代表頭目（太陽的兒女）的太陽紋、代表擁有土地與村落管理權的齒狀紋、取自百步蛇側身圖案的波形紋、仿百步蛇的百步蛇紋、代表子民需要進貢農作和獵物的雙掛勾紋，一一紋上樂歌安的手背與手腕時，部落屬地的山川河流土地聚落與歷史，也銘記在新任掌家人的靈魂深處。亦即，透過兩條敘事線的交織，手紋作為「帶著走的家譜」，作為一個掌家人的身分證，無論在手上，或者在掌家人的認識系統中，都深深地銘刻下來了。

銘記即將遺失的儀式

最後，我想談談這部小說中的儀式書寫。作為一部以排灣族頭目家族數代女性領導人為主體，並且重點在表現部落傳統的存續與失落的長篇小說，對於傳統細節的掌握非常關鍵，如果細節足夠豐盈細緻，傳統的面貌敘寫清晰，文化存續或失落這個議題就更能彰顯，而不會成為一

種口號。這一點，阿媽是成功的。

　　小說以很大篇幅描寫兩個關鍵儀式，一個是頭目家族掌家人離世後的安靈儀式與召喚儀式，另一個就是手紋儀式，兩個都與樂歌安有關。部落儀式都需要部落巫師作為主祭者，樂歌安少女時期進行手紋儀式時，部落巫師及三位助祭者配置健全，巫師這一系脈的知識系統厚實，巫師連續三天設下結界，召喚祖靈守護，儀式進行順利。小說透過吾艾的親眼見證，具現施術場景與施術過程，十分細膩，包括現場的空間布置與各種工具：「圓圈裡面有兩個木樁，三個木頭做成的椅子，還有一個大大的鐵鍋翻過來，我看到一塊棉布上，有一把小刀、一副刺針，還有幾支竹子編成的刮血器，旁邊有一大疊乾淨的布，那是用來為樂歌安擦汗的。」

　　還有施針過程的描寫，刺針對準位置，用小刀刀柄往刺針敲下，第一針停留些時才拔出、第二針、第三針……，刮除血跡、抹上鐵灰……，大拇指的圖紋完成，第二根手指頭，第三根手指頭……。這些細節描寫，以特寫鏡頭逼近、定格、放慢時間，一針一針，一根手指頭一根手指頭，又以重沓性拉長儀式的時間感，營造出疼痛的無限延長，讀者彷彿也跟著一起體驗了每一針刺入、每一次刀柄敲下的痛楚，從而與施術者、受術者、見證者一起

完成了這個儀式。讀者也成為這項傳統儀式的見證者。

　　然而，到了樂歌安死後必須舉行安靈儀式時，樂歌安氏族所屬的末代巫師慕妮已經離世，而她生前所找到的繼任者，也因為信奉基督教，不願意接受巫師身分與訓練，因而部落已經沒有自己的巫師，必須到隔壁部落去商借。因為隔壁部落的巫師與祖靈不熟悉，溝通過程不順暢，樂歌安的安靈儀式與召喚儀式，時間拉長，節奏遲緩，甚至停滯，巫師的心魂消耗甚多。這個情境所反映的，不只是儀式時間與巫師耗損，而是隱喻了整個部落文化的困境。

　　阿媽描寫這場儀式的過程，現場感很強，巫師奮力溝通，最後，部落上空終於出現鷹族，將樂歌安的靈魂接走：「鷹族們持續在部落上空成環狀繞行，那正是樂歌安統御的屬地範圍，鷹族們一遍又一遍，來來回回的持續了好久，直到太陽的光輪，碰觸到大武山脈的稜線那一刻，屋子裡傳來樂歌安的靈魂已順利被祖靈接走，那群鷹族也隨著落下的太陽失去了蹤跡。」

　　這一段描寫很有魔幻寫實色彩，將排灣族傳說注入現實的安靈儀式場景，交織出綺麗的文化光色。另一場儀式是要召喚樂歌安的靈魂，詢問她是否滿意家族準備的家屋，這個儀式的進行更是耗時，全族人都在忐忑地等待中。此處阿媽以等待者的意識流動，穿插兩大段儀式之外

的故事，一段是吾艾女兒阿露伊的故事，另一段則是魯真回憶自己的生命歷程及與樂歌安的記憶點滴，以此雙重回溯敘事，增寫部落不同世代的女性經驗，也從而延長了儀式的時間感。這段敘事的穿插篇幅拉得很長，初看覺得儀式的整體感被切斷了，但如果從樂歌安作為部落頭目家族的掌家人來看，部落族人都是她的屬民，她跟每個人都有關係，吾艾更是她的知己摯友，而魯真作為新任掌家人，她必須接手、延續、熟悉樂歌安生前的部落關係，如果從這個角度來看，這一段儀式中間漫長的敘事切斷、穿插、接續、重新切斷、重新接續，就有它的意義了。

魯真憶及自己懷了女兒奈奈，在樂歌安的支持與安排下，她打消墮胎念頭，順利生下女兒，經由女兒奈奈，現實與回憶產生接合，敘事回到儀式現場：「她撫了撫奈奈的長髮，想起眼前正在進行召喚儀式的pulingav，猛地抬起頭望向前方，pulingav仍努力地穿梭在龐雜的亡靈迷宮裡，企圖尋找出樂歌安的蹤跡，魯真再看一眼pulingav緊緊握在手心裡的琉璃珠鍊，那是vuvu親手交給自己的傳家信物，希望樂歌安能認出這串珠鍊，因此受到召喚而來。」

在這裡，另一段魔幻寫實的場景登場。阿媽描寫隔壁部落巫師終於找到兩個氏族分家時的斷點，在各種顏色的

煙霧中辨識訊息，她的師傅，以及樂歌安氏族的末代巫師慕妮都出現在眼前：「她跟隨著師傅與 pulingav 慕妮飄行的身影，緩緩地越過許多阻撓的煙霧和光影，一步步邁入最神祕不可知的世界裡，那是 pulingav 自己也陌生的領域，她知道，這一次將是自己成巫以來最大的冒險，於是屏氣凝神心無旁騖，嘴中念著與現世維繫通道的祭詞，緊緊跟隨著前面的兩位前輩。」

樂歌安的靈魂終於被召喚回來，留下幾句簡潔話語，卻激動了魯真與整個部落。阿嫋這一段描寫，細膩地具現了施祭現場的情境感，將施祭者、家族親人、部落族人、部落祖靈，甚至離世的樂歌安，所有人的心理都描寫得很細緻。這當然是基於厚實的田野調查基礎，但我相信，為即將失傳的儀式留下如人類學般的紀錄，讓它至少銘記在歷史中，是阿嫋的寫作理念之一，但不是全部。

儀式中，隔壁部落巫師所跨越的阻撓煙霧與光影，所歷經的「成巫以來最大的冒險」，都如一則未來寓言。前世代爾仍與樂歌安所遭遇的「阻撓煙霧與光影」，她們冒險所要守護的價值，在後來選擇攜女回歸的魯真這個世代，或魯真女兒奈奈這個世代，也許有可能找到新的跨越通道。部落如何穿越煙霧與光影的阻撓，找到文化再生之路，才是阿嫋最關切的。

儀式時間與現實時間，都只是延宕而已，沒有消亡，新的太陽之女誕生，正等待迸放，學習奮力穿越阻撓。而部落王國掌家人獨一無二手紋所銘刻的榮耀印記，在精神世界裡，仍然美麗如昔。

現任東華大學華文文學系教授、
楊逵文教協會理事長

從散文到小說的爬行之路

　　其實這篇小說一開始，長得並不是小說的樣子，過去長期書寫的文類，大多以散文或報導文學為主，因此當累積的材料和口述愈來愈多的時候，我的散文也就愈寫愈長，最長的篇幅高達四萬多字，事後在閱讀時，自己都覺得困惑不已，不知道該如何定位這些文章。又因為覺得不曾嘗試寫過小說，不懂得小說技巧，因此限縮自己的書寫在「真實的散文」中，始終沒能寫出更具有想像空間的作品。

　　此種類型的作品大約有近十篇，短則兩、三萬字，長則四、五萬字，每每沉浸在田野的口述中欲罷不能，又觀照自身的成長經驗，逐漸長出了一部家族史的樣貌，只是單純的家族史又顯得故事薄弱，於是這些稿子在約十年前獲得國藝會補助創作之後，就此被收入抽屜深處不見天日。

後來有機會重新進入校園讀書，在東華大學華文所學習時期，修習了小說課的相關課程，也因此對於小說的樣貌有了更清楚的理解，於是，重新翻出這些沉埋已久的「長篇散文」，試圖以小說的思維將這些文章改寫。改寫的工程是龐大的過程，何況又是十年前的語境，因此在改寫過程中多次想放棄，幸好在女兒麗度兒作為第一讀者的鼓勵下，終於慢慢尋回當初書寫的意境，再參照多年來不斷蒐集的田野資料，轉寫完成這一部小說。

　　故事的原型來自我的母族部落，其中絕大多數來自口述，當然也摻雜了鄰近幾個部落的歷史，每當回想起口述的內容，我總慶幸自己還有機會，聽見那些溘然長逝的vuvu們說故事，若是再晚個幾年，這些綿長的記憶，大概也就隨著祂們入土長埋了。

　　我聽過許多不同的部落遷移版本，有來自本家部落，有來自其他部落，各自的觀點略有不同，但是期間總是存在著幾位重要的人物，那些人物往往是某個mamazangiljan的族老，或是部落裡的pulingav，在外來殖民政權的非常時期，做出了相對應的非常決策，而這些決定也直接影響了現在的部落樣貌與構成。

　　我想像著那樣的年代裡，那些擁有決策權力的vuvu們，在面對時代劇烈變化時，心裡的掙扎與無奈。當初的

他們必然無法想像吧？！當那些美麗的神話變成失落的遺珠，嚴謹的信仰與傳統成為學術上的詞彙，舌尖上吐語如珠的優美音韻被另一種通用語言取代，部落似乎仍然是部落，但部落也已然不再是部落。

我在每一年返回部落時，總是會挑選一個傍晚，循著樂歌安的步履，睜大已然退化的雙眼，試圖一步步地踩著她遺留的足跡，彷如她巡視傳統領域一般地踱步，試想歷經日領時期、國民政權來到西元 2000 左右的現代，如何運用她所有承襲的知識系統，思考現代化下的各種疑難雜症，例如遺產的爭議。那是這篇小說的起始，也是我第一次透過外婆得知，其中竟有如此巨大的文化脈絡與邏輯。

我甚至起心動念前去詢問母親，在自己雙手上紋手的可能性，母親睜著愈來愈排灣化的熠熠大眼，一臉不可思議地尖聲回答：「妳沒有資格，妳的身分不允許，何況，現在部落裡已經沒有人會紋手了！」我悵然若失卻沒有捨棄的繼續追問：「那……如果我去找會紋手的部落，或是……拿圖案去刺青呢？」母親波浪鼓似地搖著頭，一臉緊張的警告我：「絕對不行，妳是平民家族，就算有人會，那也是傳統不允許的，妳可別給我作亂，這會受到祖靈懲罰的。」最後一句話，徹底粉碎了我的奢念。

現實無法達成的奢望，於是只能在小說裡完成了。我

開始翻閱文獻，找尋各時期被記錄下來的紋手圖案，細細描繪在筆記本裡，註記上研究者透過口訪得來的解釋，逐一去理解每個圖紋的代表和意義。並在A4大小的純白紙張上，描繪自己的左右手，像玩樂高積木似地，繪出一張張不同圖紋組合的紙上紋手，以滿足自身對傳統的嚮往。卻也在這一張張圖描中，感受到愈來愈多的回應，在敲打鍵盤的時候，飛快地從手下呈現出一幕幕場景。

　　於是口訪、文獻和想像就一起在小說裡盡情徜徉了，無論是檳榔不離身的吾艾、身分尊貴的樂歌安、或是現代繼承人魯真，又或者是威嚴的爾仍，與流浪在都市、眷村之間的阿露依，各自鮮活而立體的活出自己的樣子。我穿梭在時光隧道之中觀看，試圖在這將近一百年的空間裡，為她們也為自己撐出一個敘事的空間，努力展現不同世代之間的樣貌。

　　支撐出一百年的小說空間，之於我一個小說新手而言，無疑是困難的，我不斷揣摩與推論已然失去的時代，又必須理解活在傳統裡人物的思維，也幸好有許許多多的人物原型，不斷供給我養分和能量，才得以讓這個故事能夠生存下來。於是，我更加好奇部落裡那些年逾九十歲以上的耆老們，他們的腦海裡留存著的部落，究竟長得是什麼樣子？那些他們念念不忘的人物與事件，還能以何種記

憶模式繼續留存下來。

　　小說之路既已開啟，便使人念念不忘。完成這一部小說之後，我才發現仍有許許多多的故事等待書寫，期待這本小說面世的同時，我已然開啟了第二本小說的序幕，站在散文與小說的中線上，期待自己既能掌握小故事為散文所用，又盼望能因此展開敘事的小說長河，源源不絕地在書寫世界裡，既是累積又是創造的完成自我追尋，以及一直以來的創傷療癒，以字字句句縫合人生的傷口。

利格拉樂‧阿女烏

Liglav A-wu

2024年1月

想對自己說的故事

    Liglav A-wu（利格拉樂・阿𡠄）的文學創作，素以散文見長。散文集《誰來穿我織的美麗衣裳》（1996.07，晨星）、《紅嘴巴的vuvu》（1997.04，晨星）、《穆莉淡Mulidan——部落手札》（1998.12，女書文化）、《祖靈遺忘的孩子》（2015.12，前衛）等，其關注當代原住民族命運、女性生命史書寫，特別是著墨於原住民女性的身體與心靈，如何在部族家屋、家庭、婚姻、社會之間所遭到的各種挫折、不平等待遇、隱匿幽微的思情及其女性逆進，藉而生出性別壓迫無分族群、階級而存在的意旨，有別於台灣婦女運動引進西方以男性為對立面的女性主義，這是因為Liglav A-wu的書寫是以身分認同的思索，實踐於部落田野調查與聆聽口述，以自身心靈與身體爬梳、摸索、用以肯認女性（女族）的價值。若說台灣的女性主義是派生的思維與價值，何不如欣賞Liglav A-wu透過生命實踐找到了在大地上自然長出的女族主義？另，編著有《1997台灣原住民文化手曆》（1996.12，常民文化）、

青少年繪本《故事地圖》（2003.06，遠流），也都隱含著原住民主體的認識。

睽違前一本出版的《祖靈遺忘的孩子》七年之後，2024年 Liglav A-wu 提出了《女族記事》長篇小說，故事的原型「來自我的母族部落，其中絕大多數來自口述，當然也摻雜了鄰近幾個部落的歷史」，從而發展出跨越數代的女性家族史的長篇小說。

一般咸認，台灣原住民女作家書寫長篇小說最早有泰雅族里慕伊・阿紀的《山櫻花的故鄉》（2010.10，麥田），書寫1950年代北部泰雅人家族前往異地（高雄納瑪夏）異族（卡那卡那布族、布農族）開墾、定居的遷移歷史，強調族人以其柔軟、彈性之姿，順應生命與命運的態度。《懷鄉》（2010.10，麥田），以寫實主義的筆調書寫女性在部落現場的實況，批判了泰雅族（隱含台灣原住民族）在社會變遷各種扭曲的文化生活帶給女性生理、心理上的痛苦。

但以民族身分來看，阿美族的阿綺骨以十九歲之齡出版了《安娜・禁忌・門》（2002.09，小知堂），應該是台灣原住民女作家書寫長篇小說的第一人，只因為他的書寫隱沒、遮蔽了主人翁（本體的自我與小說裡的自我）的血緣身分，輕易就被誤認為僅是挑戰禁忌與道德的普世價

值此一現代文學的主題，其對社會的探問、激烈的情感、分崩離析的個體，被視為是棄離身分的現代主義作者，現在回頭反視，《安娜‧禁忌‧門》一書直擊「原住民」在現代文明的都市內部是被自動消除、是被當代的文明進程嚴嚴實實的遮蔽起來。

晚近又有阿美族 Nakao Eki Pacidal（那瓜）、泰雅族 L.Y.Alloween（林櫻），以其學院的文學養成，嘗試擺脫原民性的定位，透過文學隱喻的手法，寫出攸關邊緣、遭受壓迫的經驗，與對魔法、屋樹、宇宙秩序的探尋，隱隱撐架出別於原民性又能出入當代文學世界的企圖。前者著有《絕島之咒：台灣原住民族當代傳說第一部》（2014.08，前衛）、《韋瓦第密信》（2023.03，時報）。後者著有《Happy Holloween〈1〉：萬聖節馬戲團》（2020.12，布里居）、《Happy Holloween〈2〉：萬聖節馬戲團》（2021.12，布里居）、《Happy Holloween〈3〉：萬聖節馬戲團》（2022.12，布里居）。

Liglav A-wu 自承《女族記事》的起始來自於外婆，在作者每年返回部落，「循著樂歌安的步履……試圖一步步踩著她遺留的足跡，彷如她巡視傳統領域一般地踱步」，乃察覺「巨大的文化脈絡與邏輯」，而作者意欲手紋的想像（用以確認族群文化的身分）在母親的告誡「絕

對不行，妳是平民家族⋯⋯這會受到祖靈懲罰的」而無法實現，於是只能在小說裡完成了，「我開始翻閱文獻，找尋各時期被記錄下來的紋手圖案，細細描繪在筆記本裡，註記上研究者透過口訪得來的解釋，逐一去理解每個圖紋的代表和意義。」

我認為這段「自序」是解開《女族記事》的鑰匙。

Liglav A-wu，1969年生於屏東市眷村，父親為外省老兵。父親過世之後，始有重返屏東縣來義鄉布朱努克部落（Butsuluk，今文樂部落），逐步認識排灣族家族。1990年開始介入原住民復振運動，卻因為血緣的不純粹（一半漢族一半排灣族），始終被排拒在運動的外圍，乃因身分證上的名字是「高振蕙」。這說明了原住民身分的現代性與自為性議題總已是關乎政治的，正如美國「一滴血」的政策論述一般，在建構台灣性的政治工程裡，只要台灣原住民有任何漢人祖先血緣，就不是「純」台灣原住民。原住民身分與國家糾纏之間，民族誌提供的「在地口述觀點」恰恰提出了現代部落、原住民個體宣稱自身法律地位的可能性，這就是《女族記事》所提出的「自我民族誌」，一部不僅只是個人在文本化中未經轉換的「自白紀錄」或「家族經歷」，而是能與異文化交互閱讀之後的展示性象徵書寫。

問題是，民族誌作為一門誕生於殖民時期，為了分類與管理或理解文化而發展的人文科學，如何消解打從一開始就以服務殖民活動而生、人種階序觀點複製到不同文化的優劣關係上？當台灣的民族誌工作者進入學術工作，轉以「記錄傳統」與「學術權威知識」為職志，人類學者走向了「以研究者為中心」的自我描述，田野書寫的效果打包成為「檔案型態」時，《女族記事》則直面原民性，站穩原住民主體與恢弘女族主體，拆解了民族誌作為口述資料文字化，以及原住民田野工作者身分優先於書寫職志的迷失。

　　《女族記事》當然不是一本民族誌，而是一本融化了兩個女性家族（一個頭目家族與一個平民家族）歷經數代的生命經歷，復返部落歷史記憶與生活空間場域的小說。我認為，一位作家必須先看出自己寫了什麼，才能夠發現自己想說什麼。Liglav A-wu 藉由長時間的田野調查、聆聽口述傳統、文獻爬梳與想像，鍛造出愈見清晰的女族命題，在「看出自己寫了什麼」這條脈絡上，直追南美智利小說家伊莎貝・阿言德（Isabel Allende）《伊娃露納的故事》，23篇雋永的短篇故事，由敘述者伊娃露娜以說故事的方式來串連，主題的焦點在南美洲：政治、經濟、貧脊窮困、大眾生活的寫照，而後是女性心靈對於幸福、希

望、未來的冀求與期盼。這由單一女性述說的故事，在《女族記事》裡，是由具智慧與決斷的爾仍、必須面對傳統與現代的衝突與協商的樂歌安、挑戰部落傳統的依邦與接受現代漢式教育的魯真來「說故事」，架構出百年排灣族部落女性領導人鮮明而獨特的女族主義書寫，可以說是撐開、挖深了女性主義書寫的廣度與深度。

在「能夠發現自己想說什麼」的知覺上，讓我想起南美巴西小說家埃里科・維利西莫（Erico Verissimo，1905～1977）著名的小說《大使先生》，小說藉由薩克拉門多共和國（指代巴西）的革命，闡述了美國支持拉美獨裁政權，藉以獨占各國利益做出了詳實的指控，也對拉丁美洲代理式的軍事獨裁政權做出具體的描述。在批判獨裁、肯定革命的同時，也警惕到「反革命」殘酷壓制與剝削。以第三人稱有限視角，讓三十五個人物的觀點移動做出「能夠說什麼」。《女族記事》暗合《大使先生》的視角，讓五代的女性人物「說出」日據末期的軍警統治下，人口流失（男性到南洋征戰）與阻斷文化儀式、原住民流離在都市成為低下的勞工、教會引入部落對傳統文化的衝擊、國家政令對部落土地與生活領域的扞格，更說出安靈儀式、召喚儀式與手紋儀式的舉行實際上就是延續文化的日常實踐。於是，Liglav A-wu 看出自己寫了什麼，才能

夠發現自己完成了《女族記事》。

　　「陽光已經有些傾斜了……」從開篇的第一句話開始，邀請妳／你來細細品嘗波瀾亦能形為壯闊的《女族記事》。

—— 瓦歷斯・諾幹
2024年1月12日

一、樂歌安

檳榔

陽光已經有些傾斜了，太陽從日正當中微微挪動了角度，不再直射著院落裡的石地板，那溫度總能烤焦了族人們厚實的腳底板，習慣打著赤腳的老人們，紛紛避開了這段時間外出，躲在屋子裡打盹，總被孩子們笑說是被電視看，老婦人吾艾也不例外，趁著炙熱的正午小睡一番，隱約有什麼夢境來回繞了一圈，醒來後卻是什麼都不記得了。

剛自混沌中醒來，隔壁就又傳來了陣陣吵雜聲，其中夾雜著男人、女人、老人與小孩不同年齡層的哭鬧與叫罵。

坐在沙發上的吾艾，不耐地站起身來往屋外走去，一邊搖頭一邊低聲咒罵著，不仔細聽，其實是聽不太出來她在低聲念著什麼，但唯一可以肯定的是，與隔壁傳來的吵鬧聲有關，腳步一頓，她又轉身緩緩地往屋內走去，沒一會兒的時間，便見到她手提著一籃子檳榔和工具，朝著門前的小籐椅放下了豐腴的屁股。

已經數不清這是今年第幾次的爭吵了，吾艾只隱約記得第一次發生時，太陽已經下山，沒了陽光的傍晚，逼著她得穿上長袖外套抵禦寒冷，聽到緊鄰的隔壁傳出一對男女爭吵時，她連忙踩著細碎的步伐往外走去，卻一頭撞上正朝自己家裡走來的mamazangiljan[1]掌家者樂歌安，一臉憂心忡忡的神情，頰上還掛著隱約的淚痕。

　　吾艾停下了腳步，手腕迎上族老的肩膀，便將她帶回自家院子裡，兩人都沒開口說話，吾艾拿出小彎刀，熟練地剖開手中的翠綠檳榔，填上孫子從市鎮帶回來的甘草片包上荖葉，遞給身邊沉默不語的族老，然後繼續相同的動作，為自己的嘴裡也塞了顆檳榔。

　　樂歌安是族群裡某一支系統的mamazangiljan家族，這個家族的創立者是太陽神生下的孩子之一，樂歌安從她的vuvu[2]、ina[3]接承著傳統，再將這個傳統傳續給她之後的下一代與下下一代，而族群裡的種種規範和律法，就這麼透過每一代盡責的族老，世世代代的努力延續著。

1　Mamazangiljan，排灣族語，傳統中，一個部落代表一個國家，mamazangiljan即為部落王國中的國王。

2　vuvu，排灣族語，祖父母輩。

3　Ina，排灣族語，母親。

算起來，樂歌安足足大了吾艾五歲，但是因為比鄰而居，吾艾從還在舊部落的兒童時期，就一天到晚跟在樂歌安身後轉悠，專門負責幫樂歌安拿東西，身分形同隨侍。吾艾記得 ina 說過，很久很久以前，約莫是上個世紀初，日本人來到老部落，為了要破壞部落的凝聚力，硬是將老部落的族人分成三塊，又將鄰近的兩個部落用相同的手法處理。

　　「於是三個老部落被迫打散，各個部落只能留三分之一的人，其他三分之二由 mamazangiljan 家派出一個代表，帶領著所屬的子民，被分配到另外兩個部落去了，讓三個老部落支離破碎，變成每個部落有三個 mamazangiljan，日本人讓他們彼此監督牽制，唉！」重重的一口氣，讓吾艾到現在都還記得，ina 臉上憂傷的神情。

　　樂歌安的 ina 就是那個時候離開老部落的本家，帶著所屬的子民攀越稜線、越過河流前往另一個老部落，接手原本居住在這裡的貴族家族之一，成為了失去傳統領域的 mamazangiljan。吾艾的家族世代受樂歌安家族護佑，當下也就跟隨著爾仍族長跋山涉水，在日本警察的監督下，來到遷移之地重新開始。

　　幾個夏冬，爾仍族長依憑自己的觀察，與子民耕作的回報，感受到這塊土地有些隱憂。「這裡的土地已經貧

瘠，又位在水的路上，如果下起大雨，子民們會有危險的，應該要換個地方，才能長久安居。」樂歌安記得自己的ina，向部落裡留下來的mamazangiljan提出建議，經過幾番會議之後，加上那幾年有不少族人因為生病死亡，在pulingav[4]與祖靈溝通之後，最後才遷移到了現在所居之地。

沒想到，過沒多久，重新換了一批人來到舊部落。

期間，不同的老部落勢力，加上新的外來殖民者，刻意培植出新的勢力家族，讓原本就殘破的部落更加脆弱，各種教會系統這個時期也緊隨而來，三支傳統的mamazangiljan想盡辦法，鞏固口傳故事中的身分地位，苟延殘喘地在混亂的世代裡努力生存。

微涼的風緩緩襲來，帶著深山裡特有的氣息，吾艾總覺得從舊部落吹來的風有股甜味，她愛極了這種氣味，那能讓她想起幼時的記憶，ama[5]、ina還在的時光，她沒有什麼煩惱。除了日日需要到田裡種地瓜芋頭有些累之外，和同輩女孩兒們，午後相約在水源地下游游泳，是夏天最

4　Pulingav，排灣族語，巫師、靈媒，掌管生命禮俗、歲時祭儀與祖靈溝通等事務。
5　Ama，排灣族語，父親。

大的娛樂活動，雖然，回家後難免得挨一頓打，但沁涼的河水是最好的解熱方式，總能讓孩子們樂此不疲。

樂歌安憶起的卻是老部落裡的aivaliyan[6]，那是一幢兩層的木造建築，一樓的正中間有個火塘，是部落裡mamazangiljan與貴族家族開會議事，或是與其他部落mamazangiljan家族談判的地方，ina常常會帶她進去，讓她坐在身後學習身為繼承者的知識，小米酒是議事必備之物，喝多了的人就會爬上二樓去吹風休息。

檳榔在兩個老人的嘴裡緩慢的磨嚼著，她們一同望向眼前的圓輪，正緩慢地從山脈的邊緣下降，速度之慢，就像她們的一生，足夠做出許多正確的、錯誤的、悔恨的、難忘的事情。卻也速度之快，像她們嘴裡的檳榔，幾經啃咬、吐汁、再啃咬，就剩下扎口的餘韻了。

眼睜睜地，暮色就剩山際邊緣的餘光了。

族老這才悶悶地吐出了幾句話：「孫子回來吵著要分家，哪有他的份嘞！」嘆了口氣，她伸手向吾艾再要了顆檳榔。

族老聲音低低沉沉的，尊貴的身分和教養，讓她說起

6　Aivaliyan，排灣族語，乘風處，為不同部落的mamazangiljan商討重要事務之處，有時也是mamazangiljan召集貴族家族會議之處。

話來猶如吟唱，言簡意賅，讓聽的人一點就通，她順手拂了拂有些皺痕的袖口，身上穿的是黑色絨布的側開襟上衣，沿著胸前、袖口滿是精緻的三色珠繡，手牽手的縮小版人形圖紋，象徵著族老不凡的身分。

「喔！嗯！」老婦人突然什麼都懂了，拿起了手中的小彎刀，又剖了顆檳榔。相對比族老的服飾，吾艾的衣著就顯得樸素多了，藍色底布上沒有任何圖案，就是依照著傳統族服的形制剪裁，除了左右手腕上多了一圈銅製的手鐲之外，幾乎就沒有任何的裝飾了。

族老的孫子是在兩位老人眼皮下出生、長大的，繼承了祖先的名字「嘉納夫」。高中畢業後當了職業軍人，工作沒幾年，在城市裡認識了平地人的女孩兒，當時不知道讓部落裡多少的未婚女性傷了心，大家都希望能將這樣的男人留在部落裡，結果談了幾個月戀愛，很快地就傳出了訂婚、結婚的規劃，大家還在納悶之際，直到婚禮那天見到新娘子才知道，原來是肚子裡已經有了種子。

樂歌安當年對於這門婚事也是有很多意見的，比如新娘子不是同族人、無法界定階級身分等等，都曾經讓她幾回在夢中遭到祖先的質問，嚴厲指責她沒能謹守傳統賦予的責任，為此族老還生病入了醫院，引發部落裡一陣騷動

和不安，甚至隱隱傳出了這門婚事是不被祝福的姻緣。

　　後來，樂歌安在某一天黃昏，見著了部落上空低飛翱翔的鷹族，認為這是祖靈有事情要傳達，急忙在夜裡召來了 pulingav，兩人關在房間裡，經歷了好幾個小時的儀式之後，才終於認可了長孫的婚事。

　　pulingav 卸下背上的巫師袋，那是她在完整收集到五顆珠子之後，經由當任的 pulingav 和祖靈溝通的肯認後，才終於能夠拜師學藝，委由部落的 pulima[7] 製作、獨一無二的巫師袋，長達三年的學習和實習才終於出師。她每天跟在師傅的身旁當助手，同時熟練技藝，強化自己與祖靈交流的能力，有好幾次師傅甚至讓她上陣代替，為將來成為真正的 pulingav 做準備。

　　原本陰鬱的夜色看不到一絲月光，就在樂歌安和 pulingav 完成商議，月亮也悄悄的撕開雲層，露出臉來。

　　除了 pulingav 和樂歌安之外，沒人知道那天夜裡祖靈終究傳達了什麼，竟讓原本鬱鬱寡歡的族老轉變態度，變成積極籌辦婚事的快樂長輩，但至少部落裡鬆了一口氣。畢竟，這個領袖家族若是做出了什麼違逆祖靈意念的決定，極有可能會為部落帶來厄運，任誰都無法承擔起這樣

7　Pulima，排灣族語，手巧的人，在部落為藝匠家族。

的結果。儘管時代已經變遷，但是，仍有不少遵循傳統的家族，是在現代律法與傳統規範的夾縫中，試圖尋求平衡的生活著。

「那年，我就應該知道會出事的！鷹族飛那麼低，我和pulingav問了再問，祖靈只是說不反對……」樂歌安突然就道出了那晚的祕密，吾艾心頭一驚，手裡的小彎刀，險些就劃破了滿是皺褶的皮膚。

「別說了，這不是我能聽的！」吾艾低頭專心挑選著適中的甘草片，準備搭配檳榔和荖葉再遞過去，同時低聲地阻止了樂歌安的無心叨念。

出聲阻止是有原因的，吾艾是樂歌安統御的子民，社會階級是一般平民，她無權也無勢聽到這些領袖家族的祕密，更何況，其中還有pulingav與祖靈的溝通過程，這已經遠遠逾越了她的身分。樂歌安或許是因為一時傷心想起往事，但她可不能跟著糊塗，讓自己的家族被掛上了違反倫常的罪名。

似乎害怕族老一時心血來潮忘了規矩，吾艾出聲阻止還覺得不夠，乾脆站起身來往室內走了去，「我去拿孩子新買的甘草片，你幫我試看看。」餘音還留在空中，就已經走的不見身影了，樂歌安苦笑地搖搖頭，哪裡不知道，

這是一向守本分的吾艾逃避的藉口，也怪自己真是老了，居然就這麼衝口而出，談起不該隨便說與的話題。

檳榔在兩個老人的嘴裡緩慢的被嚼著，她們一同望著眼前的夕陽，正緩慢地從山脈的邊緣下降，像極了她們嘴裡的檳榔，幾經啃咬、吐汁、再啃咬，就剩下扎口的餘韻，端看每個人如何品味了。

這是吾艾最後一次聽到隔壁家屋爭執的聲音，樂歌安也依照往例來向吾艾討檳榔吃，一同無聲地坐在院子裡，遙望著祖靈居住的大武山脈。

「vuvu，回家吃飯了！」隔壁家的孫女呼喊著，族老馬上回應：「這裡呢！」樂歌安原本毫無色彩的雙瞳，突然現出幾絲光亮。

於是，吾艾聽到一陣小跑步聲朝著自家院子而來，幾乎是眨眼的時間，那女孩兒就出現在眼前了。這是樂歌安家族真正的繼承人，無論是有形的資產或是無形的身分──魯真。

當她還在母親的肚子裡時，樂歌安就幾番收到祖靈的夢境，告訴她即將新生的嬰兒是女孩兒，也將是樂歌安家族未來的繼承人。

約莫二十六、七歲，身材高挑，看不出已經是一個孩

子的媽了，及肩的挑染直髮，讓她看來顯得比實際年齡輕上許多，但是，因為是mamazangiljan繼承人，眼眉間有著異於同齡女性的沉著與成熟。

白色的棉T、藍色的牛仔褲，清爽俐落的打扮，臉上未施脂粉，樂歌安微微皺了下眉頭，魯真幾乎是在第一時間就察覺到了長輩的不滿，急忙解釋著：「我今天都在外面跑來跑去，穿族服不方便啦，等下洗完澡就換。」吾艾拍了拍樂歌安的手，有些安撫的味道，「現在孩子都在外面跑，方便就好。」樂歌安搖了搖頭沒說話，眼神黯淡了下去。

「vuvu，妳們在聊天喔？謝謝。」魯真看著兩位老人家，手上邊接過吾艾遞上的檳榔，已經開始揮散的光線，讓兩個老人家的臉色顯得有些暗沉，魯真突然心裡有股不舒服的感覺，似乎聞到了死亡的氣息在周遭瀰漫。

「在聊天啊，不然vuvu還能做什麼？就等著大武山上的祖靈，來接我們去團圓囉！」樂歌安看見孫女是開心的，這才是她身分地位的承接者，自從接收到夢境之後，族老就已經開始規劃所有教導的內容，她要親自調教這個正統的接班人，一如當年ina教育自己般。

繼承人一開始要學習的基本知識，首先就要能背誦從

太陽神創生以來，各個孩子如何開枝散葉、遷移分布的地圖，每一代繼承者的名字，又是為何原因再度遷居重建家族，每一任pulingav的氏族與任命，每一代繼承者任內發生哪些重大事件，包括戰爭、疾病、盟約等等，還要隨著歷代繼承人的編譯，轉化成方便背誦的口訣，樂歌安腦袋中可以吟誦的代數，若以現在的概念來換算，至少超過十代了。

魯真還記得自己從小學開始，除了學校老師每天交代的功課之外，她回到家後，還得跟隨著樂歌安學習，光是要記得這些歷代繼承人的名字，她就用了大約半年的時間，每次背著背著就忘記了，還好學校的老師是自己部落的族人，教導她用畫圖的方式做出家族樹圖，否則肯定要花上更多的時間。

除此之外，每個部落的界線，大多是以山的稜線或是河流來劃分，因此每條稜線及河流的中線兩端，所有人或管理者是哪個氏族，一定要記得清清楚楚，避免有獵區越界的爭議出現，真遇到爭議的事情時，又該如何進行談判，那還牽扯到氏族分支的盤根錯節，這些都是樂歌安強記在腦袋中的歷史故事，魯真直到現在都還很好奇，vuvu是怎麼記下這麼多事情的。

「妳要去本家部落，越過了劃分部落界線的那條溪，

就得要在心裡報上我們的家屋名，加上自己的名字，再呼喚本家部落的mamamzangilan家屋名，這樣在路上才會受到祖靈的照顧，讓妳過去議事時也能一切順利。」如這些根本的常識，魯真在有表達能力的年紀時，樂歌安就沒讓她少實踐過。

魯真和母親依邦都受過同樣的傳統教育，這是身為繼承人，所必須學習的獨家功課，樂歌安當初是如何從自己ina身上學到這些知識系統，她就是如何複製給女兒和孫女兒學習，只是，後來外來的訊息愈來愈多、愈來愈複雜。

樂歌安也意識到自己不能只固守陳規，還必須吸收更多外來的東西，如何將傳統與現代知識完美的融合在一起，讓她曾經在許多夜裡輾轉難眠，思考著自己所統御的系統，未來將何去何從。

想起女兒依邦，樂歌安忍不住重重嘆了口氣。

依邦是她的第一個孩子，那是祖靈賜予最珍貴的禮物，在眾人與家族的期盼下，順產來到這個世界。當時正好遇上這個島嶼改朝換代，外面的人一種換過一種，老人口傳中曾經出現過紅頭髮、藍眼珠的人，也有些黑頭髮、留著小鬍鬚的黃種人，樂歌安自己被迫勉強學了日語，依

邦學的又是另一種語言，叫做漢語，還好部落地處偏遠，沒有像那些較接近平地的部落一樣，連土地都保不住，至少在這裡，自己的氏族還維繫了一些傳統。

沒想到的是，後來依邦因為常常到教會裡玩耍，竟被黃頭髮藍眼睛的外國傳道士說服，不但受了洗，還堅持要到外地去讀教會學校，學了一些與傳統完全違背的觀念回來。什麼文化落後啦、不能喝酒吃檳榔啦、要上教會啦、甚至還差一點把家裡的琉璃珠給拿去砸碎、把門前的祖靈雕像拿去燒掉等等，在在都是挑戰傳統。那是第一次，樂歌安後悔將依邦送到平地去讀書，好好的一個繼承人出去，回來的卻是個腦袋變成外族人的怪物。

她還記得依邦第一次放假回來，丈夫準備了芋頭、地瓜和滿桌的傳統菜餚，正預備大快朵頤時，依邦突然冒出來的幾句話，「ina，我們要先禱告，感謝上帝賜予我們這些食物。」險些沒將樂歌安當場氣暈過去，這些可都是自己和子民們辛辛苦苦耕作得來的，那個「上帝」是誰！？

搖搖頭，樂歌安不忍再想下去，伸手接下吾艾遞過來的檳榔，轉頭向依偎在身旁的魯真說：「吃完這顆檳榔，我們就回家吃飯了，嘉納夫……還在嗎？」魯真委屈的癟

了癟嘴，回應著：「鎖在房間裡，ina正在勸他呢！」

「唉，妳放心，我一定站在妳這邊，白天是看不見飛鼠的，他是沒上山打過獵嗎？別做白日夢了。」樂歌安憐惜地拍了拍孫女的手，露出了紋有圖騰的鱗峋手背，轉頭向始終沉默的吾艾說道，「謝謝妳啦，妳榮耀著自己的家族名，從未逾越身分，到了大武山，我會告訴vuvu們。」然後，牽起了孫女的手，緩慢地往著自己家屋的方向走去。

吾艾目送兩位分別是現任與未來的領袖離開，黯沉的眼裡隱隱泛出水光，收拾了一下地上四散的檳榔渣，突然抬起頭往天上張望了一下，天色還沒完全暗下來，月亮已經悄悄地掛在天空的一角，這周是上弦月呢，吾艾在腦袋中過濾了一下，思索著有無遺漏的事情。

直到聽見隔壁又傳出了爭執的聲音，才垂下頭失神了起來，她慶幸自己始終記得ina教導的部落規範，但是，發生在族老家的紛爭正逐漸擴散，部落裡許多家庭裡的年輕孩子虎視眈眈，等著觀看族老家會如何處理這場風暴，她心裡有些發慌，卻知道自己的身分無能為力，只能在樂歌安上門時，遞上一顆飽滿又清脆的檳榔。

這一場革命，決定的不只是mamazangiljan氏族的繼承權，也攸關著部落相同脈絡的家族中，傳統與現代的殊

死戰。

「孩子啊，有什麼事情好好講，餓肚子是最不好的，等下 vuvu 就要回來吃飯了，別讓她生氣，快出來。」依邦正急切的敲擊著房門，同時低聲哀求著兒子出來吃飯。

一股緊張的氣氛，正在這個家庭裡蔓延，站在門外的不只有孩子的 ina，一旁還有那向來沉默的 ama 古勒勒，他望著幾乎就要跌坐在房門前的依邦，漲紅了臉卻束手無策，當年雖然他與依邦是自由戀愛，最終卻因為不敵傳統的壓力，入贅進了這個家族。在家裡男人一向沒什麼說話的分量，遇上了爭執，大多就是掌家者決定，此時，就是發生紛爭的時候，而依照慣例，就是目前仍在世的樂歌安說了算，雖然古勒勒也覺得兒子的堅持有道理，卻怎麼也沒辦法開口聲援。

紛爭，早就有跡象了，只是，人往往都看不見眼前的事情。自從嘉納夫結婚之後，媳婦兒照著三餐談起搬出去住的事情，剛開始大家也不以為意，認為是媳婦兒想家，或是不習慣大家庭的相處模式，久了也就應該適應了。就在嘉納夫的兒子阿浪出生滿月後沒多久，媳婦兒帶著阿浪就搬出去了，還是透過嘉納夫轉告，大家這才知道，小倆口早就已經在鄰近的城市裡，付下頭期款買了房子，就等

著孩子滿月之後入住新家。

那天，全家人鐵青著臉聽完嘉納夫的規劃，餐桌上沒人敢動筷子，面面相覷地盯著族老的臉色，最後還是樂歌安莫名其妙的笑出聲說：「苗都發了，難不成你還能把它給壓回去？長出果子是遲早的事。吃飯！」那頓飯吃得戰戰兢兢，沒人敢出聲說話，嘉納夫在飯後逃難似地，開了車就衝回新家，好一段時間裡，都沒能見到小夫妻兩人和新生兒阿浪。

樂歌安儘管心裡惦念著小小新生兒，嘴上卻沒說什麼，反而是依邦三不五時的打電話過去，催促著小夫妻帶孩子回來部落，說是要讓牧師為孩子受洗，樂歌安聽到這個說法，心裡更不願意讓小夫妻帶著曾孫回來了，要補出生、滿月這些祈福儀式，也得是要 pulingav 來進行，關牧師什麼事情。

回憶仍如風吹過的小米田般湧盪著。

此時依邦夫妻聽見了屋外開門的聲音，知道是魯真將樂歌安找回來吃飯了，急急忙忙地朝著房門口丟下句話，「vuvu 回來了！」然後如受到驚嚇的貓般地竄進了廚房，佯裝準備著桌上的飯菜。「吃飯啦，肚子一直在打鼓呢，砰砰響！」樂歌安還算氣足的音量，從客廳傳進了廚房，

依邦使了個眼色，要孩子的父親前往招呼，古勒勒這才唯唯諾諾的回了幾句話：「是啊，吃飯了，快進來吧！」。

樂歌安在魯真的攙扶下，慢慢晃進廚房，眼神如獵人快速地掃蕩了一巡，「怎麼？嘉納夫不吃啊？他是pulima刀下的雕像不會餓的？就連鳥兒都得偷吃小米才能活下來呢！」依邦夫妻互看一眼，不敢回答樂歌安的質問。

魯真左右為難的看著自己的ina和vuvu，想要主動開口化解氣氛時，嘉納夫拖拉著地板鞋，出現在廚房門口，「看看你那張臉，像弄丟了獵物的獵人，難看極了！」樂歌安毫不留情地，對著嘉納夫就是一陣批評。

因為職業軍人的身分，長期操練下的嘉納夫有著一身精壯的體型，古銅色的皮膚，不知道是天生就擁有的，還是在太陽下訓練得來的，五官竟是和樂歌安比較相似，一臉桀傲不羈的神情，頗有mamazangiljan家的氣質。

嘉納夫忍不住嘲弄，居然回擊了地位崇高的族老。

「vuvu，為什麼我不能分家產？我們都是你的孩子，魯真有的，我也應該有，法律是保障……」嘉納夫話還來不及說完，就被樂歌安不耐的打斷了。

「誰的法律？你的法律還是我的法律？自有太陽開始，我們就被教導權和財產，要留給家族裡的繼承人，魯真還在你ina肚子裡的時候，我就接到祖靈的指示，她

是我的繼承人，連你ina都沒資格。我們家只傳給這樣的孩子，你的腦袋被那些外族人洗過是不是？這些從你還跟螞蟻一樣小的時候，我就已經教過你了，全丟掉了嗎？」樂歌安瞪著圓滾滾的眼睛，怒視著眼前她從小看到大的孫子，手掌用力拍在桌上，連桌上的菜都顫抖了。

　　樂歌安身為族老，說話一向謹慎，即便是在談判的場合，為顧全大局，她都極少有情緒性的發言，這樣大聲喝斥的情形甚為罕見，就連依邦和魯真都瞪大了眼。

　　「現在時代不一樣了，每個孩子都有權利，我可以去法院申請我的權益……」嘉納夫如垂死的困獸，儘管也被vuvu嚇得不輕，但一想到還在新家等待自己的妻兒，仍試圖和樂歌安做最後的掙扎。

　　「不要跟我講時代不一樣，不要跟我講權利，你懂什麼叫做mamazangiljan家族的權利？今天我們就把事情一刀解決，魯真會給你們全家一塊地，要賣要用隨便你們，然後遠遠地離開我的眼睛。要告可以，我就把土地全部捐出去，捐給部落的子民共用，我用自己的錢買地給魯真，最後你什麼都沒有，哪一樣你自己選！」樂歌安似乎也下定了決心，不想再和垂死的困獸纏鬥，亟欲一刀刺向動物的氣管，了結這種無利雙方的爭鬥。

　　這一晚，依邦夫婦準備的晚餐沒動過，放在餐桌上慢

慢的降溫，直到菜色上浮現一層凝結的油脂，那層浮出的油脂就像今晚結凍的氣氛。樂歌安家族每個人都躲進了自己的房間，連呼吸都不敢大聲，並學著貓頭鷹豎起雙耳，靜靜聆聽那從 vuvu 房間裡傳出的，一陣一陣低聲的哭泣。

如此專心的他們，當然也就不會發覺，就在樂歌安對著嘉納夫發出第一聲指責的時候，四周以 mamazangiljan 家屋為中心搭建的其他家族，早已經依附在牆邊，張開耳朵竊聽著樂歌安的最終決定。

依照傳統，掌家者在自己任內，具有保護所有財產完整的責任，這些財產包括土地、權力、甚至是圖騰等有形或無形的資產，這個責任必須維持到下一任繼承人接任，唯一例外的時候，只有在自己的兄弟姊妹分家時，以照顧之名，切割部份土地給分家的手足。

隔天一早，天光微亮，太陽還沒爬上山頭，吾艾已經前往小米田工作了。

他們的本家並不在這裡，後來因為遷移下山，這塊原本幾年才會輪耕到的土地，經過部落裡的 mamazangiljan 討論之後，被前族老爾仍爭取到手。這塊地曾經荒廢了好多年，後來爾仍族老移撥給吾艾的 ina 耕作，為了餵飽家

族裡所有的孩子，ina和ama很快地就將雜草樹木清除乾淨，播下足以飽食的種子，並努力地辛勤照顧田裡的每株苗莖。

ina還有個習慣，就是與這塊小米田說話，聊天氣、講心情、說故事、談八卦，甚至還唱歌給它們聽，小時候，ina告訴過吾艾：「小米是有生命的，和他們說話，他們也會回饋給你。」

吾艾記住了這件事，現在，她正跟小米們說著話：「小米啊，你們說說，族老的決定對不對啊？」吾艾停下手中除草的動作，挺直腰看著在微風中搖曳的小米田，然後又繼續了手中的工作，「是啊，我跟你們一樣，也不知道對不對啊？族老真辛苦啊，要煩心這種事情。還是像我們這樣，能吃飽、沒病痛、不煩惱，簡簡單單的多好，小米啊，你們說是不是啊？」風中飄動的小米們，似乎完全同意吾艾的看法而附和著。

當太陽剛剛越過了大武山脈的稜線，陽光伸出火舌舔舐著地上萬物，吾艾收拾好整田的工具，放回傍樹而建的工寮，順手抹去了額頭上的細密汗珠，有些佝僂的她，望著眼前的小米田，突然像想起什麼事情似地，把手搭在額頭上望了望天空。

看了好一會兒，才有些鬆了口氣的將手放下來，對著

眼前的小米田說道：「小米啊，昨天我好像看到了⋯⋯，唉，算了，可能是我老到連眼珠上都長了層皮，才會看不清楚，應該真的是看錯了。好啦，我要回家了，你們乖乖的呼吸喝水快快長大呀，明天再來看你們。」背起了親手編織的sikau[8]，吾艾提起了腿慢慢地往部落的方向走去。

小米們迎著風晃著身形，一波波海浪般，像是在揮手告別似地，只是太陽的威力實在太大了，吾艾的身影還在前方的小徑上緩慢移動，小米們就被曬蔫了。

才一踏進石板砌成的矮牆，被太陽曬得青黑的視線剛緩過來，吾艾就見著了昨天一起吃檳榔的樂歌安，正端坐在自己家屋門前，像是木雕一般的沒有表情。

「mamazangiljan，怎麼這麼早就來了呢？想我啊？哈哈哈！」吾艾跟族老開著無關身分的小玩笑，邊將背上的sikau卸下擺放進屋內，然後拎著裝有檳榔的籃子，踱到樂歌安的身邊，把勞動好一陣子的大屁股，穩穩地放在椅子上，掀開小籃子上的覆布，裡面已經擺好新鮮的檳榔、甘草片和荖葉，這是吾艾的女兒阿露伊每日固定為她準備的孝心。

阿露伊是吾艾的長女，十幾年前因為丈夫過世了，才

8　Sikau，排灣族語，鉤織背包。

從平地的農村裡搬回部落，現在和一個平地人在一起，兩人開著小貨卡改裝的菜車，每天凌晨三、四點，到路程約半小時的市集裡批菜買肉，然後在鄰近的三個部落裡巡迴叫賣，總不忘順手幫吾艾帶回新鮮的檳榔荖葉等。

「是啊，我想妳了呢，更想念妳的檳榔，來跟妳討檳榔吃的，哪知道妳一早就去了田裡，真是認真的人啊！妳的小米田會報答妳的家族的。」樂歌安不用下田工作，身為mamazangiljan家族，每年都會有所屬的平民家庭進貢糧食，她只需要照顧好穀倉裡的小米別發霉，不愁沒有食物可吃。

但是擁有被進貢的權力，當然就負有mamazangiljan家族的責任，樂歌安必須讓她所屬的子民安居樂業，必要時解決各種紛爭，這是太陽神當初賦予給這個家族的權力和義務。

就比如當年魯真剛上國中時，因為部落裡沒有國中，所有的孩子都得到鄰近的客家鎮上讀書，有能力的家長自己開車接送，沒能力或在外地工作的，孩子就要先走上半小時的路程，才有公車可以搭乘，長久下來，總是會聽到有幾家的孩子翹課逃家，當時也讓樂歌安煩惱了一陣子。

魯真雖然有ama古勒勒親自接送，但出問題的孩子愈來愈多，不少家長憂心忡忡地前來詢問族老，有沒有辦法

讓公車路線延伸到部落裡，免得孩子上學之路如此艱辛。樂歌安當時也去了鄉公所一趟，試圖解決族人們的麻煩，公家機關一貫的回應，就是會評估會考量，但是一個學期過去了，兩個學期過去了，問題依舊沒有獲得解決。

後來樂歌安轉念一想，乾脆自己想辦法解決這個問題，古勒勒在回部落以前，是在都市裡蓋房子的，擁有豐富的人脈，她讓古勒勒去打聽二手的小巴士哪裡買、多少錢？然後自己出了錢，買下一輛二十人座的小巴士，女婿當現成的司機，在召開氏族會議時，言明有國、高中學生的家庭分攤油錢，這事才算終於圓滿落幕。

原本只是為處理交通問題，沒想到還順便解決了孩子翹課逃家的狀況，因為只要有一個孩子沒上車，車子就不會開動出發，這下子同儕之間的約束力就變成巨大的輿論，無論是哪家的孩子，全都乖乖的準時上下學，一度成為鄰近部落的美談。

吾艾熟練地拿出小彎刀，將新鮮的檳榔剖成二瓣，再塞入甘草片包以荖葉，恭敬的遞給身旁的樂歌安，笑了笑沒回答樂歌安的讚美。坐下來那一刻，吾艾清楚看到了，族老那雙眼睛下的黑眼圈，這讓吾艾想到小時候剛學著燒柴時，每次總用沾滿柴灰的雙手把臉給弄得像隻黑狗，讓

同伴們嘲弄了好些年。看來，樂歌安應該是整個晚上都沒睡覺。

「快吃吧，只要妳想吃，隨時準備好等妳呢！」吾艾也為自己塞進了一個檳榔，含糊不清的說了幾句話。

「吾艾，我的朋友，妳覺得昨天我說完之後，今天有多少人會知道這事兒啊？」太陽下的群山疊巒形成一片黑色剪影，樂歌安望著眼前的大武山脈，悶悶的問著。

「大概全部落都知道了吧，部落是有縫的房子，風一吹，哪個角落都感覺得到。」吾艾知道樂歌安在說什麼。

昨天晚上阿露伊收拾完菜車，把沒賣完的肉、菜、魚分類裝入冰櫃後，就跑來房間轉播這個最新的傳聞，菜車是個流動的八卦中心，消息來來去去的轉了幾手後，都已經距離真相很遙遠了。只是女兒不曉得，族老發脾氣之前，正巧是在自己家裡呢。

「妳倒是說說，我這個決定對是不對啊？自從pulingav慕妮到大武山和祖靈團圓之後，我就再也沒有可以商量的人了。」樂歌安轉過望山的眼睛，盯著眼前和自己相差五歲的隨侍兼鄰居。

吾艾沒有吭聲。起身走進屋子裡，再出來時，手中多了一綑麻線，和形狀特別的木梭子，再一屁股坐下動手編起背包了。

「妳覺得我們天天這樣看著大武山，山上的祖靈是不是也天天這樣看著我們啊？」吾艾邊織著手中的背包，邊問著身旁的樂歌安。

樂歌安笑了笑點點頭，她了解吾艾在暗示什麼，祖靈天天都在看著，地界的子民有無逾越的行為，是自己先問了不該問的問題，她不該還期待吾艾能夠回答，吾艾用了最隱晦的方式提醒了她。

Pulingav慕妮離世的時候，對外號稱一百零三歲，樂歌安覺得，pulingav慕妮的年紀一定不僅如此，她從有記憶開始，就是慕妮在執行各種儀式，那時候的pulingav都已經當ina了。也幸好有慕妮一路陪伴著她，走過繼承後的歲月，有些沒能完全從ina口中學到的知識，還是pulingav在很多夜裡偷偷教導她的，尤其是那些難解的夢境，唯有透過pulingav的靈識和祖靈溝通，才能得到答案。

冬日的陽光撒在兩個老人的身上，極其溫柔的、緩慢的流動著，一陣噗噗地摩托車聲，劃破了這股寧靜。「vuvu，來吃早餐。」魯真騎著車從兩人面前滑過，吾艾拿起一顆新的檳榔，剛剛準備好，魯真就拎著一袋食物跑到了面前，像交易似地，吾艾接下了早餐，魯真接下了檳榔。

「vuvu吾艾、vuvu，我剛剛送奈奈去幼稚園，順便買了早餐回來，快吃。」兩個老人點了點頭表達謝意，吐掉口中的檳榔渣，拿起了手中的食物，慢慢啃食起來。「妳們慢慢吃喔，我去換衣服，等下去上班了。」魯真見樂歌安開始吃東西，這才放心的開口說話，昨晚僵持了一整夜，她的心情緊繃地像待產的子宮，現在終於可以出門去做事了。

「魯真，妳今天順便去找一下那個在做律師的親戚，說我這幾天會過去找他談事情。」魯真看了一眼vuvu，低著頭避開了樂歌安的眼神，輕輕地回應了一聲，就匆匆忙忙地跑回家換裝準備上班。吾艾三兩口將嘴裡的食物嚥下，又拿起了木梭子在手中編織著，樂歌安還在慢慢嚼著孫女帶來的早餐，朝著遠方的天空張望，這是一個極其寧靜的早晨。

遠遠地有吵雜的音樂和廣播聲傳過來，「買菜～來買菜喔！」是阿露伊和她的平地男人的菜車，正從部落入口緩緩駛進，吾艾看了眼前的陽光，猜測今天阿露伊菜車的行進順序，應該是從自己部落開始。

「阿露伊回來也好幾年了吧？怎麼都沒有看到她那幾個女兒回來，老大叫什麼名字，你看看我這個腦袋，真像沒織好的sikau，掉的東西愈來愈多了。」樂歌安也聽見

了廣播聲，突然就想起了吾艾的孫女，腦袋裡有個模糊的影像閃過，卻怎麼也不清晰。

「苞樂絲，她叫苞樂絲，ama是那個很高大的外省人，每次坐他的摩托車，都像一座山一樣擋在我眼前。」吾艾低頭鉤織著背包，嘴裡碎念著，腦海中也浮現出一個小小的身影，樣貌一點都不像部落的小孩子，總是癟著嘴巴，一副隨時要哭出來的樣子，不管怎麼哄都不肯讓她抱一下。

外省人

　　阿露伊大約十二歲的時候，吾艾的第一任丈夫因為久咳不癒，最終在小米田裡倒下了，吾艾呼喊附近田裡的族人，大家七手八腳地將人抬回家，從那之後，男人就再也沒辦法到田裡耕作了。

　　吾艾一肩擔起家裡所有的勞務，兩塊土地上分別種有地瓜、芋頭、小米、高粱和些許的豆類，這些也是家裡唯一的收入，原本夫妻各自分工，每年扣掉自用的分量與進貢之後，兩人只要勤勉的工作，還能有多餘的農作物可以賣出去，或是擔到附近的客家小鎮論斤販售，又或是賣給家裡農收不好的族人，吾艾負責的芋頭尤其長得漂亮，非常適合用來烘烤成下聘的芋頭乾，很受部落族人的歡迎。

　　但是男人倒下了，吾艾一個人要負責兩塊地，明顯就吃力了許多，每日天光剛亮，她煮好一日的吃食，將丈夫交給大女兒阿露伊，背起農具就往田裡走去，為了讓男人可以到三十公里外的醫院看病，她得要賣出更多的收成，才能維持家裡沉重的開銷。

男人撐了幾年，身體狀況時好時壞，死不了卻什麼事都沒力氣做，阿露伊正好小學畢業，擔負起家裡所有的家務，包括照顧病著的ama，吾艾就專心在田裡耕作農務，那時候她常常在鋤草腰痠起身時，抬頭遙望著遠方的山脈，心裡詢問著祖靈：這樣的日子何時才是盡頭啊！

阿露伊下面還有一個弟弟一個妹妹，她和弟弟都已經到了上學的年紀，將床上的父親餵藥、餵飯之後，她還得背起最小的妹妹、牽起弟弟的手，一起走到學校去上學，跟著帶有外省腔調的老師，學習新奇的ㄅㄆㄇㄈ，那時候學校有美援配發的奶粉，又香又甜，阿露伊睨了一旁虎視眈眈的弟妹，再怎麼嘴饞也只能忍住，全數餵給年幼的弟弟妹妹。

那一陣子山上常常出現奇怪的人，說著台語的平地男人女人，帶著三三兩兩的中年人，每個看起來都是方正的國字臉，操著一口有濃重鄉音的中國人，樂歌安說，那是從海的另一邊來的人，和尋常看到的平地人不一樣。樂歌安還說，這些男人是上山來找老婆的。

吾艾一開始沒把這件事情放在心上，家裡沒有適婚年齡的女孩兒，生病的丈夫、三個孩子和艱辛的農作，已經耗盡了她全部的心力，晚上有時間嚼顆檳榔，和鄰居的女人們聊聊天，就是她最大的享受了。聽樂歌安說，這些人

住的地方和平地人不一樣，那裡叫做「眷村」。不少人追問著族老「眷村」長什麼樣？樂歌安嚼著檳榔聳了聳肩，說：「我也沒去過。」

後來陸陸續續傳出，有族人同意將女兒嫁出去，還拿到頗為豐厚的聘金，樂歌安這才開始正視起這群人的目地，她將那些操著台語的平地人叫到自己家裡，花了一番功夫，才讓這些人了解她在部落裡的身分，這群人像發現了蛋縫的蒼蠅，急急地吹捧著那些方臉、壯碩的中國人，表示這些男人不打算回海的另一端了，所以要找老婆成家立業落地生根，想在部落裡找適合的女孩兒結婚，還會付出很高的聘金給母家，希望族老能夠幫忙介紹。

族人慣習早婚，十八歲左右的適婚女性，大多已經成立家庭，樂歌安看著這些人的臉，一個個似歷經風霜的呈現老相，隨口問了找上門的平地人：「他們都幾歲啊，看起來已經有點年紀了，怎麼會還沒家庭呢？」平地人有些訕訕地摸著鼻子說：「差不多三十歲啦，大陸那邊有家，可是他們回不去了。」緊接著又補充道：「他們想要孩子，嫁去眷村穿暖吃飽，不會有問題啦！」

樂歌安隱隱覺得事情沒這麼單純，只回答來人道：「願不願意嫁女兒出去是人家的事情，我會幫妳們問問看。」也不忘警告的提醒：「不要在我們部落裡面走來走

去，又不是在你們平地，這裡是我們的地方呢！」猛然張揚的氣場，震懾住來訪的客人，就連從戰場中浴血出來的軍人，都可以明顯的感受到。

　　兩年過去，家裡男人的身體始終沒起色，就這麼病懨懨的一日拖過一日，為了替家裡省點開銷，到最後連藥都不肯吃了，照顧的責任從阿露伊轉嫁到弟妹身上，她加入吾艾農作的行列，一大一小的身影，在偌大的農田裡奮鬥著，偶爾會有好姊妹們趁著閒暇來幫點忙。

　　看在吾艾家的狀況特殊，樂歌安雖然在每年冬季，依循慣例收下子民們的進貢，但總是趁著夜裡向吾艾討檳榔吃的時候，偷偷將小米、芋頭藏在麻袋裡，一點一點地往吾艾的廚房角落塞。

　　月光涼涼的照射在石板上，勤勞的吾艾還在整理收成的小米，一束束的串起來掛在梁下。入秋了，石板有著白日烈陽曝曬後的餘溫，但是一股股從舊部落下拂的風，還是有著沁人的涼意，她嚼著檳榔，沒停過的動作讓身上燥熱得很，抹了一把額頭上的汗，有些不耐的瞄了院子裡吵鬧的孩子們。

　　「ina，隔壁的vuvu來了。」阿露伊的身影突然擋住了月光，原本就昏暗的屋內頓時一片黑暗。吾艾隨手端起

擺在屋角裝著檳榔的籃框，厚實的腳板踩踏在石板上，又涼又熱，說不出是什麼感覺，心底微微地就有些慌亂。

「吾艾，我想念妳的檳榔了，給我一顆吧。」樂歌安低沉溫潤的嗓音傳來，瞬間就安撫了吾艾的心臟。俐落的剖開檳榔，夾上荖藤和石灰，遞給隨興坐在石板矮牆上的族老，之後也給自己塞了一顆。

「妳還記得幾個月之前來得那些平地人？」和緩沉穩的聲音，一如樂歌安的身分。吾艾側頭想了一下，這才知道族老所指為何，她點了點頭，簡短的應了一聲。「第一個嫁出去的女兒回來了，妳知道嗎？」，吾艾現在每天忙得暈頭轉向，等夜裡忙完所有事情，倒在床上立刻就睡著了，連和婦女們八卦的力氣都沒有。

病中的丈夫，偶爾會探來需求的手，吾艾總是大手一拍，轉過身去繼續沉睡。

「怎麼了嗎？」吾艾又抹了一把額頭上的汗，隨口叫阿露伊去舀兩杯水拿來，阿露伊彆彆扭扭的走去廚房，顯得有些不情願。樂歌安眼尖，盯著阿露伊的屁股問道：「阿露伊的初經來了？」吾艾無奈地嘆了聲，想起必須多準備一個人的月經布，點了點頭算是承認了阿露伊的初經。

「長大了，可以生孩子了喲，記得要跟妳的小夥伴

們，多多學習相關的知識喔。」樂歌安半調侃地，對著迎面走來的阿露伊說著，就在女孩兒匆忙轉過身想落跑時，樂歌安掐了一下少女渾圓的臀部，哈哈哈的大笑了幾聲。吾艾無奈的聳了聳肩，嚼著檳榔的嘴裡吐出幾句模糊不清的話，「要開始教她一些事情了，不然哪天就給我蹦出個孩子了。」

樂歌安突然就沉默了，手中揣著頸上的琉璃珠項鍊，一顆一顆的滑過，琉璃珠歷經了數代繼承人的撫摸，在月光下熠熠顯出光輝。吾艾也沒吭聲，她知道族老不會無端在晚上來找她討檳榔吃。

「我下午跟那個女兒聊了一會兒，大概知道『眷村』是什麼了，她嫁過去過得還不錯，除了每天被逼著生孩子，這次回來聽說已經有了。」樂歌安嘆了口氣，似安慰又似遺憾，女人懷孕是值得慶幸的事情，但是，顯然這個新生兒不會留在部落裡。

「吾艾，妳男人病成這樣，日子這樣下去，妳能撐多久，要不要考慮一下，讓阿露伊嫁去那個什麼眷村的，我問過了，應該是還可以的⋯⋯。」夜色掩蓋了吾艾的臉色，看不出來究竟有什麼想法。樂歌安沉沉的嘆了口氣，「畢竟是第一個孩子啊，如果妳不願意，我也不會勉強妳的，妳自己想看看吧。」抬起擱在矮牆上的屁股，吾艾看

著族老的背影慢慢的踱走了。

　　胡亂沖了個澡，吾艾滿腹心事的爬上了床，習慣性地伸手探了探男人的呼吸，黑暗中忽然就被一把嶙峋的手骨給捉住，像被煙燻過的沙啞氣音，低低地傳了過來，「我知道妳捨不得，但就照族老說的吧，我照顧不了妳和孩子了，阿露伊會懂的……。」吾艾突然一陣鼻酸，眼淚無聲地籔籔垂落，這些年的辛酸委屈，頓時淹沒了這個夜晚。

　　命運之手在這一晚伸出了爪子，徹底扭轉了阿露伊的未來。

　　幾個月後，阿露伊什麼東西也沒帶，跟著國字臉的男人下了山，為了父親和弟弟妹妹，她嫁給了一個年紀跟父親差不多的男人。

　　下山前一天夜裡，ina爬到她和弟妹們床上，將月經布塞到她的手裡，什麼話都沒說，就低聲的啜泣了起來，阿露伊有些懵懂，和年齡相仿的小夥伴們平日的話題裡，不是沒聊過娶夫嫁人的事，每回躲在田裡的工寮或是河邊洗澡時，總會相互調侃著誰喜歡誰，有時候遇上年長些的姊姊們經過時，會過來掐掐這群身體還未徹底長開的妹妹們的乳房或屁股，笑說她們不知羞，才幾歲就討論著男人了。

她沒有想到，自己嫁人的日子這麼快就到了，正常來說，她應該是要招贅丈夫的長女，如今不僅要嫁人，還是嫁到平地去。

　　「族老說了，妳嫁去的地方還不錯，替那個男人生幾個孩子，就像我和妳ama這樣生活，不會像在家裡這麼辛苦。」吾艾相信，阿露伊未來的生活一定不會太差，因為國字臉的男人，送來了幾顆小巧的金元寶當聘禮，那價值遠遠超過她的想像。

　　族老家分產的消息很快就傳遍了部落，甚至部落以外的鄰近部落，吾艾的女兒阿露伊也在工作回來後，找ina八卦著相關消息，吾艾看著手上的木梭子，專注編織什麼也沒說，直到阿露伊猜測起這是否會遭到祖靈的懲罰時，吾艾才放下木梭子，嚴屬的制止女兒繼續說下去。

　　「煮熟的食物飄出味道，煮開的熱水冒出煙，每件事情只要做了就瞞不住人，但是，祖靈會怎麼做？就不是我們這種家族可以亂說的，妳給我記住這一點。」女兒低下頭嘀咕了幾句，沒敢在母親面前繼續這個話題。

　　事實上，樂歌安家族土地贈與、過戶、拋棄繼承的事情的確進行地很快速，在專業律師的處理下，不到幾個太陽升起落下的日子，就幾乎已經底定。

這在部落裡引發眾人的討論，有人說這是違反傳統，必會遭到祖靈的懲罰，也有人說這是現代社會了，老人也不得不低頭，樂歌安家族尋常地過著規律的生活，並未出面向族人多解釋什麼。

　　只有偶爾會見到樂歌安穿著傳統族服盛裝出門，在太陽下山之前，在依邦夫妻的陪同下，滿臉疲憊的開車返回家，當天就緊閉家門，連檳榔都不吃了。

　　後來，大家才從依邦的口中得知，樂歌安為了化解心中的擔憂與疑惑，跑去鄰近的部落，拜訪同樣是太陽生的家族長者，企圖尋求更完美的作法。

　　更後來，那已經是幾年之後的事情了，魯真才在某年部落舉行祭典前夕的聚會時說道，在鄰近部落的pulingav與族老協助下，樂歌安召喚了古老部落的祖靈前來溝通，她願意承擔所有觸犯禁忌與傳統的懲罰，只盼望祖靈能夠饒恕已經被異化的晚輩們，任何的苦難由自己一肩擔起，就算是付出生命、無法回歸大武山上都無怨無悔。

　　嘉納夫分得了一塊約五分多的土地，在老人眼裡，那是一塊良田，可以種出很多的小米、高粱、地瓜，還有很乾淨的水源從旁邊流過，甚至還能在上面蓋一間不小的房子和工寮，想要靠那塊地養活十幾口家人絕對不是問題。

至於在年輕人眼中，土地不遠處就是新開的縣道，因為土地規劃的關係，那塊土地的地目，也從農地變更成為建地，要賣的話可也是價值不少錢啊！

　　只不過，嘉納夫的這塊土地並不是從樂歌安的財產繼承而來，而是自魯真名下，以贈與兄弟的名義轉出，表示樂歌安所掌握的土地並未分散，算是繼承人以照顧平輩的名義所賜予的祝福，同時也代表嘉納夫正式從樂歌安家族移分出去。

　　樂歌安技術性的迴避，避免直接違反傳統，但是，這樣的做法是否符合傳統，在部落的悠悠眾口之中，引起高度的討論，不過沒多久，部落就被更大的事情震懾住了。

　　土地完成過戶後，嘉納夫正式從樂歌安家族除名了。所謂除名，其實從現代行政程序來看，也不過就是將戶籍遷出以樂歌安為戶長的戶口名簿，但是對於部落族人來說，從戶口名簿上遷出獨立成一戶，就象徵是本家獨立而出的一個旁支家系，照著部落裡的規矩，必須要由pulingav到新家去進行命名家屋的儀式，表示這個新的家族，將正式排上部落的系譜中，何況，嘉納夫可是樂歌安家族的孫子呢。

　　但是，嘉納夫沒有這麼做。他將戶口遷到了與妻子在城市裡買下的新居，而且，失去了pulingav的部落，也沒

有人可以為嘉納夫進行新屋命名的儀式，這一連串違反部落慣習的舉動，果真造成部落人心惶惶，焦慮的像失去女王的蜂群，四處傳來的嗡嗡聲，攪動著部落的日常生活，大家都害怕mamazangiljan家族的決定，會招來祖靈的不悅，終將有危厄降臨。

夜色格外深闃，連一絲月光都見不到，吾艾家後方有一片竹林，整夜裡被狂風吹的簌簌響，如同颱風來襲，尋常偶爾會出現的鳥叫獸鳴，連著幾日都沒了蹤跡，倒是竹子挨著竹子嘎吱嘎吱的摩擦，讓吾艾聽了都忍不住牙齒一陣痠軟。

果不其然的，樂歌安就這麼倒下了。魯真對族人的說法是vuvu年紀大了，最近又因為忙著處理家族的事情，因此太累才會生病。

吾艾如常的坐在院子裡切剖著檳榔，她望了望僅有一牆之隔的樂歌安家屋，嘆了口氣搖搖頭，這些日子，樂歌安虛弱到連來跟她討檳榔吃的力氣都沒了，吾艾已經許久沒見到樂歌安，她抬起頭，看著那座常與樂歌安一同觀看的大武山，心裡隱隱有股擔心，難道，大武山上的祖靈們真的生氣了？

這個念頭一起，吾艾立刻用力地甩了甩頭，這不是她

的身分該起的念頭，祖靈自有祂們的想法與做法，她只需要依循傳統，如常的照著生活步調過下去，一切自有祖靈在安排著。

「篤、篤、篤」的震動，從石板地上緩慢傳送到吾艾沒穿鞋子的腳底板，她抬起頭望向傳來聲音的方向，赫然見著魯真攙扶著樂歌安出現在眼前，樂歌安像極了她二十年前逝去的母親，那個一頭白髮、滿臉皺紋卻充滿智慧的前族老。

可是，樂歌安明明就沒那麼老啊，怎麼會呢？吾艾的眼睛猛地就酸澀了起來，她沒想到不過幾天病痛的折磨，就足以將樂歌安折磨到這般，如同已經過世的 ina 似地蒼老。

「吾艾，我的好朋友，我想妳了呢，更想念妳的檳榔，來跟妳討檳榔吃的。」短短幾句話，樂歌安得換過幾口氣才能說完

吾艾揚起手中的小彎刀，努力的堆起笑容回答：「來啊，來啊，等著妳呢，這檳榔隨時為妳準備著。」手中的檳榔已經完成剖片，並夾甘草片包以荖葉，正等著樂歌安伸手接下。

「看看妳那張臉，真醜啊，沒看過那麼醜的臉，又哭又笑的，剛出生的娃娃都沒這麼醜呢！」樂歌安在魯真和

吾艾七手八腳的扶持下，才終於安放了身體在稍嫌矮小的
藤椅上，並接下了吾艾的檳榔。

「vuvu，妳真的要吃喔？醫生說……」魯真立在一
旁，想要制止樂歌安將檳榔往嘴裡送。

樂歌安一揮手不耐的打斷魯真的話，「管那麼多，做
妳的事去，讓我跟吾艾聊聊。」魯真為難地站在一旁，不
知道究竟是該離開還是該留下。

吾艾對著魯真說：「妳去忙吧，我會陪著妳的vuvu，
有事情會馬上叫妳。」魯真這才點頭對吾艾道謝後離去。

「吾艾，妳的小米田好嗎？」樂歌安嚼著檳榔曬著陽
光，精神看起來好多了，比起吾艾剛剛乍看到的臉，似乎
消失了不少皺紋，又回到她平常所習慣的樂歌安。

「好呢，我每天和它們說說話聊聊天，我心情好它們
就會跟著心情好。」吾艾整理著手中的棉繩，試圖將那纏
成一坨的線團給理清楚。

「那就好，吾艾，以後別忘了，還是得固定把小米送
到魯真那兒啊。」吾艾突然聽到這一番話，放下了手中整
理的線團，有些困惑的看著說話吃力的樂歌安。

樂歌安笑了笑喘口氣，繼續說著：「其實，那天，我
看到了鷹族，在很高的天空上飛著呢！我和祖靈做了個商

量，看來日子就要到了。」吾艾這下更驚訝了，那天自己已經蒼老的眼睛沒看錯，真的有老鷹遠遠的飛翔著。

「幫我叫魯真吧，我累了，要休息了！」吾艾雖然有些話想問問樂歌安，但是一方面忌憚自己的身分，一方面又擔心樂歌安的身體，急忙放下腿上的籃子，往隔壁的家屋跑去，叫喚魯真前來攙扶族老回家休息。

那晚，樂歌安在沉靜的睡眠中失去了呼吸。

死亡

　　夜裡，mamazangiljan的家屋爆出哭泣的聲音，吾艾被淒厲的哭聲驚醒，恍惚中以為自己夢魘了。接著，各家屋紛紛亮起了房內的燈光，一盞接著一盞，一間接著一間，很快地，全部落的燈光都亮了起來。

　　族老的喪事在部落是大事，在傳統裡，全程都需要pulingav協助處理，但是部落裡的pulingav慕妮早已經過世多年，被祖靈新選上的pulingav繼承人，又因為篤信基督教的緣故，不願意接受被賦予的身分與訓練。經過了一個晚上的爭執與討論，最後只得尋求鄰近部落的pulingav幫忙，依邦還特別交代古勒勒驅車前去，每日接送pulingav以利教導喪儀的流程。

　　每個家屋都出動了人員前來幫忙，大家默默地各自進行手邊的工作，或搭棚子、或起灶生火煮食、或排列椅子供前來弔唁的族人休息，每個家族都有過辦理喪事的經驗，多少了解一些基本的事務。mamazangiljan家族與眾不同的喪儀細節，大多都集中在屋內，吾艾也加入了屋外的

工作，幫忙整理各家屋甚至是各部落送來的水、酒、菸、食物、檳榔，這些物資得供應喪事進行期間，所有前來幫忙或弔唁的人們共享。

依照家族地位的階級，層層的人群將樂歌安家族包圍在內，入座屋內的大多是貴族家族，能坐在小院子裡的人們，身分也都不低，平民家族派來的成員，就只能環繞在外側。有專門負責點名的家族穿梭在人潮裡，計算著哪家家屋缺席，偶爾會詢問幾句，也多有人代為回答缺席的原因，部落裡總是可以看見有人行色匆匆，在前往樂歌安家屋的路上。從本家部落被迫遷徙之後，自老部落一路遷移到現居地，樂歌安御下的子民，至少還保有約100戶左右。

認真看去，可以發現大多數的族人都身著傳統族服，最大的差別就在於左臂上的十字架貼紙，有些家族在宗教傳入之後，接受了教會的洗禮，不再依循傳統的信仰，以pulingav作為生命禮儀的核心。通常有pulingav主持施祭的場合，已經受洗的教友們就不會出席，現在尚未進入喪禮的正式儀式，於是，這些子民們抓緊時間來到現場，就為表達對族老的哀思之情。

屋子裡傳來一陣又一陣的哭泣聲，家族裡的成員已經全都換上了喪儀服飾，mamazangiljan家族的喪服華麗莊

嚴，繡紋和製作方式都精湛異常，甚少有機會見到，卻是部落裡族人們最不願意見到的穿著。

依邦守在樂歌安身旁沒出過家門一步，魯真頭頂喪帽、披著過臀的披肩走出家屋，代表家族出來向族人們一一致意，這是她接手族老的第一步，哀傷與榮耀並陳，讓魯真臉上的神情充滿了奇異的光彩，就像她脖子上配戴多年的孔雀之珠一般耀眼。

早在幾年前，樂歌安就曾經公開宣示過，依邦因為身體的關係，不適合擔任繼承人，而且也受祖靈指示，指定由魯真隔代繼承。在魯真生了孩子之後，直接就從樂歌安手中，接過了繼任族長的身分，族人們都知道，樂歌安離世的那天，也就是魯真成為族長的日子。

沒在樂歌安家屋前流傳的謠言，說的是因為樂歌安違反傳統，將土地分割出一塊，給沒有財產權的嘉納夫，因此才會遭到祖靈的懲罰過世，各種傳言如洪水流竄在部落裡，每家都有不同的版本，洪水還蔓延到鄰近的部落，摻雜了泥土和砂石，混成了土石流。

至於那個招禍的嘉納夫，大家都在等著他返家奔喪的時刻，想看看這個不肖的孫子，將如何面對族老的倉促離世。

中午，樂歌安的安靈儀式即將在她的房內進行，隔壁部落的pulingav顯然因為與祖靈不熟悉，屢屢在召靈的準備過程不順暢，使得儀式正式進行的時間拉長許多。

　　樂歌安身著大禮服，安靜的躺在冰櫃中，面容安詳寧靜一如睡夢中，冰櫃的最前端安置一張矮桌，複雜而美麗的頭飾就擺放在上面，頭飾上的某些裝飾，年代久遠已不可考，依邦和魯真就倚靠在樂歌安的左右兩側，時不時地拿起毛巾擦拭一方視窗，避免冰櫃上的溫差水氣騰騰冒起，遮擋了樂歌安的面容。

　　靈堂上的照片是樂歌安生前就選好的，那是前一陣子樂歌安下山辦理遺囑時，特別繞到小鎮上的照相館拍的，這個要求當時還讓魯真驚愕了一下，因為當天樂歌安並沒有特別交代，只是在出門前，要魯真去房間裡提了個大箱子，到照相館之後她才知曉，裡面準備的是樂歌安平日不輕易穿上的大禮服與頭飾。

　　Pulingav坐在一旁的沙發上，面前也是一張小桌，已經放置好喪家準備的芋頭、水煮五花肉和檳榔，還有一團趁鮮摘下的樹葉，她從隨身的巫師袋中，慢慢取出祭儀需要的物件，嘴中喃喃吟唱著古老的曲調，準備要踏入陰陽交界之地，試圖召喚遠古的祖先和祖靈們。

　　一手執起青銅小刀，細細碎碎的刮著手中的獸骨，

pulingav微瞇起眼睛，望向幾步外的樂歌安，召喚靈魂的語速愈來愈快，幾乎已經到了驚人的程度，沒有人能聽懂pulingav的語彙，只見她額頭上的汗水密集，就要沿著眼皮滴下來了，她突然輕嘆一聲，拿起桌上的米酒抿了一口，對著魯真搖了搖頭。

坐在門口最貼近靈堂位置的族人們，實況轉播著pulingav的一舉一動，就像傳統口述人一般，還夾雜著猜測和註解，口耳相傳的沿著座位一排一排傳遞出去，如燎原的火勢迅速瀰漫棚架區，再從棚架區流竄到部落的每個角落。

部落又開始出現了新的說法，認為這是因為祖靈不願意原諒樂歌安，所以無法被召喚前來，也有人說，不肖的子孫尚未趕到，因此耽誤了整個儀式的順暢，這個部落顯然就要在一波又一波洪水流言中被淹沒了。

冬日午後，太陽失去了威力，寒風夾雜著流言，讓每個人都瑟縮起脖子，躲在臨時搭置的棚子下相互取暖。

屋子裡，依邦沒有停歇過的哭聲淒厲異常，這等於是輾轉告訴大家，安靈的程序依然無法順利完成，族人們睜著大大的眼睛彼此看望，眼底有未知的恐懼，一時之間也不知道該如何是好。

吾艾拿起隨身背著的籃子，一一分發檳榔給族人們，

人群交談的聲音嗡嗡地來回震盪，擾得所有人都心神不寧，吾艾有些無奈和氣憤，為什麼檳榔都堵不住這些人的嘴巴。

一輛白色轎車就在此時駛進了樂歌安家屋前的巷口，隱隱有人說道，那似乎是嘉納夫的車子，大家移轉了注意力，立刻有人喊著，「回來了、回來了，嘉納夫回來了。」這話引發一陣騷動，蠕動的人體立起身來，形成一層又一層厚實的人牆，迎接著嘉納夫返家奔喪。

下車的是嘉納夫和妻子、與手中抱著的阿浪，魯真在聽到屋外人群的呼喊之後，已經站定在家屋門前等著，當兄妹二人的眼神一交會，魯真和嘉納夫就發出了一陣哭嚎。嘉納夫朝著家屋門口快步走去，口中一邊還喊著，「vuvu，我回來了。」在家屋門前的族人們，自動自發的讓開一條路，如摩西劈開紅海，展現路徑讓嘉納夫一家人快速通過。

屋內驟然又傳出一陣爆哭，如受傷的野獸發出震耳欲聾的嘶吼，屋外因嘉納夫出現暫緩的交談聲，又密密細細的騷動了起來，幾個老人家以毛巾蒙住雙眼，吟唱古調般地跟隨著屋內哭泣聲的節奏，娓娓地拉長了嗚咽，傾訴失去族老的悲慟，迴繞在部落的上空持續好幾天。

部落的上空出現了鷹族，先是一隻、二隻，接著出現

了三隻、四隻，就在炸裂的爆哭逐漸變成催眠般的低泣時，族人都看見了那一隻接著一隻出現的鷹族，展開巨大的翅膀，在部落上空優雅地飛翔著，愈飛愈低、愈飛愈低，驚動了地面上笨拙張皇的狗群，仰頭對著鷹族們狂吠不已。

族人張大嘴和雙瞳，看著眼前只有耆老口述中才會出現的畫面，沒有人能夠解釋眼前的一幕，那和神話描述一模一樣的景象，有些年歲足夠蒼老的老人，睜著混濁的眼睛諄諄告誡著族人，「一定要相信祖先說的話啊，祖靈隨時看護著我們啊！」，甚至有人屈下雙膝，對著大武山的方向膜拜。

鷹族們持續在部落上空成環狀繞行，那正是樂歌安統御的屬地範圍，鷹族們一遍又一遍，來來回回的持續了好久，直到太陽的光輪，碰觸到大武山脈的稜線那一刻，屋子裡傳來樂歌安的靈魂已順利被祖靈接走，那群鷹族也隨著落下的太陽失去了蹤跡。

或許，大武山上的祖靈們無法諒解樂歌安的做法，破壞了長久以來的傳統規範，於是，讓樂歌安履行了自己的承諾。但，祖靈終究無法割捨這位鍾愛後代子孫的老者，還是派出了鷹族前來引導樂歌安的靈魂，回歸大武山上與眾祖靈團聚。

部落裡的族人每日自發性地前往族老靈前致意，私下裡各自排好輪班，在不同的時段裡，總有不同的人守候在依邦、魯真身旁，或是勸慰、或是準備吃食，或僅是適時地提供肩膀，讓傷心的家人可以倚靠，又或者是依照身分階級，招待著自鄰近部落前來弔唁的代表，甚至有人類學者或政壇人士，人流不曾中斷，不難窺見樂歌安在族群裡的地位與交友之廣。

就連距離部落將近一個小時車程的隔壁鄉鎮，都有耆老特意前來，獻奏在部落早已失傳的口鼻笛悼念，婉轉憂傷的旋律，緩緩地自耆老的口鼻笛中悠揚而出，似乎在遺憾著一位睿智的領袖溘然離世，哀思的和一代族老告別，那笛聲又引發了一陣啜泣，讓在場的人都被勾起了離殤。

樂歌安的公祭進行得非常緩慢而漫長，僅次於樂歌安家族的二級貴族家族，念出了長長一串的名單，每念一個家屋名，便有一位代表出席的族人起立，這是樂歌安御下約一百戶的子民，對她最後的致意。家屋前預排好的三百張椅子，幾乎座無虛席。

當樂歌安的靈柩正式起靈時，現場爆出一陣哭聲，由貴族家族的八位代表，前後左右的抬起了靈柩，穿越人群往公墓出發時，竟是有人哀傷的暈厥昏去。人潮慢慢地跟著靈柩前進，從樂歌安家屋到公墓約三公里的路程，當靈

柩終於抵達公墓時，齊聚在家屋前的人們，竟都還沒能完全消化。從空中俯瞰，彷彿就如一條百步蛇，緩慢的蠕動著身軀，一路向大武山脈上爬去。

第一階段的喪儀進行七天，魯真家族身心俱疲，還好有著子民們全程陪伴，這是一種表態也是守護。部落裡有一些勢力較弱的家族，或是由政治扶植而起的另類領袖家族，在人心浮動的時刻蠢蠢欲動，甚至還選在這個敏感時期，申請了地方政府補助款，辦起以文化為名的觀光導覽行程，參加活動的外人和前來弔唁的族人湧入部落，頓時顯得紛擾了起來。

流言蜚語雖然伴隨著整個喪儀，但是魯真展現了繼承人的魄力，堅持 vuvu 的做法並沒有問題，也以族老順利被祖靈接走的結果，表示樂歌安所做的一切，都是執行祖靈的意志，穩定住樂歌安統御幾十年的子民與屬地。而嘉納夫一家也在頭七之後，匆忙返回城市裡的居所，不回應任何的指責。

魯真在一陣混沌中醒來，她眨了眨眼睛，似乎試圖想要分辨現實與夢境，眼前大片展開的淺藍色天花板，和身下軟綿舒適的床褥，讓她確認了自己正躺在部落的房間內。

她將壓在枕頭下的手機摸了出來，看了看時間，該去把孩子叫起床，準備梳洗去上托兒所了，希望休息了好幾天的孩子不會鬧彆扭，否則就會耽誤到祭悼 vuvu 的儀式。

　　樂歌安 vuvu 已經過世半個月了，高齡將近百歲的她，是這個部落裡碩果僅存還知曉傳統的老人，尤其出身 mamazangiljan 家族，神話傳說所賦予樂歌安的權利更是強大，她的離世不僅造成部落的震撼，更驚動了整個族群，長達一個星期的葬禮主儀式，川流不息的人群，在這個部落裡來來去去，而這些，也終於告一段落。

　　「奈奈，起床了，要去學校囉！」魯真邊打理著自己，邊呼喊著四歲的女兒，緊鄰著魯真臥室的隔壁房間，這才出現了一個邊揉著眼睛邊打哈欠的小女孩兒，手裡還牽著一隻破舊但乾淨的狗布偶。

　　「ina，今天可以上學了喔？」小女孩兒望著鏡子前背對著她的母親身影，有些遲疑地問著。

　　「對啊，vuvu 已經下葬了，所以妳也要乖乖去學校了喔，這樣 vuvu 去天上才會高興喔！」魯真轉過身，正紮綁著一頭長髮，望著一臉睏樣的女兒。

　　奈奈是魯真的女兒，四歲，在部落裡的托兒所裡讀小班，長得濃眉大眼，儼然就是魯真的翻版，「好啦，我去

換制服，等下妳會送我去學校嗎？」奈奈轉身回房間，邊走邊問著母親，軟嚅的聲音裡含著睏意。

「我現在就是要送妳去學校，妳快一點，快要遲到了，會被老師和同學笑喔，說妳這個 mamazangiljan 愛睡覺。」魯真換上傳統的喪服，將紮起的髮辮塞進喪帽裡，現在還在服喪期間，她得依照部落的規矩，穿著這身衣裳，直到一個月後才能除喪，她同時也要在奈奈的制服外面，套上樣式接近的縮小版喪服。

一陣手忙腳亂之後，魯真這才終於牽著奈奈的手步出自家門口，院落裡依然很熱鬧，還是有不少部落的族人們，依循著傳統，來到這位剛過世的族老家門前，獻花表達哀戚，魯真向聚集在門前的族人們一一致意，準備牽起奈奈的手突破人群，往停放在路旁的摩托車走去。

「魯真，我幫妳送孩子去學校吧，這裡這麼多人要妳招呼呢！」說話的是住在上部落的族人，主動走上前來牽起了奈奈的手，要魯真放心把孩子交給她，留下來招呼前來致意、數量還不少的族人們。

魯真看著眼前這些族人，想想也對，自己的 ina 還沉浸在悲痛中，躺在床上，一直無法起身面對人群，她又是 vuvu 生前親口指定的族長繼承人，不由她來招呼，還有誰能處理這些事情呢？

於是她蹲下身來對著奈奈說：「奈奈，妳先跟著ina
穆莉淡去學校，下午放學的時候我再去接妳喔，好乖。」
奈奈年紀雖然小，但這一個星期以來，眼見著人潮來來去
去，她也知道家裡發生了大事，於是乖巧的點點頭，揮手
跟魯真道別，跟著穆莉淡離去。

夢境

　　族老過世那日在門前臨時搭建的棚架，在下葬禮進行後已經拆除了，不似之前大家來慰靈時，還有椅子可坐、茶水可喝，以至於密密麻麻的站滿了門前一大片，魯真急忙道了謝，收下那些用來安慰家屬的貼心贈禮，有各種熟食、茶水、菸酒和檳榔，這是體諒服喪中的家屬，無心下廚亨煮的貼心舉動，許多族人見著了魯真一面，也只是用力地擁抱了她，沒說什麼話便離開了。

　　魯真默默地整理著散布在家門前的物品和花朵，她知道，今天或之後的一個月，總共四十天的喪儀期間，依然會陸續出現前來致意的族人，這些是真正感念vuvu的人。

　　過去兩周裡，那些絡繹不絕的人群，或有政治人物、民意代表，或有地方頭人、各方家族，大多是因為不能失禮而前來的，從各方送來的花圈、花籃，排滿部落僅有的一條主要道路，這幾天也才終於隨著vuvu的下葬而清理乾淨。

今天這些沒有包裝的、仍帶有露珠的各式花朵，是族人們清早到山上採集，親自送來家門前，她相信，現在若是到 vuvu 的墓前，也必然會見到遍布的花海。

終於整理好門前各方送來的東西，魯真這才有機會坐下喘口氣，她看了一眼掛在牆上的時鐘，再過一會兒，她還得準備祭品到 vuvu 的墳上去祭拜，晚上也約了隔壁部落的 pulingav，要舉行召靈的儀式，詢問 vuvu 對於新的家屋是否滿意，想到這兒，她突然就憶起了昨夜的夢境，一陣胸悶的不適讓她往屋外走去，想呼吸點新鮮空氣，屋子裡濃郁的花香讓人感到窒息。

這是島嶼南方，雖然還是冬季，但烈陽依然毒辣，不過上午十點左右，屋外的陽光已經將石地板曬得微熱，太陽高高掛著，天空竟湛藍地連一朵雲都沒有。魯真拖著腳步來到隔壁，吾艾正好才從小米田裡回到家、沖完澡、捧著檳榔籃子和小椅子準備坐下來，見著吾艾，魯真很自然地就往那兒走去，一如樂歌安還在世的時候。

「vuvu 吾艾，妳從山上回來了嗎？」魯真拉了張小椅子，剛一坐下，剖好的檳榔就已經送上來了。

「是啊，我回來了，而且，我還去看過了樂歌安，妳的 vuvu。」吾艾低著頭，繼續為自己剖開一顆檳榔，放進

小臼裡搗著，見著檳榔搗爛了，才送進自己的口中。樂歌安走了之後，吾艾的牙齒彷彿也跟著出走了，居然有好幾天都不能順利地咬破檳榔。

吾艾抬眼看了看眼前的大武山脈，含著檳榔的嘴中念著：「不知道樂歌安到了沒啊？和vuvu們團圓了嗎？」老人不再清澈的眼裡，隱隱地泛出了淚光，嘆了口氣，她轉頭問著魯真：「妳的ina好些了嗎？要告訴她別太傷心，這樣樂歌安、妳的vuvu會擔心的。」

魯真還沉浸在剛剛吾艾的自言自語裡，她也很好奇，vuvu死後都好嗎？一時之間，沒聽到吾艾提出的問題，只是嚼著嘴裡的檳榔，只覺愈嚼愈苦澀，苦到直要逼出眼淚了。

「vuvu吾艾，我做夢了！」魯真突然回神，想起了困擾自己睡眠的事情。

正在手鉤背袋的吾艾，一聽見魯真的話，手猛地一陣，急忙揮動雙手要魯真住口，「魯真啊，這夢我是不能聽的，妳得去問pulingav才行！」吾艾唯恐魯真一時口快，還急忙撇下了手中的針線，搗住了自己的雙耳，不斷地搖著頭。

魯真知道這個規矩，她是vuvu從小一手帶大的，vuvu把魯真當成繼承人在教導，所有族長該知曉的規矩、

禁忌、傳統等等，樂歌安幾乎全都知無不言地傳給了她。族長的夢境得由pulingav來進行解夢，這早在魯真開始會做夢的年紀就懂得的事情，她居然一時之間竟忘記了，吾艾的提醒無疑是當頭棒喝，狠狠敲醒了魯真。

「唉呀，vuvu吾艾，真是不好意思啊，我居然忘記了，真是不應該。」魯真無限歉意地緊握著眼前老人的手。

「魯真，一定是因為樂歌安的過世，讓妳太傷心的緣故，還好我什麼都沒聽到，不過，妳該要好好想想了，妳是繼承人，接下來有很多事情要處理，樂歌安曾經教過妳什麼？妳可要趕快想起來啊！」吾艾無限憂心地，看著眼前不到三十歲的、自小在她眼皮下長大的族長繼承人。

「可是，pulingav……」提起pulingav，魯真心底的另一個疑惑浮現了，吾艾見到欲言又止的魯真，立刻猜到她的擔憂是什麼，這也曾經是自己甚至是樂歌安生前的擔憂。

依照過去的傳統，祖靈會在族人裡遴選適當的人選，並賜予pulingav人選的信物，每一任新選的pulingav人選，要帶著這個信物到時任的pulingav家報到，經過檢驗和認可，才能進行為期三年的訓練。出師之後，跟隨在

pulingav身旁擔任助手學習更多的知識，直到pulingav過世之後，才能接下pulingav的責任和工作，成為部落新的pulingav。

吾艾還記得當年部落出現pulingav新人選的時候，樂歌安是如何歡天喜地，準備要昭告鄰近部落這件事情，結果就在祖靈選定的這個pulingav人選，帶著信物前去報到後，一切期盼都宣告破滅了。

原來，新任的pulingav人選，已經在教堂受洗成為教徒了，不願接受pulingav這個身分與工作，帶著信物到pulingav家，只是為了要歸還，那個只有pulingav才能看得到的信物，而這個人，還是吾艾自己的親姪女呢！

「唉！我那個姪女，如果當年她能接下pulingav的身分，現在就不會這樣了……。」吾艾每每想到這件事情，總忍不住這樣感慨著。

當時的pulingav慕妮年事已高，唯恐自己的身體撐不了多久，每天都期盼著pulingav人選快快出現，她才能竭盡所能的教導，將那些歷代pulingav流傳下來的知識系統，全數完整的傳承下去，沒想到卻是這樣的結果。慕妮在盛怒之下，以自己強大的法力施下了咒語，讓這個原本應該是新任pulingav的人，永生無法離開自己的部落，一旦遠離，便會招致禍事。

pulingav慕妮施咒前，曾經在一個沒有月光的夜晚裡，前來樂歌安家裡，說明自己為何要施予這個懲罰。她認為部落一旦失去了pulingav，無疑就是斬斷了和祖靈的連結通道，將再也無法在各式生命禮儀中，召喚各家族的祖先和祖靈，也無法完整背誦出各家族的起源，以及隸屬mamazangiljan家族子民的家屋歷史，未來連新生兒的名字都沒有遵循的規則，更何況還會關係到祭典的舉行。

　　這在傳統裡，已經不是個人意願的問題，而是關係到整個部落的生存，pulingav慕妮氣得幾度握不住手裡的柺杖，不斷地在屋裡跺著步，要樂歌安諒解她的氣憤和無奈。到後來甚至幽幽地流下了眼淚，問著樂歌安說：「我走了以後，妳們該怎麼辦呀？以前我的師傅就告訴過我，過去還有部落征戰時，要毀滅一個部落，就是從殺了他們的pulingav開始，因為將再也沒有人，可以完整地吟唱出遷移的歷史，也將再也無法召喚大武山上的vuvu們啊！」

　　這般嚴厲的責罰，在當時也引發部落不少的爭議，有人認為這是咎由自取，也有人認為，在這個時代哪還需要pulingav，部落裡不同的宗教系統，還召開了會議討論，希望pulingav慕妮能取消施下的巫術。當然，更多人懷疑的是，真的有巫術嗎？就像出身pulingav助手家族，後來

成為傳道人的古流說的：「哪有什麼巫術？那都是撒旦迷惑世人的謊言。」

「有的，真的有的，千萬不要懷疑祖靈啊，留下的規矩一定有祂的意義的！」吾艾還記得當年樂歌安也是在自家的院子裡，和她一同嚼著檳榔時，不斷重複著這句話，那時，她和樂歌安都還用不著小臼呢！

說也奇怪，原本能跟著團契四處傳教交流的 pulingav 人選，在慕妮施咒之後沒多久，每回出遊總落得被救護車送回部落的下場，問起原因，都說是水土不服或食物問題，而導致的急性腸胃炎，但是只要人一回到部落，所有上吐下瀉、胃絞痛等問題，都會迎刃而解自動痊癒，連藥都不用吃。

後來，pulingav 慕妮主持完她生命中最後一場 Maljeveq[9]，帶著無人繼承的巫術和遺憾，以及浩瀚的知識系統與歷史記憶，永遠地離開了族人。樂歌安在喪禮上，哀戚著 pulingav 慕妮的喪儀無人主持，更憂心著召喚各家族祖靈的通道斷了線，久久無法從 pulingav 慕妮過世的傷心裡釋懷。

9　Maljeveq，排灣族語，五年祭，又稱人神盟約祭，是排灣族最重要的祭典。

直到隔年，mamazangiljan和貴族家族，為了要商討如何與祖靈溝通masalut[10]的日期遭到阻礙時，這才發現沒有pulingav的嚴重性，也間接導致部落最終不得不依照外界流傳許久的錯誤觀念，選擇訂在每年的漢人中秋節舉辦masalut。

　　失去了pulingav的部落，等於失去了一半的傳統智慧，至少，在跟祖靈連結的通道上，少了一個可以溝通的媒介，唯有pulingav才能準確無誤地，將各家族世代祖靈與故事做完整的接續。

　　此後，每當部落裡遇上要召喚祖靈時，便顯得格外的尷尬與無奈，後來是因為某個從其他部落婚入的族人，找來自己部落的pulingav召喚單方家族的祖靈，為自己的新生嬰兒進行命名儀式，這才啟動了外借其他部落pulingav的開端。

　　樂歌安的喪儀也是這樣進行的，關於這一切過程，魯真從樂歌安那邊得到完整的資訊，但樂歌安必然也告訴了她，更多關於外借pulingav的不妥和風險，以至於魯真對於找其他部落pulingav解夢一事產生疑慮。

　　每個部落的系統自成一格，其他部落的pulingav，真

10　Masalut，排灣族語，收穫祭，一個年的終止或開始的分界。

的能夠召喚並正確解讀vuvu在夢裡想要傳達的訊息嗎？

「vuvu吾艾，我的vuvu有跟妳提過任何有關pulingav的事嗎？」魯真的疑惑真的很深，深到她已經無法判斷，該不該與平民身分的吾艾討論這件事情。

吾艾搖搖頭，順手又遞上了一顆檳榔給魯真，然後望著眼前亮晃晃的太陽，刺得她眼淚都流了下來，吾艾連忙用手背抹去了無聲落下的淚痕，「孩子啊，這問題妳真的不能問我，妳的vuvu也不能跟我提的，若真的有困惑，去問問其他mamazangiljan的族老吧！」

魯真點了點頭，吐掉了嘴裡的檳榔渣，跟吾艾道了謝，然後拖著沉重的腳步往家的方向走去，吾艾看著魯真的背影，想起了兒子古麥死去的那晚。

召喚

「ina吾艾，找到了，古麥摔到山溝裡了！」部落裡的族人到山上收穫獵物時，在自己的獵場上發現了已經失蹤多日的古麥。

古麥是吾艾的獨生子，和大多數部落裡的年輕人一樣，國中就輟學了，當時台灣島嶼還是經濟盛世，到處都在蓋高樓大廈，建築工地缺人缺得兇，每天都有平地人來部落找工人。

古麥不喜歡每天跟著吾艾上山耕作，部落裡幾個同齡的年輕人，就這麼跟著平地人離開，漂流在不同的建築工地中，每個月遇上發薪水的日子，古麥一群年輕人就會回到部落，多數的工錢交給家裡之後，剩下的錢就會拿去買醉，回家幾天就醉幾天，直到平地人來部落接他們回工地。

每回到了要返回工地的時候，吾艾免不了的總要數落幾句，要兒子在工地要注意安全、酒少喝一點之類的提

醒，古麥總是用那雙厚實卻滿是傷口的大手，握著吾艾的手說：「ina，妳等我，總有一天，我要用自己的手，蓋出像平地一樣的高樓大廈給妳住，讓妳和姊姊、妹妹在部落走路都有風。」

古麥在工地工作的那幾年，吾艾家裡的經濟狀況的確小有改善，雖然房子還沒辦法翻修成樓房，但是，至少一般人家裡有的現代桌椅取代了石板岩，下雨時會漏水的屋頂，也在古麥的巧手下修補好，再也不用四處擺放鍋碗瓢盆接雨水，重點是，吾艾久病臥床的丈夫，終於又有錢可以看醫生、買藥吃了。

不過好景不常，古麥錢賺得多，酒也喝得兇，好幾回放假返回部落，總是爛醉到幾乎無法再上工，平地人的工頭講了幾遍之後也就放棄了，再也不等古麥酒醒硬拖回工地，而是另外找新的工人替代了他。

古麥就這麼在部落裡反覆的買醉，酒醒再買醉，親手蓋出高樓大廈的承諾，成了部落裡不時穿梭的風，飄忽飄忽地也就愈來愈遠了，吾艾苦勸痛罵的招數全都用上，就是沒辦法讓古麥從酒瓶裡脫離，她終於忍不住將古麥掃地出門，不准兒子回家，吾艾自欺欺人的當作兒子還在外地工作。

其實這對古麥來說沒有太大差別，部落到處都可以就

地躺下，回不回家睡覺在酒醉的時候都一樣，直到某一天，部落裡的族人匆匆忙忙地跑到吾艾家，說在山溝裡發現了古麥，已經沒了呼吸。

「你這個笨蛋啊，不是獵人身分卻死在獵場上，這是一種恥辱呢！」吾艾責罵著已然冰冷的兒子，在親族的協助下，帶回古麥的屍體。

當時貴族家族有人剛過世不到一年，部落裡一直有個說法，當族裡有重要的人離世，總會帶著幾個人一起走，貴族家族雖然比不上 mamazangiljan，在部落裡也絕對算是重要人物。那年各家族人心惶惶，尤其是家裡有老人、或罹患重病的，無不提心吊膽，離世的人會順便就把自己的親人帶走了，吾艾憂心忡忡的是自己的丈夫，卻沒有想到最後死的是兒子，她沒有怨任何人，只怨獨生子不爭氣死在酒精裡。

吾艾家族的生命祭儀，一向都是依循著 pulingav 的傳統禮，死亡也不例外，只是 pulingav 慕妮過世後，一時之間讓吾艾不知所措，後來就是聽說有某個族人找來了隔壁部落的 pulingav 行祭，面對獨生子的喪禮，她也只好託人找來了隔壁部落的 pulingav，為古麥舉行了喪儀。

只是這一晚，無論pulingav如何召喚，亡魂就是召喚不到，吾艾眼見pulingav渾身是汗，召喚來的幾個靈魂，一問細節都不是自己的兒子，她幾乎就要心碎了，儘管吾艾是自家家族掌權的長女，這次也抵不住其他家人的微詞，認為吾艾找來其他部落的pulingav召魂，根本上就是個錯誤的決定。

　　樂歌安的家屋就在吾艾隔壁，一般來說，沒有直接親屬關係的族人，不會在召喚亡靈的祭儀中出席，但吾艾是屬於樂歌安統御的家族，也算是她的隨侍，她聽聞這個消息，在屋子裡來回踱步了許久，忽然像是想通了什麼，就移步往吾艾家走去了。

　　「pulingav，妳來自和我同一祖先的部落，試著召喚我們還未分家前的祖靈，請祂協助找尋這個可憐的孩子吧！」樂歌安靈機一動，想到了溯及最早的氏族系統，經過祖先的牽引再牽引，在龐雜巨大的亡魂迷宮裡轉折了大半夜，這才尋著了古麥。

　　這是吾艾參與過追溯最古老的召喚儀式，以前pulingav舉行Maljeveq的時候，吾艾最多也只召喚過六代的祖先們，詢問祂們的生活情況，或是有無需要，再來是告知家族裡的變化，有無多出或減少了人口。而這一次，透過樂歌安的身分，一再經由pulingav媒介現身的祖先

們，有許多都是吾艾聞所未聞的，更令她驚異的是，那些從遠古以前到來的祖先，所訴說的語言竟古老到幾近陌生。

「或許，該告訴魯真這個事情？」吾艾放下手中鉤織的背袋，從小籃子拿起一顆翠綠渾圓的檳榔，熟練的使著小彎刀，將檳榔對剖兩瓣，放進了小臼裡，舂著舂著失了神……。

魯真回到了屋裡，看見吊掛在牆上的時鐘，算一算該帶著祭品到vuvu墳前去了。她走到廚房，將前一夜準備的祭品，一一裝進用打包帶編織的現代提籃，再走到房間內穿起長袖外套，對著ina的房間喊了聲：「ina，我去vuvu那了，妳好點了嗎？等我回來煮飯喔。」沒等ina回答，魯真提起籃子，就往屋外的摩托車走去了。

這是一條僅能供兩個人行走的農路，沿路分散著許多農地，或種植小米、高粱、玉米、紅藜，也有些家族後來轉種鳳梨、蓮霧和芒果，一路蜿蜒而上，以前這裡還是泥土地，後來在這條路上有田地的家族商議，為了採收時期方便車輛進出，集資鋪蓋了水泥地，寬度剛好足夠搬運機可以通過，樂歌安當年也出資了不少。

魯真想起小時候，常常在這條路上玩耍，別家的孩子

偷摘一路上的水果會被打罵，唯獨她不會，因為這些土地上的收成，最終還得要撥出一定比例，送到樂歌安家裡，作為對mamazangiljan家族的進貢禮，所以，對於魯真來說，那只不過是隨手摘取自己的東西罷了！

這條農路的終點，是部落的公墓，因為位在路末的最高點，遠遠地就會看見十字架、墓塚和鐵皮屋頂散布，魯真遠遠地就看見了那塊嶄新的藍色鐵皮，嘆了口氣，右手稍稍加了點勁，摩托車就這麼往前方行了去。

「vuvu，您到底想跟我說些什麼呢？」魯真蹲在樂歌安的墓碑前，從提籃裡拿出祭品，嘴裡不住的問。

一塊碗口般大小的水煮五花肉、一個手臂長的cinavu[11]、三顆高粱磨粉後包肉的丸子、三顆乒乓球大小的芋頭乾和二條掌心般大小的水煮地瓜，以及絕對不能少的檳榔，這些都是樂歌安生前喜愛的食物，儘管有些東西她已經嚼不動了，但還是要求每餐都得準備，魯真還倒了一杯米酒和點上一支菸，她知道，樂歌安每天晚上會在房間裡偷偷的抽菸，魯真同時也為自己點了一支。

---

11 Cinavu，排灣族語，以月桃葉包裹小米或芋頭粉、內含肉餡的長條狀食物。

緩緩吐出一口煙，煙霧裡魯真凝視著墓碑上的照片，昨天夜裡，樂歌安站在她的床前，嘴裡念念有詞地說著什麼，但是，魯真像浸在水裡一般，就是聽不到半點聲音，她試著往前一點靠近樂歌安，說也奇怪，無論魯真怎麼靠近，樂歌安就是和她保持著一定的距離，怎麼也無法再近了。

　　在夢裡，樂歌安講了好一會兒的話，然後才靠近魯真，摸了摸她的頭，猛地便消失不見了，魯真便是從這樣的夢境裡赫然驚醒；「vuvu，您到底想跟我說些什麼呢？」魯真忍不住又問了一次，撫摸著墓碑上樂歌安的照片，她忍不住流下了眼淚。

　　一支煙的時間，魯真就這麼反覆地問了樂歌安好幾次，若不是聽見有人走路的聲音在身後響起，魯真大概會就這麼發著呆，渾然不覺陽光的熾熱。

　　「是魯真嗎？來祭拜vuvu嗎？」身後傳來一個婦人的聲音，魯真急忙將手中和樂歌安墓前的菸蒂收進衣袋裡，然後轉身跟婦人打招呼。

　　「是啊，ina穆莉淡，早上謝謝妳幫我送奈奈上學。」魯真擠出笑容，原來是早上為魯真解圍的婦人。

　　穆莉淡頭頂著遮陽的斗笠，臉上還蒙上一層布巾，島

嶼南方的冬日烈陽依舊，儘管部落族人都曬習慣了，但長期下來還是免不了曬傷，太陽愈大，身上遮陽的裝備就愈多，穆莉淡拿下臉上的布巾，抹了一圈脖頸上的汗水，隨手撥了撥墓邊的草地，一屁股就坐了下去。

「唉呀，謝什麼呢？妳現在一定很多事情要處理，送奈奈上學是小事，算不上幫忙。欸，妳哭了嗎？別傷心了，要堅強一點喔！這樣妳的 vuvu 會擔心的。」穆莉淡上前拍了拍魯真的肩膀，安慰了她一下。

「嗯，我知道，沒事的。ina 穆莉淡，妳來做什麼呢？」魯真突然意識到這正午的時間，太陽毒辣的讓人不想出門，穆莉淡來這裡做什麼呢。

「我來幫妳 vuvu 整理一下墳墓，早上我拿花來的時候，好多人都已經送上花了，我想這種天氣，中午花都謝了，不好看，所以想說來整理一下，正好我田裡的工作也做完了，來這裡吃飯順便跟妳 vuvu 聊聊天，陪她一下。」穆莉淡卸下她身後的 sikau，從裡面拿出個飯糰和水，坐在魯真的身旁講著。

穆莉淡閃爍的眼光，避開了魯真，她沒將原因說出口，其實這幾日是公公特別交代她來的，雖然她也不知道為何，只是遵循老人家的意思。

「謝謝妳，ina 穆莉淡，妳快吃飯吧，我待一下子，

也要趕回去煮飯給我 ina 吃。」魯真一邊催促著穆莉淡吃飯，一邊拿起墓旁的竹掃把，緩緩地掃著樂歌安的水泥墓塚。

「妳們最後還是決定封起來，這樣也對，不然，到時候被那些平地人偷，就糟糕了。」穆莉淡打開了飯糰，一口水一口飯的吃著。

「是啊，雖然 vuvu 很傳統，可是我們都很擔心，其他部落的 mamazangiljan 也提醒我們，所以最後還是決定把墓封起來。」魯真收拾著放置在樂歌安墓上枯萎的花朵，竟有好大一堆，這些都是早起在附近工作的族人，特意送過來陪伴這位族老的。

細看樂歌安的墓，其實和在平地所見到的墳墓幾無差別，墓碑後方，是隆起的半圓形墓塚，以水泥紮紮實實的封了起來，在墓塚四周，還有剛剛才植下的草皮，只是天氣實在太熱，看起來竟像是萎去般枯黃。

族裡的習俗，是將過世的家人淨身之後，在肢體尚未完全僵硬之前，以棉布仔細纏繞，纏成宛若嬰兒在母體內的曲肢形狀，包裹再包裹的過程裡，家人在一旁低聲泣訴道別，卻也同時歡送遠離陽世的親人，前往大武山顛祖靈居住之處，與久別的長輩親族們團聚。

在部落裡行完了所有的喪儀之後，便在浩浩蕩蕩的族人們陪伴下，將過世的親人抬到墳地，傳統的家族，大多有所屬的墓穴，那是一個往地下挖掘、尺寸不一的U型地穴，大小依照家族內的人口多寡決定，平日裡以巨大的石板覆蓋，遇有親人死亡時，才會將石板打開，由族內的壯年接力般似的，將包裹成曲肢狀的親人，連同陪葬的物品一起放進去，之後，再將石板覆蓋上去，直到這個墓穴滿了，就會徹底封死，另外開挖新的墓穴，以供後世使用。

　　因為亡者會前往大武山和祖靈相聚，所以要將最好的東西讓祂帶去，部落裡於是一直以來就有這個習俗，將琉璃珠、亡者生前最美麗的衣裳、頭飾、獵刀甚至是金飾等等，都隨亡者一同進入墓穴。

　　但也就是這個緣故，部落裡的耆老就說過，早在日本人時期，就有外族人闖進墓區，完全不尊敬亡者，掀開石板之後，把陪葬的珍貴物品全都偷走，甚至還連墓穴裡的遺體都消失了，尤其是mamazangiljan家族的墓穴，因為陪葬品大多很珍貴，幾乎無一倖免。後來就有些家族採取了平地人的墓葬方式，將墳墓用水泥結結實實的封起來，避免親人的陪葬品甚至是遺體都失竊。

　　而且，這些事情還是族人在一些展覽上或博物館裡，見到異常熟悉的項鍊、傳統族服後，才赫然發現，那不正

是家族裡某些祖先的陪葬品嗎？更別說流落在黑市裡，成為私人收藏品的數量可能更多。

樂歌安的 ina 過世之後，就曾經發現墓穴上的石板，有遭人移動過的痕跡，那是樂歌安家族唯一一次例外，不是在喪儀期間開啟墓穴，經過家人清點陪葬的遺物清單之後，果然發現爾仍族老的一套禮服，還有一小包隱藏在石板角落的金飾，遍尋不見蹤影，幸好珍貴美麗的頭飾，依然穩穩地停靠在爾仍的骨骸旁。

這事情引發部落一陣撻伐，但畢竟找不到兇手，因此有好一陣子，部落裡的壯年巡守隊，將墓區也列入了巡邏的地點。除了實體可見的巡邏隊，樂歌安還商請了 pulingav 慕妮，去到墓區的幾個入口處，設下了嚴屬的詛咒結界，若是有存了惡心的人前來，將會受到祖靈的懲罰，身心俱損、家居不寧。

魯真記得 vuvu 吾艾家族，就是部落裡少數還沿用墓穴的。樂歌安家族的名聲，遠播附近幾個鄰近的部落，氏族故事還曾經吸引人類學者前來採訪，這一次樂歌安過世，就有不少學者專家專程前來弔唁，其中不乏來自日本和英國等地的外國人。樂歌安葬儀還在進行時，就有其他部落的 mamazangiljan 特意警告，要魯真使用封墓方式，埋葬樂歌安這種重量級的族老，避免遭到不肖者的荼害。

樂歌安身分尊貴，從小到大的傳統族服不下百套，慎重如大禮服、婚禮服，小至尋常的工作服、會客服，每一套都是委由部落繡藝最好的婦女，一針一線仔細繡出來的成品。至於象徵身分的琉璃珠，有的是世代繼承累積，有的是其他部落進貢、或是姻親關係交換而得，長年收藏下來數量可觀，更不用說，這些年來子孫們送給樂歌安的禮物金飾，這些都足以讓樂歌安的墓穴，陷入被盜的危險境地。

　　魯真一想到這些，儘管日正當中，還是忍不住地打了個冷顫，樂歌安可是她最敬愛的 vuvu 啊，怎麼可以成為盜墓者覬覦的對象呢？所以，在喪儀一開始進行沒多久之後，她就決定要以平地人封墓的方式來安葬樂歌安，幾乎沒和家族裡任何人商量，就請人找來了造墓的師傅，為樂歌安打造了死後的家屋，想到這裡，魯真心底陡地一震，難道，vuvu 是對這件事情有意見，所以來到夢裡？

　　傍晚，曝曬一整日的陽光，終於下沉到大武山翼，冬末的尾風，和煦地吹拂著山下的部落，唯一一條道路上正熱鬧著，有從外頭工作一整天返家的人們，有放學了的孩子嬉笑地打鬧，有老人拄著拐杖抖落身上死亡陰影的，更多是從山上田裡拖著沉重卻滿足的腳步、不時停下聊天的族人。

魯真早已將奈奈從托兒所接回家，她正待在廚房裡準備著晚餐和祭拜vuvu的食物，晚餐過後，隔壁部落的pulingav，將來到家裡進行召喚的儀式，詢問樂歌安是否滿意家族為她準備的家屋。魯真自從在墓園道別vuvu和ina穆莉淡之後，心裡就纏繞著那讓她不安的想法，當初她為了保護vuvu不被盜墓者侵害所做的決定，會不會違反了老人家的心意，看來，這天晚上或許能夠得到答案。

　　「ina，吃飯了。」魯真將飯菜擺放到餐桌上後，走到ina的房前敲了敲門，一會兒，才聽到房內地板上微微的拖行聲，門打開了，顯現一張疲憊哀戚的臉孔，魯真的母親在樂歌安的葬禮上昏倒之後，就一直躺臥在病榻上，浸泡在濃濃的憂傷之中。

　　「我吃不下，魯真，妳和奈奈先吃吧。」說完沒等魯真回應，就轉身準備躺回床上，陰暗的房間裡，一時之間竟讓魯真感到一股寒意，她突然好害怕，ina也會跟著vuvu離她而去。

　　其實在魯真的記憶中，依邦並不是這麼脆弱的女人，她依稀還記得，以前讀小學的時候，ina和ama在鄰近的城市裡工作，帶著部落裡的族人，組成一個不小的工班，四處征戰建築工地，聽說vuvu吾艾的女兒阿露伊，也曾

在ama的工班裡工作過一陣子。

　　或許真的是vuvu過於強勢了，ina只要一回到部落，就像個聽話的小女孩兒，總是不敢違逆樂歌安的意見，和魯真印象中在工地的ina截然不同。

　　「ina，來喝點稀飯吧，等下pulingav要來呢，今天要請vuvu回來，妳不和她說說話嗎？」還在床上發楞的依邦，聽見女兒的話，轉過了身，驚愕地看著沐浴在燈光裡的魯真。

　　「今天要請vuvu嗎？啊！不行，那我得趕快整理整理才行，不然妳的vuvu看到我這個樣子，是會生氣的呢。」原本毫無生氣的依邦，霎時慌亂了起來，立刻點亮了房間的燈光，又是梳洗又是換衣的，魯真見到ina的樣子，知道暫時是不用擔心了，便悄悄地帶上房門下樓了。

　　來到餐桌上，奈奈已經洗好小手，端坐在自己的兒童餐椅上，她睜著大大的眼睛對著魯真，以小女孩特有的軟嚅語音說著：「ina，我最乖。」看著奈奈純真稚嫩的小臉，魯真煩悶整日的心情全都不見了，此刻，她是個水般溫柔的母親，「對，我的小奈奈最乖，要吃飯囉！」

　　去鄰近小鎮辦事的ama尚未返家，魯真裝了四碗飯，安放在餐桌上的兩側，奈奈看了看，歪著頭詢問母親：

「今天怎麼只有四個碗呢？」還伸出了肥短的小手比出四根手指頭。

「阿公還沒回來，等下只有我們和qaqidung[12]吃飯啊！」魯真解釋著，至於面向大門的那一碗飯，就連小小的奈奈都知道，是去了大武山巔的樂歌安專屬的座位，誰也不能擅自入座。

祖孫三人簡單地用完了晚餐之後，隔壁部落的pulingav沒多久就在專車的護送下抵達了，這也是pulingav特有的禮遇，凡是有事需動用pulingav時，除非是走路即能到達的距離，否則就得要派車專程接送，至於是以摩托車或是轎車，則視距離遠近決定，隔壁部落來這兒約有半個小時的車程，所以魯真特別拜託ama，在辦完事情之後繞道隔壁部落，將pulingav接來家裡行祭。

隔壁部落的pulingav體型很瘦小，年紀大約五十多歲，是鄰近幾個部落中最年輕的執祭者，她的部落和魯真部落成巫的儀式是相同的，追溯到更久遠以前的口述年代，這兩個部落還算是系出同門，只是後來因故分家了，才分裂成兩支獨立的mamazangiljan家族。

但是，魯真不是因為這樣才請她來，而是這位

---

12 Qaqidung，排灣族語，曾祖父母。

pulingav 的師傅在世時，施巫的功力僅次於自家的 pulingav，若不是因病早逝，這位才五十幾歲的 pulingav 不會這麼快就接下了位置。

「pulingav，吃飯！辛苦妳了。」魯真將 pulingav 迎進了家屋客廳，連忙端出了一個餐盤，pulingav 行祭時是不和一般人同桌用餐的，所以魯真早在吃飯之前，就已經先另外準備了一份晚餐。

pulingav 點了點頭，手指著沙發旁的小茶几，要魯真將餐盤放在那個位置上，一句話也沒說，只是有些意味深長的眼神，上下打量著這位新接任族長的年輕女子。

歷任族長的繼承人有老有少，每個繼承人身後都有故事，pulingav 看著眼前的魯真，推估她最多不會超過三十歲，這麼年輕的族長繼承人，在部落裡算是少見，畢竟要擔起族長的身分，沒有幾分歷練是很難撐起責任的。不過，樂歌安家族的事情她也知曉一些，知道魯真是跳過自己的 ina 輩，直接由樂歌安指定繼承的人選，據說還是祖靈指示的，點了點頭，pulingav 心裡贊同這位已逝族老的決定。

「魯真，妳的 vuvu，有來？」pulingav 指了指魯真，又做了個睡覺的手勢。魯真倒水的手觸電般地微震了一

下，點點頭示意。

「嗯，我等下問問她。」然後沒再多說什麼，只是卸下了她身上的sikau，那是pulingav才能擁有的巫師袋。

那是一個看來很有年代感的工具袋，底部以木頭雕成製物的空間，再以麻繩穿過木頭洞眼，向上編織出sikau的式樣，是很傳統的巫師袋形制，上頭的雕刻顯示出工匠的手藝，一看就知道，絕對不是出自普通雕刻師之手。

一般說來，部落的pulingav所使用的巫師袋，會由部落族老指定專屬的藝匠製作，上面的雕刻圖紋都有一定的涵義，每個巫師袋獨一無二，除了樣式之外，絕不會出現雷同的圖紋，那象徵每一位pulingav的故事和出身。

pulingav從巫師袋裡掏出了一把小彎刀，恰恰適合手掌的大小，一看便知是特別量身打造，握柄上一樣雕刻著細緻的圖紋，長期使用的結果，讓木製刀柄上透著溫潤的光澤，還伴隨有淡淡的欅木香。

pulingav從魯真送上的餐盤上拿起一塊水煮芋頭和五花肉，以小彎刀薄片薄片的削下就口吃著，手勢優雅而從容，讓魯真看著那雙手就著了迷。Pulingav的手背上有著清楚的紋手，由不同圖形所組成，從手指端延伸到手腕處，除了mamazangiljan與貴族家族之外，也就只有pulingav有這個特權了。

所有pulingav的飲食都極為清淡，所以魯真也只準備了簡單的地瓜、芋頭、cinavu和五花肉，這位pulingav的手勢極為優雅靈巧，配上手背的紋手，竟讓她有些恍惚，以為見到了樂歌安的手。

nakivecik[13]，象徵身分與地位的尊貴，每個mamazangiljan和貴族系統，依照流傳的口述傳說，有其特有的圖紋。過去，族人可以一眼就從nakivecik的圖案，辨識出主人的出身，後來外族入侵，這項傳統再也沒能維繫下去。依照魯真的身分，也擁有nakivecik的權力，可惜她出生太晚，這個技藝已經失傳了，但是在樂歌安的手背上，依然還有著美麗的圖紋。

pulingav簡單的進食之後，開始在桌上的小圓篩裡擺出施巫的物品，有榕樹葉、幾塊獸骨、幾顆琉璃珠、青銅刀等等，搭配魯真事前就端上桌的檳榔、米酒，小圓篩裡倒也擺得滿滿的，pulingav先是以手指沾了米酒，向天界、人界、地界三個方向點灑了一番，然後口中開始念念有詞。

魯真、依邦和奈奈依序坐在pulingav對面的椅子上，而依邦的丈夫古勒勒，則是鎮守在房子門前，朝著屋外前

---

13 Nakivecik，排灣族語，紋手，是一種身分符號與階級的象徵。

來觀禮的族人頻頻示意，要大家別干擾了儀式的進行。

　　魯真靜靜卻也焦急地等候著，等候著pulingav進入陰陽交界的通道，召喚自己氏族的歷代祖先，她希望氏族能夠認出這個pulingav，進而被召喚現身。一般來說，每個pulingav都有自己所屬的系統和脈絡，尤其是mamazangiljan，也只會被這個脈絡的pulingav所召喚。

　　但是部落的pulingav早已離世，又沒有接班人承接傳統的祭儀，魯真心裡非常擔憂逝去的樂歌安無法連結上，雖然樂歌安過世的那天，也是這位pulingav施行安靈儀式，但是，召喚祖靈並對話更加困難，魯真不自覺地絞著手指，還是奈奈用軟綿綿的小手握住了她，魯真才驚覺自己緊張的手心已經汗濕了。

　　召喚的過程很漫長，pulingav以她所受過的訓練，並加上熟知的每個氏族歷史，一一辨識前來她面前的靈魂身分，這還是藉由她的法力所能召喚到的，更難召喚的，是那些遠古的祖靈、陌生的氏族和她所不熟知的歷史支線。

　　她頻頻嘗試自己從師傅學習而來的祭詞，期盼能透過各種管道，召喚出這位剛離世的族老，數以千萬計的靈魂在她面前顯現又離去，各種支系的族語在她耳邊呢喃，但無論怎麼搜尋就是不見蹤跡，這讓她陷入了一陣驚慌，險些就忘了繼續口中所誦念的祭詞。

屋外的族人們也在等待著，大家都想知道敬重的族老離世之後，是否一切安好？是否已經見到了大武山巔上的遠古祖靈？是否滿意自己新落成的陰界家屋？召喚的時間有長有短，依照各家族的狀況而定，愈單純的家族召喚時間愈短，愈是龐大而複雜的家族，則所需時間就愈長。

　　族人們都有心理準備，以族老的家世背景，勢必得耗費好長一段時間，何況這個pulingav還是外村的，能否順利召喚都難說，所以大家東一句西一句的閒聊著，嗑著瓜子、芋頭乾，偶爾舉起手中的米酒保力達，閒聊著他們印象中的族老故事，以及這個家族的輝煌事蹟。

　　吾艾坐在自己的家屋前院裡，樂歌安的家屋不過就在隔壁，她根本不需要移動身體，就可以完全聽聞到儀式的過程，聚集的族人愈來愈多，有些還溢出到吾艾家的院子裡，後來的人看見黑壓壓的人頭，乾脆就直接挨到吾艾身邊，和吾艾閒聊了起來。

　　「ina吾艾，吃飯了沒？」來的人和自己的女兒是同學，已經當ina的女子叫做舞蓋，在部落裡經營著一間美髮店，生意不錯，吾艾自己偶爾也會到舞蓋的店裡剪剪頭髮。

　　「吃了呢，妳呢？舞蓋。」吾艾和舞蓋點點頭，也順

口的問了一句，手裡拿起檳榔，剖了半塞進甘草片，遞給舞蓋。

接過檳榔，舞蓋道了謝，「煮好了，孩子先吃，我剛剛忙完吃不下。」

「嗯，孩子餓不得，妳也要注意身體啊，看妳愈來愈瘦了。」吾艾捏了一下舞蓋的腰身，有些調侃的笑著。

舞蓋大約是十年前回到部落，年輕時的舞蓋是個美人胚子，歌聲好，舞姿也優雅，在部落裡有不少追求者，但她和阿露伊一樣，都出身平民家族，家庭經濟也不好，加上又是長女，從小就擔負著家裡的工作，下田、打水、照顧弟妹，也因此和阿露伊家走得近，幼時她們兩人是最好的玩伴，和阿露伊幾乎就像雙生姊妹一樣。

舞蓋小學畢業後那幾年，常常有平地人到部落裡來走動，說是要物色年輕的女孩兒嫁到眷村去，族人對外省人的印象停留在有錢、軍人和年紀大，那些平地人總是誇大著說，孩子嫁到眷村去多好又多好，談好婚事就先有一筆聘金，嫁過去之後，馬上有現成的房子可以住，平日的米啊、麵粉啊都是國家供應，軍人薪水是固定的，不時還有些罐頭之類額外的福利，這些其實族人都聽不懂，但至少理解若嫁到眷村去，孩子應該不至於受苦。

平地人先從貧窮的家裡下手，試圖說服那些家裡經濟青黃不接的父母，尤其部落的家庭孩子都多，平地人說只要一個女兒嫁過去，全家都能溫飽，這個說法的確打動了不少人，阿露伊和舞蓋的ina原本就隱隱有些動搖，後來有外嫁到眷村的女孩回家省親，又經過樂歌安親自和這些平地人談過，似乎真和傳說相去不遠。

　　於是這兩個幼時的玩伴，在結婚這條路上，也走上了相同的命運。諷刺的是，也幾乎是前後差距不到三年的時間，阿露伊和舞蓋的外省丈夫，一前一後的都過世了，最後也都選擇了帶著孩子搬回部落裡。

　　「ina吾艾，妳說說看，pulingav今天能召喚到vuvu樂歌安嗎？」舞蓋從隨身的sikau裡，拿出一支木梭和一綑麻繩，細細地編織起來，那是她要給未出世的孫子準備的。

　　「舞蓋，我真的不知道呢，當年古麥走的時候，pulingav在樂歌安的指點下，最後終於找到了他，但是這次，樂歌安的身分不一樣，我真的不曉得啊！」吾艾凝望著眼前的大武山脈稜線，說出心裡的擔憂，她重重地嘆了一口氣，低下頭整理起檳榔籃子。

　　「是啊，vuvu樂歌安身分不一樣，真的很難說，不

曉得最後會怎麼樣？阿露伊怎麼還沒回來啊？還想跟她聊聊的呢。」舞蓋先是抬頭往外張望了幾眼，隨後便低下頭專心編織著，似乎已經做好了心理準備，面對今晚漫長的儀式過程。

二、阿露伊

工地

　　阿露伊是在十六歲那一年，就在玩伴舞蓋嫁去眷村後的三天，以同樣的方式，被一個據說將來就是她丈夫的男人帶到城市裡去的，走的時候什麼都來不及帶，躺在床上的ama甚至起不了身出門送她，只有ina紅著眼睛跟在身後，匆匆忙忙忙地塞了一條樸素的琉璃珠項鍊到她手裡，叫了幾聲她的名字「阿露伊啊……阿露伊啊……」，那聲音就散開在風中，和滴落在泥土裡的眼淚一般，什麼痕跡都沒留下。

　　眷村的確就像那些平地人轉述給樂歌安族老說的一樣，每餐可以吃到白米飯，丈夫還幫她裁了幾身新衣裳，住的是有瓦片的紅磚房，比起山上的家好了不止一點點。

　　但是族老沒說的是，左右鄰居說的話她都聽不懂，桌上的菜辣得入不了口，眷村裡女人們看她的眼神，像是盯著獵物的獵人一般，而丈夫急著生小孩，她才到眷村的第一個晚上，男人就粗暴的奪去她的第一次，讓阿露伊痛得都哭了。

也許是山上的生活，養出了阿露伊健康的體質，在丈夫辛勤的耕耘下，阿露伊很快地就發現自己懷孕了。這讓她又驚又喜，驚的是沒生養過的經驗，又沒 ina 陪伴在身旁，阿露伊不知道自己接下來該怎麼辦，喜的是自己終於如丈夫所願，再也不用夜夜躺在男人身下，忍受著身體上讓人難堪的疼痛。

　　她想起男人那粗糙的手掌，每日只要入夜上床後，就開始摸索她全身的皮膚，從還沒怎麼發育的乳房開始，一路往下侵犯，初經人事的阿露伊，還不懂得應該要做何反應，男人迫不急待的，一個翻身就壓上來，沉重的身軀，讓阿露伊幾要喘不過氣來，身上的衣裳尚未褪盡，巨大的生殖器就開始搗弄，疼得阿露伊只能弓起身體，縮小再縮小，似乎這樣就能阻止男人強勢的侵襲。

　　得知阿露伊懷孕，男人興奮得邀來幾個眷村好兄弟，慶賀自己終於如願以償，有子得以傳宗接代，「我那幾顆金元寶花得果真值得。」彷彿阿露伊肚子裡的孩子，肯定就是個男孩兒，一杯又一杯的高粱灌下，幾個男人就醉倒在桌腳下睡了一夜。

　　也因為有了身孕，男人格外的慷慨，答應讓嫁到眷村後，就沒回過家的阿露伊回家一趟，選個天氣晴朗的日子，還備了禮物讓她帶回部落。當阿露伊轉了幾趟公車，

又走了一個鐘頭的路程，終於氣喘吁吁抵家時，意外的發現，出門迎接她的 ina，居然也挺著個肚子，和自己差不多時間懷孕了。

在 ina 的教導下，阿露伊學得一些孕婦和生養的知識，趕在天黑之前，又匆匆地出發下山了，她沒忘記高壯的丈夫的囑咐，會在公車站前等著接她回眷村，如果沒有接到人，會直接衝到部落裡，來討要當初下聘的金元寶。

幾個月過去，阿露伊生下長女，丈夫一臉失望落寞的表情，讓阿露伊夜裡躲在棉被裡無聲哭泣，她再一次的感受到了又驚又喜的情緒，驚的是，沒生下丈夫渴望的兒子，喜的是，她的第一個孩子居然是女兒，這在部落的傳統裡，可是能繼承家屋的孩子啊！

男人沒放棄希冀，繼續在阿露伊的子宮裡耕種，她果然有著排灣族女子利於孕育的身體，幾乎每兩年就誕下一個孩子，只可惜從來不是男孩兒，直到第三個女兒誕生，丈夫似乎終於放棄了期待，不再執著於夜夜的性事。

事實上，男人和阿露伊心底都清楚，幾年過去，原本正值壯年的丈夫，身體已經開始走下坡，床上也不再像初婚時那般有餘力，反倒是阿露伊因為生養了孩子，又在食物營養都充足的狀況下，不到三十歲的身體凹凸有緻，愈顯發育成熟的女人韻味。

不像當初剛從山上來的時候，全身瘦的皮包骨像猴子般，要胸部沒胸部、要屁股沒屁股，活脫脫就是個小孩子樣。這幾年下來的生活調養，加上有了孩子之後，女人該有的樣子全都出現了，男人那些始終沒結婚的同袍們，每回來家裡的時候，眼睛總是鬼溜的不規矩，老盯著自己看，若不是在眷村沒母家可以依靠，阿露伊早就衝上去，狠狠地甩他們幾個巴掌了。

　　或許就是這種刺激，男人有一陣子總是忍不住在夜裡把阿露伊吵醒，明明白天的工作就已經夠累人了，晚上還非要衝動的鬧騰一場，但是，往往就是草草了事無以後繼，阿露伊不用開口，男人自己的身體自己清楚，在決定出外工作前，男人幾乎已經不敢再主動碰觸她的身體了。

　　幾個春秋過去，男人愈發老了，原本賴以維生的豆腐工廠，在體力不濟的狀況下，無法繼續維持下去，但三個女兒開始讀書上學，阿露伊終於下定決心要外出工作。她在幾次回部落的時候，聽聞隔壁mamazangiljan的依邦和古勒勒夫婦，在部落組成了一個工班，專門承包各種建築工地裡的工作，而且收入似乎還不錯。

　　具體體現在樂歌安族老家的房子又翻修了，這次還是三層樓的水泥洋房，阿露伊存著期待，希望也能藉此機會，給三個女兒一個未來。

阿露伊的工作，是跟著部落裡承包工程的族人，四處流浪到不同的工地裡，搬模板、拆釘子、清點工料加上偶爾協助煮飯。時值台灣經濟發展最快速的年代，城市裡到處都有建案準備動工，那時候也是原住民族人外出工作最興盛的時期，六〇年代開始，每個家族都有人投入到這樣的工作場域中，既不用學歷也不需要背景，還可以群體一塊兒工作，不至於有單槍匹馬奮鬥的孤寂感。

　　就靠著部落裡的 mamazangiljan 家族召集，每月每季在各個城市中移動，口袋裡有數不完的鈔票，大家都夢想著有一天要回部落去蓋房子，偷偷的記下不同建案中，自己最喜愛的房屋形式，準備有朝一日賺飽了錢包，就可以回鄉複製一幢又一幢的夢幻之屋。

　　但是很多族人只記得自己領錢的剎那，幾萬元的現金亮晃晃的刺眼，第一次拿到工資的人，還會因為興奮緊張到數錢數到手發抖，可是往往忘了小至日常的檳榔、吃食到擺放在屋角的酒瓶，大至寄回家給小孩註冊、老人看病甚至是買車的貸款錢，都是從眼前這些鈔票支付出去的，一疊鈔票慢慢地慢慢地，每天用各種不同的名目，離開自己的口袋卻渾然未知。

　　那時阿露伊偶爾回部落時，總會聽到在都市裡工作的族人們談起，每個月從漢人老闆手中，領過鈔票的快感和

驕傲，彷彿每個月總有不斷地的收入、收入再收入，卻永遠沒有那些失聲的支出。

阿露伊的夢想很單純，她只想賺飽口袋，然後將錢交給在家裡照顧孩子的年老丈夫，三個女兒可以平順安穩的成長，最好可以認真讀書讀到大學，讓以前在眷村裡欺負她的那些外省媽媽，也可以看到她這個「山地人」能夠養出上大學的孩子，就和那些外省家庭的孩子一樣。

而丈夫雖然年紀大了，在教育上至少比自己多讀過一點書，孩子讀書的問題交給他絕對沒錯，每回想到這兒，女人在大太陽下的工地曬到快要中暑，也一點兒都不覺得辛苦。

這種工地裡，尋常都是夫妻檔一塊兒，阿露伊加入的團體，是自己部落及附近鄰近部落組成的，也多是早年就認識的親戚朋友，但像她一般落單的女人、男人也不少，每個家庭背後都有不為人知的辛酸故事。落單女人出現在這種工地中，不是因為喪夫單親、老公不成器等因素，大概就是像自己一樣，嫁給了經濟狀況不富裕的老兵，沉重的家計，讓她們無法在單純的工廠中獲得所需的資源，只得到工地來出賣勞力賺取金錢。

雷同的境遇，讓女人們彼此惺惺相惜，也容易讓男人們格外憐惜。

有夫妻檔、落單的女人，那自然就會有單身的男人，這種在工地裡單身的男人，常常是因為妻子留在家中照顧老人與小孩，無法跟隨著丈夫，到各個工地裡短暫落根，白日裡被壓榨的勞動力，讓夜裡的寂寞成倍放大。每個建案動輒進行一季半年，甚至長達一兩年，也因此讓這些孤單的男人、女人們，心底的慾望蠢蠢欲動。

　　阿露伊早在進入工地前，就聽聞了許多在各個工地間發生的誹聞，有的隨著工地的結束無疾而終，有的鬧到妻離子散一無所獲，她在心底告誡著自己：「我是來做工賺錢的，不是來談情說愛的，我有丈夫和三個孩子。」這個信念支撐著阿露伊的意志，好一陣子她和姊妹淘舞蓋相互鼓勵，堅持不受任何寂寞的侵襲，在很多又累又苦的夜晚，咬著棉被在眼淚裡睡著，隔天醒來又是嶄新的一天。

　　阿露伊從工頭手中領到第一筆薪水時，激動的流著眼淚，恨不得當天晚上就能夠搭車北上，回家親手將辛苦一個月的收入交給丈夫，這個念頭才剛浮現，工頭就告誡著說：「明天如果在工地看不到人，就不用再來了！」她楞在原地不知道該怎麼回話。

　　直到回到工地裡梳洗一天的疲憊時，這才發現到好多人已經不見了，她急忙去尋找舞蓋，想要了解發生什麼事，才知道原來這是已經在工地流傳多年的惡習，通常發

薪的那天晚上，很多人拿著錢就跑回家去了，總得要等到好幾天之後，工地才會回到原來正常的生活，她忽然就想起了自己的弟弟，古麥。

工頭古勒勒為了這個事情已經惱怒了許多年，期間也開除過不少熟識的工人，但很多人都是建築工地裡不可獲缺的好手，古勒勒嘴裡罵歸罵，一旦遇上這些老手歸隊時，也不得不低頭，繼續讓擁有好技術的工人回來，何況這種高勞動、高風險的工作，根本找不到替代者。

但阿露伊不一樣，畢竟才剛加入這個系統，像她這般不需要技術的女性勞工多的是，很多家眷都搶著要做，沒有資格像身上有一技之長的師傅們耍脾氣，於是，阿露伊只得乖乖地留在工地裡，等著工頭排出休息假期，才能夠把錢帶回家交付丈夫。

就在那天晚上，出現了一個男人。

工地裡的原住民勞工和工頭，已經是建築工業的最底層了，付出最基本的勞動力，在烈日下憑汗水賺取生活所需，沒有任何保障，受了傷自己找藥擦，若運氣真的太差，在施工中遇上安全問題賠上性命，頂多就是靠工頭幫忙，向小包商索取一點道義上的賠償，那個年代，不知道有多少原住民族人，陪葬在一個又一個建案裡，很多部落

的家庭，在一夕之間瓦解。

　　而包商們自是熟悉原住民工人的脾性，每個月在發薪之後，總是有那麼幾天，工地無法照預定進度進行，因為領了錢的原住民工人，不是跑回山上的部落去，就是流連在酒鄉中釋放壓力，等到口袋至少半空了，才會三三兩兩的相約好陸續歸來。

　　包商們身上肩負著工程順利與否的重責大任，一旦預定的進度落後了，小軋罰款了事、大到可能倒廠落跑，這種風險可是大家都不樂見的事情。於是，小包商總會選在這種發薪的日子裡，前往工地探視一番，就深怕連壓陣的工頭都會跟著一起消失了。

　　這天晚上，阿露伊第一次遇上了大家口中的小林老闆，開著一輛她從來不曾奢望過的轎車，穿著一身乾淨的白色運動服，出現在用木板搭起的工寮裡。那身淨白讓阿露伊迄今都還印象深刻，她好奇怎麼會有人穿的如此潔淨來到工地，難道不怕被滿布的塵埃給弄髒了嗎？

　　一身白的小林老闆其實只是個工地主任，說穿了，他不過也就是管理好幾個工頭的人，真正的大老闆另有他人，他也是受雇的一方，但是每個星期的工地巡視與驗收，關係著工人能否按時收到工資，所以大家都是「小林老闆、小林老闆」的喊著。

小林老闆一打開車門，不尋常的安靜透露著訊息，過去豐富的經驗，讓他立刻就可以猜測到真相，但至少帶隊工頭那間獨立的木板工寮裡亮著燈光，還有三兩個女工正在閒話家常，看起來像是剛剛從浴室裡走出來，工寮並不是空無一人，沒被清空表示人還會歸來，既然如此，他拿出口袋裡的香菸點燃，反倒不急著要立刻走進工寮裡去尋人。

　　他張望著眼前那幢尚未成型的龐大建築，這已經不知道是第幾個建案了，這些年來在營造公司裡工作，隨著公司天南地北的接案，穿梭在不同的建築工地裡。他還記得自己第一次被派到工地監造時，揣著忐忑不安的心情前往，深怕動輒幾億的建築，就砸在自己沒經驗的手裡，沒想到第一次的驚嚇還不僅於此，他一踏入工地，就被一群黧黑的工人給震攝住。

　　那是從哪裡來的一群人啊？皮膚黝黑到在室內完全看不清，嘴裡說的是不曾聽過的語言，眼睛卻透大的清亮，三不五時還可以聽到爽朗健康的笑聲傳出，彷彿那不是辛苦的工地現場，而是午後的廟埕廣場。

　　經驗老到的監工前輩，看出他眼中的困惑與驚慌，笑著說：「你不要看這群黑漆漆的『山地人』，他們可是厲害得很，每個人都壯的像牛一樣，扛鋼筋可是比我們『平

地人』要多一倍呢，耐操又好用！」他這才知道，原來在工地裡充斥著許多從山上來的「山地人」，建案的順利與否，都得靠這一群和自己不一樣的人。

後來的相處經驗，讓他更清楚了解「山地人」的工作習性，論脾氣、論心機，這些人都遠比自己的同事，或農村裡的三姑六婆，要來得簡單容易多了，只要沒事的時候，送來幾瓶酒和幾盒檳榔，遇到豐年祭要請假的時候，絕對二話不說要准假之外，大抵沒有太多管理上的問題，唯獨剩下發薪時，會集體失蹤數日這件事情，卻是怎麼也無法禁絕。

扔掉手中的菸屁股，他朝工頭的工寮走去，正巧遇見工頭的妻子從裡頭走出來，一臉悻悻然的樣子，嘴裡還不時有幾句山地話碎念著，看來像是夫妻間發生了不愉快，他朝工頭妻子招了招手，那女人卻彷彿不曾看見他一般的往浴室走去，一時之間，那隻揮在半空中的手，竟不知道該放下還是繼續。

小林老闆站定簡陋的木板屋前，朝屋內喊了幾句，就見到工頭打著赤膊飛快地奔了出來，差點就要一頭撞上離門不遠的自己，要不是小林老闆眼尖見到，這撞擊就怕要免不了了。

「對不起，對不起，啊有沒有撞到你啦？」古勒勒急

的話都要說不清楚了，小林老闆笑著拍了他的肩膀說：「沒有啦，你是在忙什麼啦？幹麼慌慌張張的？工人又都回山上囉？」

古勒勒原本低著的頭這下子更低了，自己最心虛的事情就是這檔子事，沒想到小林老闆開門見山的就問了出來，讓他不知道該怎麼回答。古勒勒在部落裡是mamazangiljan，沒出社會前從來沒有這麼低聲下氣過，一想到那些不聽話的族人，他就忍不住一肚子氣冒上來，剛剛和妻子依邦不愉快也就是為了這件事。

依邦正在跟他抱怨，哪些族人領了錢之後，正打算離開工地，有些事情三姑六婆的消息最精準，招著手指頭一算，竟有一大半的人晚上就要落跑，眼見明天的工作，只剩下幾個新手在現場，工地要求的進度大概就要泡湯了，依邦碎念的要古勒勒痛下殺手，把這些不聽話的族人全數開除，重新招募一群師傅，否則自己遲早也要遭殃。

但古勒勒心裡明白，因為自己是入贅婚，但是在部落裡，這些人可都是自己家族轄內的子民，依照傳統本來就得要照顧他們，現在大家都在外面工作，更何況這些族人，還是自己從部落裡號召出來的，怎麼能夠說不用就不用呢。

再說，依邦自己也有私心，她只想用自己管轄的族

人，工地就這麼一個，用了這一批人就滿了，哪還有機會給依邦的子民呢，儘管依邦再三保證，自己管轄的族人，表現一定會更好，但是在外面打混這麼久了，部落的習性大家都清楚，到時候一樣的問題發生，想送神都難，何況最糟的狀況是，得把自己的族人再請回來幫忙，那不變成了大笑話嗎？

古勒勒想：「我可沒有那麼笨，到時候都是妳的人，我還當什麼工頭啊？工頭就會換人做囉！」剛剛正是因為這個原因吵架，最後沒達成共識，所以才會惹得依邦甩門。

小林老闆見到古勒勒兀自發著楞，拍了拍他的肩膀說：「發什麼呆啊？人走了就走了，我知道啦，走走走，我請你去吃飯，把老婆一起帶著。」古勒勒回過神來，好半天才聽懂眼前男人說的話，了解到這話的意思是工期暫時不趕了，所以族人跑掉幾天應該不成問題，這才露出了閃亮亮的白牙答應著，急忙跑去找依邦要她一起出門。

就在古勒勒轉身跑去找依邦的同時，小林老闆正好瞥見另一頭的木板工寮裡，走出兩個女孩兒，頭髮正用毛巾裹在頭頂上，身上的衣服雖然寒酸卻乾淨清爽，應該是剛剛洗好澡出來，盤起的頭髮反而將兩人的臉龐襯著格外清晰，他第一次發現到，這些黑亮亮的女生原來長得很漂

亮。

那種漂亮和一般平地的女生不同，雖然黧黑卻五官立體，仔細看，眼睛深邃無底一般，黑反而遮掩了臉上的雀斑青春痘，乍看之下幾近平滑的皮膚，比一般平地女人還多了分潔淨感，何況這種黑是一種會發亮的黑，不會黯淡、不會無神更不會病懨懨，刀刻似地鼻梁和嘴脣線條，像極了電視上的外國人才有的容貌。

小林老闆不懂，為什麼公司裡總有些老資格的前輩，嫌棄這些便宜又會工作的人。他之所以這麼快就被下派到工地管理，其中有個原因也是因為老鳥們，不願與這些「山地人」接觸有關。

他還很清楚的記得，自己剛剛要進入工地時，老鳥們美其名請他吃飯慶祝升官，其實不過就是找些名目到溫柔鄉花天酒地，坐在他一旁的前輩提點著：「我告訴你，遇到那些山地人喔，千萬不要客氣，不然你就會被他們欺負的死死的，尤其他們都是一群一群的，胳臂只會向內彎啦，你不先給他們一些下馬威喔，他們就會瞧你不起！還有，千萬不要跟他們打架，因為你打不贏他們的啦。」小林老闆在「拎啦、拎啦」的吆喝聲中想著：自己到底會看到怎樣的一群妖魔鬼怪。

八〇年代，世界剛剛度過石油危機，商人天生有副好

嗅覺，立刻就聞到了發展的機會，台灣是個島嶼，土地就是人民的命脈，能夠掌握土地就是掌握了財源，而且台灣人特別喜愛購屋置產，總覺得錢放在身上會貶值，但是土地買了放在那兒，永遠都是看得到的財產。那些年裡，台灣不知道有多少商人看準了這一點，於是營造和建築公司，如雨後春筍般地冒出，島上處處都可見到施工中的建案，彷彿房子蓋的再多，都無法滿足購屋者的需求。

小林老闆所屬的公司就是這種形式，原先還只是單純的一個南部建材行，後來隨著接觸的案件愈來愈大，供料的需求也愈來愈多，建材公司的董仔，眼見營造公司每月都向自己的建材行調貨，有時候來不及供料，還會有被罰款的危機出現。

某一次有機會和朋友聊起這種現象，朋友心血來潮的提議，不然，你就自己開間營造公司，建材你還可以自己賺呢！就是這番話讓他起心動念，手上多年來的積蓄無處投資，除了股票和買房，放在銀行裡養利息實在是太浪費了，建材行生意再怎麼好，終究比不上直接蓋成房子的利潤來得高，既然如此，何不自己就跳下去賺一筆呢。

營造公司成長得很快，董仔自己原本就是南部人，多年的生意往來，也累積了不少相關行業的人脈，他的老婆交際手腕高，又是業務出身，不過幾年的時間，公司就爭

取了不少的建案，分散在台灣島嶼各個縣市中。

　　小林老闆退伍後，跟著家裡的長輩跑過工地，只是做的是單一工種，這位長輩他要喚伯父，是自己早逝父親的兄長，伯父專門承接大型工地中的水電工程，他就這麼看著摸著了幾年，卻始終覺得不得志，心想自己難道就要這麼在工地攪和下去嗎？

　　正好這個時期，伯父標下了董仔南部工地的水電工種，某天午休時間，他遇見了營造公司派駐在這個工地的監造人員，一起擠在工地圍牆外抽菸閒聊時，這個監造人員突然問起，他有沒有興趣到營造公司上班？彼時還是水電助手的他，很認真的想了幾天，終於鼓起勇氣找伯父談了一下午，表明自己不想和那些水電師傅一樣，白天在工地爬上爬下賭命，晚上在檳榔與菸酒裡度過，他還想學更多更好的項目，和伯父達成共識之後，他到營造公司報到了。

　　在營造公司的第一個月，他從學看圖做起，雖然沒有相關學歷，但因為好歹在工地待過，所以基本的施工圖還算看得懂，他每天埋首在成堆的施工圖、設計圖、大樣圖裡面，這才知道原來工程沒他想的那麼簡單。

　　每個領域都是學海無涯，他才慢慢可以搞得清楚各種分類圖的差異時，就被下派到工地去報到了，不是因為能

力強，而是因為工地實在太多了，公司沒有時間好好地教育訓練一個新手，而且所有的老監工都知道，要學得快最直接的方法，就是丟到工地去實際操作，工地一個月的見習效果，遠遠超過留在公司裡一年。

就這樣，小監工開始了他工地的生活，先是跟著老監工在工地裡四處走動，除了水電工程是他所熟悉的之外，其他工種都是陌生而新奇的，從板模、綁鋼筋、泥做木工等等，這些都只是他聽過卻沒接觸過的行業。

而一個統包的營造公司，得要整合這所有的工種，才能順利無誤地完成一個建築案，一個施工程序的不小心，或是施工時間拖延了，很有可能就要用上數十甚至百萬的金錢來賠償，偶爾當監工的沒處理好工人們的情緒，還極有可能引發工班之間的鬥毆，說起來，監工其實沒有他想像中容易。

然而辛苦總是有代價的，在老監工的帶領下，他慢慢地學會其中的眉眉角角，有些事情畢竟不是書本上可以學習到的，得靠經驗傳承，他幸運地遇到了還算肯教又有耐心的老監工，只要有問就幾乎必答，這縮短不少學習所可能會走的錯誤之路。

有幾回他在工地遇到伯父，二人抽菸閒聊起最近的狀況時，雖然伯父覺得姪兒離開有些可惜，但是他恰恰有著

相反的感受，慶幸自己當初決定的早，否則不知道又要浪費掉幾年光陰。總是這樣的，站在不同的立場，就會發現不一樣的眼光視角，他從老監工那兒學到的，是更多的待人處事道理，這些遠比專業技術還來得受用。

熬了一年，老監工有一天把他約出去吃飯，語重心長地說著：「我覺得你可以獨當一面了，我打算向老闆推薦你，自己獨立去監工，你覺得怎麼樣？」當時還是助理的他嚇了一大跳，他想起第一個月還在營造公司裡學看圖的時候，曾經聽過公司裡的小姐提起，菜鳥想要獨立監工起碼得先熬個三、五年，怎麼自己也才一年的時間，老監工就打算把他丟到工地去，獨立去處理這麼多的事情？自己真的行嗎？

「我知道你可能會害怕，但是現在建案愈來愈多，你要再學快一點，有機會的話，就自己出來闖一闖，再熬下去，你會像我們這些老鳥一樣，愈來愈醉生夢死。」老監工語畢，嘆了一口氣，說自己年紀大了，準備退休回家種田了。

他大概知道老監工是什麼意思，這一年下來，他看到這些老監工們以旅館為家，四處奔波在不同的工地中，晚上不是和小包商聚在一起喝酒打屁，就是監工們相招，一起上酒家尋歡買醉，偶爾有些新舊工地之間的空檔，才能

機會回家享受天倫之樂。

　　他聽了不少監工們酒後抱怨，妻子兒女不體諒自己的辛勞，總嘮叨丈夫夜不歸營也就罷了，已經到了月不歸營的程度了，久了，婚姻自然就出問題，不是男人自己在外面包養小老婆，就是妻子主動提出離婚，不想再過沒有丈夫在身邊的寂寞歲月，聽多了，連未婚的他都沒有結婚的意願了。

　　老監工在工地度過他最壯年的時期，努力的攢了不少積蓄，這一切都是為了將來可以給孩子老婆更好的生活，但是，嘮叨多年的妻子最近突然安靜了，不再常常打電話來問他現在在哪裡，也不再生氣地指責他假日不回家團聚，晚上回到旅館，偶爾想到要打電話回家，聽聽孩子的聲音，家裡的電話卻總是沒有人接聽。

　　他心裡有些緊張，難道自己賢慧的妻子也出了問題嗎？如果真是這樣，辛勞了一輩子，最後落到老婆孩子都沒了，這些年的努力算些什麼呢？於是，老監工打算收山，用這幾年存下來的積蓄開個小店，或是做個小生意之類的，把家顧好才是自己最想要的，已經在外面浪蕩了這麼多年，該收收心回家了。

　　一老一少的監工，坐在路邊攤上沉默的喝著酒，心裡各有著掛記的事情，一時之間竟無言以對，小監工畢竟是

年輕人，有熱血有衝勁，於是接受了老監工的建議，當然他也想試一試自己的能耐，究竟這一年所學的自己懂了多少。

老監工拍了拍少年人的肩膀，開始叨叨絮絮地教起了他畢生的精髓，有哪些該注意的事項，工班的管理、工務的細節、成敗的要項等等，甚至是如何從工程款中，技巧性地賺點小差額，小監工專注會神地聆聽著，不時還拿起筆在筆記本上塗塗寫寫，就像師傅在傳授武功祕笈般。在往後幾年的監工生涯裡，這本破舊的筆記本，果然成為小監工的百寶袋。

同樣的路邊攤，這回小監工化身小林老闆，一起吃飯喝酒的人，換成了工頭、工頭老婆和兩個女工，小林老闆在發薪日來到施工現場，果然不出他所料，大多數的工人已經消失無蹤，又正好撞見工頭夫妻起口角，他心想，不如請工頭夫妻倆出來吃飯好了，反正今天晚上他也沒什麼事情。

於是開口約了工頭夫妻，趁著工頭去找怒氣沖沖的老婆之際，他偷空抽了根菸，無意間瞥見了兩個山地女工，便開口一併邀請了，當時他也沒料到，這其中之一的女工，後來會和他發生糾纏難捨的戀情。

戀情

　　魯真見到pulingav的額頭上，開始細細地滲出汗珠，知道pulingav正在龐雜的脈絡裡，尋找與樂歌安的連結，她起身到浴室拿出一條乾淨的毛巾，擺放在pulingav身旁，又不放心地點看了一下桌上的米酒檳榔，唯恐準備工作有什麼疏失，在一一確認無誤之後，只能再度坐下來等候pulingav的指示。

　　她在心裡盤算著，等會兒若是vuvu真的回來了，她有哪些事情要跟vuvu確認，先是問問vuvu一切都好嗎，然後還要記得問，樂歌安是否滿意她的新家屋。想到新家屋，魯真的心底突然一陣慌亂，中午在墓園裡和ina穆莉淡的對話湧現，vuvu會不會不贊成自己的決定呢？若是她不滿意，墓園都已經做好了，那該怎麼辦呢？而最近夜裡vuvu常常來到自己的夢中，總是一副欲言又止的樣子，是有什麼事情要交代嗎？這些事情都是要問清楚的，否則，魯真總覺得心裡不踏實。

　　pulingav繼續吟誦著綿延不絕的祭詞，屋裡屋外都是

等候的人，奈奈因為催眠似的祭詞，已經開始打起瞌睡。而因為正巧這是晚餐後的時間，族人們來來去去的，有些人覺得外村的 pulingav，不會如此順利的召喚到族老，打算先回家吃飯再過來，也有些是家裡差人送來了簡單的 cinavu 或芋頭。

一時之間，魯真家的庭院裡，竟是熱熱鬧鬧了起來，依邦的丈夫負責守著門前，覺得這鼎沸的人聲會干擾到 pulingav，於是站起身來跟大家比了比手勢，這才讓現場又稍稍恢復了安靜。

等候讓黑夜變得愈發漫長，魯真望著 pulingav，突然就掉進了記憶的漩渦裡，她想起從小到大和 vuvu 相處的點點滴滴。

小時候，大約就是奈奈這個年紀，vuvuv 常背著她到各家去串門子，魯真記得，樂歌安總是指著每一戶家屋，告訴她這是哪一家，他們跟自己家族的關係是什麼，又有哪些有趣的故事，魯真常在 vuvu 的背上，聽著聽著就睡著了。有時一覺醒來，已經躺在家門前的石板椅上，樂歌安會拿著大大的芋頭葉替自己搧風，搧著搧著，連 vuvu 都打起瞌睡來。

其實 vuvu 最喜歡帶魯真到小米田裡，一路上樂歌安會用手指掐折經過的農作物，就跟做記號一般，從吾艾家

後面的小徑上去，經過第一叢竹林開始，就算是樂歌安氏族所管轄的家族耕田，一大片各式農作綿延而上，先是會經過旱田、高粱，然後是地瓜、鳳梨田，再來才是小米田，緊接在小米田後面還有好大一片，vuvu說：「一直到你看不見為止，這些都是我們家的地。」

魯真睜著圓圓的大眼睛，不能置信的問著：「vuvu，真的嗎？妳沒有騙我？」樂歌安會撫著魯真的頭回答：「怎麼會騙妳呢？將來這些都是妳的。」魯真傻傻地看著vuvu：「這麼多的田，我一個人做不完呢！」樂歌安聽了之後，哈哈大笑。

返程的時候，樂歌安會教導魯真像她一般，每走幾步就掐折一段農作物，諄諄告誡著說道：「這是我們家的領地，留下記號是告訴族人，族老來巡視過了，若是進到山裡，也可以避免迷路，你這個小腦袋給我記好了。」

印象中，她和vuvu一直都很親密，直到她小學畢業那年，才開始有了一些口角爭執，起因竟是因為一個男孩子。

班上有個男孩，住在上部落，和樂歌安家屋有點距離，但其實這個男孩不算是部落裡的人，他的父母是一對平地人，聽說是某家族人的親戚，因為養病所以來到部落，開起了一間小小的雜貨店。店裡什麼東西都有，小孩

子最喜歡去那裡，五顏六色的糖果，吸引著孩子回家的腳步，魯真有段時間裡，也很喜歡跑到那間店去，vuvu為此有點不高興，認為那些花花綠綠的糖果是「惡靈的化身」，會拐走小孩子。

魯真從小就留著兩條長長的髮辮，那是為了要製作傳統頭飾做準備，mamazangiljan的頭飾後方，會有數條由真髮細細紮綁的髮辮做裝飾，有些家族會直接向留長髮的人購買，有些則會自己慢慢蓄髮，留到一定的長度之後再剪下備用，所以部落裡常見女孩留著烏黑的長髮，以備到時使用。

魯真的頭髮由樂歌安親自照顧打理，一頭烏黑直髮油亮又柔順，讓很多人羨慕不已，偏偏這個平地男孩總愛捉弄魯真，三不五時就愛扯弄一下她的頭髮，最嚴重的一次，是平地男孩用口香糖黏住了魯真的髮尾，讓她急得幾乎不敢回家。

後來是樂歌安帶著村長到雜貨店去，這個舉動嚇壞了那對夫妻，就算他們不是部落裡的人，也知道mamazangiljan在部落的地位，當著樂歌安的面，那個小男孩就被痛打了一頓。之後，男孩遠遠地看到魯真就避開，倒是這個舉動讓魯真若有所失，覺得自己少了個玩伴，所以回家央著樂歌安再去一趟雜貨店，要vuvu向男孩的父

母要求，讓男孩繼續和自己玩耍。

　　這個要求讓樂歌安很是驚愕，她沒想到自己的孫女，居然會有這樣的想法，一是魯真的身分，本就不需要和平地男孩兒走的太近，二是魯真其實是具有身分上的優勢，想和誰玩都不容拒絕的。樂歌安將孫女叫到自己的房間裡，狠狠地教訓了一頓，訓誡她不懂自己身分的尊貴，也教育她要和平地人保持距離，至於為什麼，樂歌安只淡淡說了句「長大妳就懂了！」

　　而祖孫倆都沒想到的是，多年後她們再度起衝突，居然又是為了平地的男孩兒。

　　魯真上了高中之後，姣好的容貌和 mamazangiljan 浸潤的特有氣質，讓她在學校裡很容易成為受到矚目的對象，小鎮上的高中，距離部落大約三十公里，樂歌安交代古勒勒每日開車接送，不容許孫女有任何安全上的差錯。

　　但或許真的是叛逆期吧，魯真渴望和同儕相處，也想像同學一般，下課後可以逛街、吃冰、看電影，少女這些微小而簡單的願望，樂歌安都不允許，於是魯真只好找各種理由晚歸，比如說學校活動、補習之類的藉口，再串通好一向疼愛她的 ama，如此就真的讓魯真如願，獲得了一段短暫的自由時光。

這段自由時光讓魯真付出了代價，因為貪玩，她竟沒能考上理想的大學，最終是落在附近城市的一般大學，樂歌安一則以喜、一則以憂，高興的是孫女不用離家太遠，還是能夠常常見著魯真，憂的是普通大學的學歷，無法襯托自家尊貴的身分，但權衡兩者之後，她鑑於女兒依邦的前例，寧願魯真在自己眼皮子底下讀書，也不願意又見到一個遺忘自己傳統的孩子。

　　樂歌安為魯真買了一輛小巧的轎車，讓她每日開車上下學，偶爾因為下課時間太晚，或又顧慮安全的問題，樂歌安會允許魯真住在哥哥嘉納夫的租賃處，嘉納夫當時已經從軍校畢業，分發到南部的大城市裡工作，自己在外面租了一間公寓的其中一層樓，嘉納夫本想將多餘的房間分租給同事，但正好遇上魯真有需要，所以便將其中一間房間，變成妹妹偶爾留宿的地方。

　　很多事情的發生，都是難以事先預料的。就在魯真讀大學這段期間，系上有個熱烈追求的男孩兒，魯真原就對對方有好感，所以很快地兩人成為了班對，這事情只有嘉納夫知道，男孩兒有時會跟著魯真回住處，嘉納夫雖然勤務繁忙，卻也撞見過幾次，他提醒過妹妹最好先問過vuvu，因為魯真的身分特殊，若是vuvu不同意這份感情，只怕到頭來，魯真得要走上傷心之路。

魯真自己不是不知道，只是愈害怕就愈不敢說，她小心翼翼地保持著祕密，還恐嚇哥哥嘉納夫絕對不能洩漏訊息，但是天不從人願，某天樂歌安心血來潮，想到城市裡查探一下魯真的近況，順便看看兄妹倆的生活習慣。於是依邦夫妻開車，載著樂歌安從部落出發，臨出門前也沒跟兄妹兩個打招呼，直到樂歌安抵達公寓，一頭撞見魯真和男孩兒，這段祕密情事才東窗事發。

　　樂歌安波瀾不驚地看著眼前的魯真和男孩兒，半天沒吭出一句話，客廳裡沉默地令人窒息，幾雙眼睛滴溜溜的轉，就是沒人敢先開口說話，最後是魯真鼓足了勇氣，怯怯地叫了一聲vuvu，樂歌安立刻就打斷了魯真接下來要說的話，她看著眼前的男孩，長得秀氣白淨，一眼就辨別出是所謂的「平地人」，樂歌安勉強拼湊出腦袋裡可用的中文。

　　「你……喜歡我家的魯真？」樂歌安指指自己的孫女，又指指男孩兒。

　　男孩兒連忙點頭稱是，卻不知道該用什麼語言和眼前的老人交談，他求助的眼神望向魯真，希望身旁的女友能為自己解圍。

　　「vuvu……」魯真挺身站上前去，想為男孩兒說幾

句話，但是樂歌安又伸出手臂隔開魯真，繼續追問。

「你們……會結婚？」樂歌安比出兩隻手指頭併在一起，意思很明顯，她不擔心男孩兒不懂自己的意思。

「結婚？我們……我和魯真……還只是男女朋友，沒想到那麼遠啦！」男孩兒似乎被結婚這個詞給嚇到了，他不過才二十出頭，大三的學生，連兵都還沒有當，成立家庭這件事實在太遙遠，至少目前不在他的生涯規劃中。

樂歌安點點頭，繼續問著，「你知道……魯真的先生……要和我們一起住？」男孩兒睜大了眼睛，這一次他是真的聽不懂老人的意思了。

「就是你們平地人說的入贅啦！」依邦的丈夫古勒勒在一旁補充說明，並指指自己，表示自己就是入贅到妻家的男人。

「啊？入贅？怎麼可能？我是家裡的長子呢，不可能入贅的啦！阿嬤，妳不要開玩笑了。」男孩兒突然就笑開了，說明自己的身分，表明絕對不可能入贅，他這一輩子大概從來沒想到這個問題。

「好，魯真的先生……和我們住，你知道了？」樂歌安點點頭，像是提醒男孩兒，若是要跟孫女交往，得要知道入贅是唯一的選擇。

然後樂歌安轉身就走了，直走到樓梯口了，發現女兒

和女婿都沒跟上，才轉身呼喊了一聲，正尷尬站在原地的依邦與古勒勒，對著魯真使了個眼色，就連忙跟上樂歌安離開了，剩下魯真自己面對男孩兒的滿頭疑問。

「魯真，魯真。」陷入回憶中的魯真，突然感到一陣搖晃，是身旁的母親依邦正在呼喊著她。

有些失神的魯真這下子回到現實中，連忙回應了母親，詢問怎麼了，並為自己的神遊感到些微的抱歉，依邦指了指眼前的 pulingav，魯真立刻意會到自己失態了，望向 pulingav 急忙了解儀式進行到何處了。

pulingav 似乎也和魯真一樣，剛剛才回到現實中，她先是含了一口米酒，朝著虛空噴嘆出去，剛剛在與祖先接觸的過程中，她有些失去清明，pulingav 知道有些惡靈會在這種時刻出現，迷惑媒介陰陽之人的神識，緩緩喘了口氣，這才拿起魯真準備的毛巾擦著汗，並剖了一顆檳榔放進小臼裡舂著，魯真傾身向前，問著 pulingav 召喚樂歌安的情況如何。

pulingav 搖了搖頭，重重地嘆了口氣，將小臼中舂了半碎的檳榔倒進口裡，若有所思的靜默著，魯真不敢繼續問下去，看來召喚 vuvu 的過程並不順利，她只能等待，等待 pulingav 給她指示。她起身又為 pulingav 倒了八分滿

的米酒，才剛放下酒瓶，pulingav要魯真取出世傳的琉璃珠項鍊，雖然魯真有些遲疑困惑，但還是進去了房間，將家族裡世代留傳下來的琉璃珠項鍊拿了出來。

pulingav見到了這串琉璃珠項鍊，眼睛也亮了起來，mamazangiljan家族世傳的東西，勢必是極其珍貴罕見的，即便如她的身分，也不足以擁有這般貴重的項鍊，pulingav拿起來就著燈光細細查看，忍不住發出「嘖嘖嘖」的驚嘆。

「我用這當信物，樂歌安一定認得它，希望如此，能召喚她現身。」聽完pulingav的解釋，魯真理解的點了點頭，這串琉璃珠項鍊是vuvu親手交給她的，說是氏族歷任的族老所擁有的家傳物，戴上這串琉璃珠項鍊，就是擔起了族老的責任，vuvu交代過她，務必要好好保管這條琉璃珠項鍊，並在重要的場合和祭典時，戴上它出席。

稍事休息的pulingav在喝了口米酒之後，定了定神，手執小刀削著獸骨，又開始進入長串的誦念之中，魯真再度陷入長長的、未知的等待之中。一如當年她曾經無助地等待著男孩兒一般。

樂歌安離去之後，留在公寓裡的魯真和男孩兒陷入了沉默，魯真不知道該如何向男孩兒解釋自己族群的傳統，

男孩兒則是暗自擔憂著，自己到底招惹了什麼樣的家庭，兩個人都轉著腦袋，試圖想出恰當的解釋方法。

最後還是男孩兒先開了口，「那個……魯真，我們都還年輕，妳應該……沒想過結婚這件事吧？」男孩有些心虛的看著地板，不敢直視眼前女孩兒的眼睛。

還想著該如何解釋的魯真，思緒接不上男孩兒的問題，困惑的望著男孩兒，不知道他剛剛究竟說了些什麼。

「我是說，我們都還年輕，男女朋友不一定非要結婚對吧？」男孩兒似乎終於想清楚了事關人生，鼓足勇氣的繼續問著。

魯真這次才真的聽清楚了男孩兒在說些什麼，坦白說，自己的確沒想過結婚這件事，但是，她是真的付出感情，想和眼前的這個男孩兒好好的談一段刻骨銘心的愛情，但是，從剛剛這一番話聽來，男孩兒似乎只把她當成一段人生的插曲。

「你是什麼意思？我只是你玩玩的對象嗎？」魯真突然有股憤怒和受傷的情緒襲來，剛剛 vuvu 對她的態度那般輕蔑，現在卻又聽到似乎有些不負責任的語言，她不知道自己究竟該怎麼辦。

「不是啦，我的意思是說，我們互相很喜歡，當男女朋友很好，但是結婚是大事，而且我們都還這麼年輕，誰

知道以後會怎樣呢。」男孩兒急忙解釋著，看到魯真氣憤的表情，他也有些慌了，難不成這個女孩真的想和自己結婚。

「我們⋯⋯我都給你了，你居然說出這種話，你說，你到底愛不愛我？」愛情幻滅的衝擊，明顯擊垮了魯真，她這時候已經遺忘了樂歌安，只想知道這個交往了一陣子、讓自己付出貞潔的男孩兒，對自己是不是真心真意，話還沒說完，眼淚就不斷地落了下來。

「欸，妳不要這樣麼，那是妳情我願啊，我們又沒說好要結婚，成年人上床很正常的好嗎，妳有這麼保守嗎？妳以前就沒跟別人上過床喔，騙肖ㄟ！」男孩兒似乎突然意識到眼前的事有些棘手，想的糟糕點，也許得付出代價，只是那代價不知道是自己的一生？還是⋯⋯？他的確從未想過結婚這事，大學裡男女交往又分手的例子多得是，該不會自己就是最倒楣的那個吧！

魯真聽見了男孩兒衝口而出的回答，也彷彿意識到了些什麼，都聽同學說，校園裡的感情只是玩玩的，少數是真的可以交往看看的，完全憑眼光和運氣，當初自己和眼前這男孩兒走近時，也不是沒人警告過她，但是，男孩兒追求時表現的情真意切，一點兒也不像是只想找個女朋友炫耀的樣子。

「說不定，他真的就是命中註定的那人？」魯真當時心底真的如此想的。

男孩兒的話的確重傷了魯真，自己從小到大，在家裡、部落裡受盡榮寵，哪裡能聽得人說這麼不堪的話，她定了定神，覺得男孩兒的心態，透過那些話已經表露無遺了，既然如此，何必再苦苦糾纏呢？

「我有沒有跟別人上過床，這事你最清楚，我不用被你這樣糟蹋，你這樣的男人我也算知道了，既然這樣，那就分手吧！」魯真下定了決心，雖然探出了男孩兒的底線讓她心碎，但或許早早發現真相未嘗不是一件好事。她沒發現自己長期浸淫在樂歌安的教育下，竟也養出遇事決斷的氣勢。

魯真和男孩兒的事很快就做出了決定。但畢竟情傷太重，魯真有好一段時間無法正常上學，都大三了，眼見差一年就能畢業，魯真卻怎麼也無法振作起來，上課斷斷續續的，她知道自己有好幾科將要過不了關，和哥哥嘉納夫討論之後，決定先暫時休學，回部落休息一陣子，也正好回家和父母與vuvu好好講清楚。

自從樂歌安撞見那一幕之後，再也不曾主動過問魯真的事情了，選了一個尋常日子，魯真在嘉納夫的護送下返家。

「還沒結果嗎？」阿露伊頭上裹著毛巾，一頭染成棕色的秀髮全都包在裡面，一股暖暖的蒸氣隨著阿露伊的移動，飄盪在空氣中，說著便往舞蓋的身旁一屁股坐了下去，順手向自己的ina討了顆檳榔。

　　「欸，妳哪天到我那裡把頭髮整理一下吧，亂糟糟的，看了讓人不舒服。」語畢，就順手扒下阿露伊頭上的毛巾，俐落的搓揉了起來，舞蓋有一手美髮的好技藝，三兩下就把阿露伊的頭髮順了順，「幾十年了，這習慣還沒改，跟在工地一樣……」話還沒說完，阿露伊揪了一把舞蓋的腰間肉，疼得舞蓋哇哇大叫。

　　「幹什麼呢妳們，都當vuvu的人，還這麼吵吵鬧鬧的，小聲一點，隔壁還在進行儀式呢。」吾艾皺起眉頭，輕聲喝斥著打鬧的兩個人，阿露伊和舞蓋才彼此互瞪著，阿露伊甚至舉起了拳頭，朝著舞蓋的面前虛空揮了幾下。

　　舞蓋連忙將阿露伊的拳頭抓下來，附耳在她的耳邊說道：「真的啦，除了臉老一點之外，妳和那時候還是一模一樣……」只見阿露伊臉都青了，乾脆直接摀著舞蓋的嘴，「還說……還說……，妳真的是三八呢。」

　　那些年到城市裡工作的人多不勝數，誰沒能在城市發生點什麼事情，在部落裡有個不成文的默契，城市裡發生的事情，除非當事人主動談起，否則，就是永遠的祕密。

剛剛走出浴室、頭上還滴著水的兩個女工，正邊走邊聊天打算慢慢回到宿舍裡，身上揣著剛領到的薪資，她們兩人討論著，今晚或許可以小小的奢侈一下，到附近的夜市去吃點好吃的東西，順便買件好看又便宜的衣裳，竊竊的交談與笑聲，像兩隻小老鼠一般。沒料到依邦就這麼對著她們衝過來，還好兩個女工閃得快，不然非得撞個滿懷不可。

　　阿露伊被好姊妹舞蓋扯著衣袖，悄聲地說：「依邦脾氣真大，每次發工資的時候，她都會這樣氣呼呼的，妳最好閃遠一點，免得被她罵到臭頭。」阿露伊看了眼已經進到浴室的依邦，心想：「依邦的脾氣從小就不好，到現在還是沒變。」就像是看出了她心裡的問題一般，舞蓋立刻就回答說：「還好我家不是歸她們管，簡直和小時候一模一樣對吧！」

　　部落裡，有著嚴格的階級制度，從mamazangiljan、貴族、pulingav、pulima到平民，每個人依照她出生的家屋，從此決定了身分地位。阿露伊出生在一般的平民家庭，從小她就知道，自己和住在隔壁的女孩兒不同，隔壁的mamazangiljan家先生下了一個女嬰，隔了幾年之後，ina才生下她，年齡上，她們等於是同一個輩分。

但是ina告誡阿露伊，無論怎麼嬉鬧，就是不可以弄傷了隔壁的女孩兒，依邦可是和我們不一樣的，她是mamazangiljan的女兒啊。小女生喜歡勾心鬥角，偏偏這一套不適用在依邦身上，只要遇上有爭執衝突的時候，依邦永遠都是對的那一個，ina會揪著自己的耳朵到隔壁家，即使那錯不是她造成的，都得要低聲下氣的認錯道歉。

　　久了，阿露伊也不喜歡和依邦一同玩耍了，反正mamazangiljan的女兒，永遠都不缺玩伴，自己閃得遠遠的，跟身分相當的人一起玩就對了，比如說舞蓋，沒想到愈是這樣，依邦愈是要找她當隨侍，出門由阿露伊負責背著她的小sikau，想拒絕都不行。

　　有時候，她會趁著太陽剛剛升起時就離開家，跑到上部落去找舞蓋，因為依邦總是睡到太陽曬到屁股了才會起床，每次就在她和舞蓋開心地沉浸在河邊照水鏡比漂亮，或是在哪家的芋頭田裡抓老鼠的時候，就會聽見一個小小的、尖銳的呼喊聲：「阿露伊、阿露伊，妳在哪裡？快出來跟我玩！」阿露伊和舞蓋擠眉弄眼的不以為然，然後繼續往部落後方更深處找樂子，就擔心一個不注意，會被依邦逮個正著，壞了玩興。

　　但是依邦就是有辦法找到她，無論她躲到部落的哪個角落，據ina的說法，這是有祖靈在為依邦引路。總是不

用多久時間，就會見到依邦悻悻然地，出現在她眼前，然後質問說：「我在叫妳，妳為什麼都不回答？」，於是，阿露伊只能乖乖地背起依邦的sikau，懨懨地隨著離去，留下舞蓋在身後，又是扮鬼臉又是丟石子的訕笑自己。

阿露伊對於依邦的印象，始終就停留在這種蠻橫不講理的記憶中。

後來父親開始生病，她外出玩耍的時間變少了，母親因為要上山忙農務，就將照顧ama和弟妹的重責大任交給自己，還諄諄告誡著：「我已經跟隔壁的ina樂歌安說好了，妳要在家照顧ama和弟妹，所以沒辦法陪依邦玩，妳不能再拿這理由當作藉口跑出去，知道了嗎？」其實ina不知道，阿露伊巴不得這樣，她可是從來就不喜歡，陪伴那個驕縱的女孩兒。

讓人意外的是，依邦還是來到家裡了。阿露伊見到依邦高姚的身影，在家屋外向她招手時，心裡還有些得意，心想：我總算有光明正大的理由，可以拒絕跟妳玩了。於是抬頭挺胸的往門口走去，正要開口的時候，依邦從隨身的小sikau裡，拿出了幾樣東西，有芋頭乾、cinavu和幾顆野莓果。

這些東西阿露伊是很熟悉的，野莓果在往芋頭田的路上灌木叢裡就摘得到，她和舞蓋常常去採來解饞，但是芋

頭乾和cinavu卻不是平常可以吃得到的食物。先說芋頭乾，得要田裡的芋頭收穫量足夠，才有可能製作，但是自己家裡只有母親一個勞動人力，扣除掉吃的、進貢給領袖家族之後，幾乎所剩無幾，而且還常常是醜不拉基的。要像依邦拿來的那般渾圓小巧型的，大概要等到ama病好了以後，下田耕作才有可能收穫吧！更別說cinavu，是有祭典或特殊節日才會製作，平常日子只能想像它的月桃葉香味，哪能輕易吃到啊。

依邦把這幾樣食物塞進了阿露伊手裡，冷冷地說著：「妳ama不是生病了嗎？這些東西給妳ama吃。」阿露伊再怎麼貪吃，也知道這些食物不能隨便收下，何況還是依邦拿來的，要是就這樣拿了，ina回來非把自己揍個半死不可。

阿露伊搖搖頭說：「不行，我不能拿妳的東西，要先問過我ina才知道能不能收，妳拿回去吧。」似乎從來沒被拒絕過的經驗，依邦臉上一陣青白，想到自己的好意，就這樣輕易被推掉了，頗有掛不住面子的感覺，她又氣又惱，簡直不知道該怎麼辦才好，只能將東西全摔在地上，轉身就跑回家去了，沒多久時間，阿露伊就聽見了隔壁的家屋內，傳來一陣又一陣的哭泣聲。

看著摔落在地上的珍貴食物，阿露伊也楞住了，她不

知道是該撿起來或是還回去？還是任由那些東西在地上不去理會？就在她左右為難的時候，傳來ama哮喘吁吁的氣音：「阿露伊，快撿起來，那些是很好的東西啊，怎麼可以丟在地上呢，趕快拿回去還給人家，快去。」

於是，她聽從ama的話，七手八腳地將食物全都撿齊了，還順手拍了拍上面的灰塵，跳過一道矮矮的石板牆就到了依邦家，她扯著喉嚨在外頭喊著：「ina樂歌安，我是旁邊家的阿露伊，我把東西放在院子裡的石板桌上囉，我回家了喔。」然後小小的身影，再一次跳越過石板矮牆，就回到了自家的門前。

阿露伊很害怕mamazangiljan家族裡，會有人衝出來責罵，立刻就攙扶ama進入屋內躺下，雖然手邊忙著照顧ama，她的耳朵可是忙得很，一直豎著在窺聽屋外的動靜，就唯恐等下會被叫出去挨罵。

虛弱的男人被安置好之後，要長女在自己身旁坐下，試圖用著微弱的音量教導她：「依邦是好意，妳不可以就這樣拒絕她，這是很沒有禮貌的，知道嗎？等下ina回來，叫她帶妳過去跟mamazangiljan道歉。」不過幾句話，就將這男人給累得無法繼續出聲了，阿露伊馬上拍拍ama的胸口，保證一定會去道歉，這才又沉沉的睡去了。

這是第一次，阿露伊消除了心底對依邦的敵意。

只是後來，阿露伊和依邦有很長的一段時間沒有再見。依邦國小畢業之後，聽說去了外縣市讀教會學校，而阿露伊則是嫁入了眷村。兩人怎麼也沒想到，再見面的時候，會是在建築工地上。

　　而依邦對於隔壁家這個從小就幫她背sikau的女孩兒，有著特別不一樣的感情，不只是妹妹，更是自己要保護的子民，即使後來在工地裡發生了一些事情，依邦也僅是告誡著阿露伊，「回到部落後，什麼事都別說。」兩人的情感，在異鄉的建築工地上，似乎才真正地建立起來。

女人之間

　　一前一後兩輛汽車，從工地緩緩開出，前車是小林老闆的轎車，後座上是兩個頭髮還沒乾透的年輕女工。後方是一輛小貨車，在上面的正是古勒勒夫妻兩人，仔細看不難發現，依邦的臉上仍有著隱隱的不悅。

　　坐在小林老闆車上的兩個女工，正襟危坐的不敢說話，阿露伊和舞蓋的雙手緊緊交纏著，隨著車子往前行進，她們不時交換著眼神，大大的眼睛裡充滿著疑惑，她們要去哪兒呢？小林老闆從後照鏡裡，可以清楚地看到兩人的臉色，他笑了笑說：「我們要去吃飯，不要太緊張啦，你們看，你們的工頭和老婆就在後面啊！」，阿露伊轉過頭去查看，果然看見那台有些老舊的小貨車，吃力地在後面緊跟著。

　　車窗外呼嘯而過的景色，開始轉移了阿露伊的眼光，自從來到工地之後，她所能移動的地方，大概就是以步行能抵達的範圍，附近的雜貨店、夜市，她大概都已經逛遍了，再遠一點，沒有交通工具也無法前往，尤其是工班下

工後，大多都已經天黑了，所以她從來沒機會看看其他地方。

這一天有車可搭，她望著窗外亮晃晃的燈光，心裡想，這裡應該是市區吧，每家商店都射出刺眼的燈光，熱熱鬧鬧的，連走在路上的人，看起來都特別漂亮，阿露伊不知道，原來就在距離工地這麼近的地方，竟是如此的喧鬧繁華。

阿露伊不是沒有見過市區，以前還沒離開家的時候，丈夫也常騎車載著她和孩子去逛街，只是丈夫不是個愛花錢的人，而自己又怕被認出來是山地人，會遭到其他人的訕笑，所以總是坐在摩托車上，伸長脖子左右看看而已，少有機會下車真正採買什麼東西。

更不要說坐轎車了，那個時代轎車還是奢侈品，不是每個家戶都能買得起，有著車體和車窗的保護，阿露伊可以睜著大大的眼睛，徹底地將外面看個清楚，也不用怕被別人看回來，因為移動的車速很快，車窗外走動的人，根本來不及辨識她的黑皮膚，就算看到了，也早已經脫離了路人的視線範圍。

車子行進了一段時間，終於來到一處熱鬧的快炒店，店裡座無虛席，看得出來生意很好，那時期台灣經濟突飛猛進，到處都有等著花錢的人，每個人身上似乎都有大把

大把的鈔票用不完。這個快炒店霸占著馬路旁的空地，看起來少說有幾十個位置，居然連張空桌都沒有，幸好她們一行人抵達時，正好有客人起身結帳，準備移師到另一處續攤，才不致白跑了這一趟。

小林老闆很熟稔地在前方帶著路，兩個女工緊跟在古勒勒夫妻後頭，她們其實是不太習慣這種酒酣耳熱的地方，就算工地裡每天都有工人在喝酒，但是總是自己部落的人，喝醉了就算說話大聲點，也不會像這種快炒店裡，充斥著社會各個階層的人，有白領的公務員、有刺青的黑道大哥、還有滿身機油的黑手，熱鬧得很。

小林老闆把菜單各遞了一份給她們，要她們自己點喜歡吃的東西，阿露伊和舞蓋妳看我、我看妳的，不敢接下小林老闆手中的菜單，讓那份菜單浮在空中好半天，古勒勒一把搶了過去說：「她們不識字啦，看不懂上面寫什麼，老闆，還是你點好了，我們什麼都吃，不挑的。」尷尬的小林老闆這才放開笑容，叫來服務小妹，點了一大串的菜色，讓在座的人都擔心是否吃得完。

似乎看出他們的擔心，小林老闆笑著說：「沒關係啦，吃不完就打包回去，還可以當下酒菜，我請客，不要擔心。」古勒勒大約是和這個老闆吃過幾次飯，知道這個老闆好相處，所以也就比較放得開來。

「小林老闆，今天怎麼有空來？你不用去巡視其他的工地喔？」古勒勒露出沾著檳榔渣的牙齒笑笑。「你也知道我反正就在幾個工地跑來跑去，哪有差，今天在這附近，就過來看看你們啊，看看你有沒有把我的工地顧好。」說完，自己就哈哈大笑了起來。

　　阿露伊看著眼前這個小林老闆，覺得他實在不像過去印象中的監工，那些有些年紀的平地人，每次總是一臉凶巴巴的樣子，一進工地從沒好臉色給工人看，哪裡做不好就是一陣破口大罵，在部落裡地位不低的古勒勒，在工地裡卻被罵得像狗一樣。那些平地人還很色，有時候眼睛盯著同伴們的屁股和胸部，滴溜溜的色狼樣，每次總讓她覺得噁心不舒服，甚至還要預防不安分的手，突然的就侵略過來，有不少次她都被驚人的尖叫聲嚇得把榔頭掉在地上。

　　阿露伊聽說，在她沒來工地之前，依邦好幾次一邊破口大罵，一邊拿著榔頭就衝上去，要不是古勒勒和幾個男工擋著，前面的幾任監工，大概都會被依邦的榔頭給錘穿了，難怪舞蓋總提醒阿露伊，遇到監工來巡視工地的時候，千萬不要把屁股對著監工。

　　但是，這次這個監工不同，較之以前的人都年輕一些，行為舉止也比較正經，眼睛不會亂瞄女人，也不會伸

手亂吃人豆腐，講話雖然也大聲，但不會隨隨便便吼人。雖然阿露伊沒有什麼機會，和這種管理階級的人接觸，但是，工地的人眼睛都在看，會在下工後的休息時間品頭論足，討論這些平地人，若是遇上真的討人厭的監工，工人們還會私底下串通好，惹些小麻煩讓監工難看。但是到目前為止，她還沒聽說過有誰對這個人有意見，看來，應該是個還不差的人才對。

　　各式熱炒一一送上桌，阿露伊和舞蓋不好意思私下交談，古勒勒夫妻又正在氣頭上，一桌人與小林老闆沒什麼話題，只好專心地研究著眼前的每一道菜色，評論著口味如何，炒的方式和配料等等，阿露伊用母語和身邊的姊妹說：「學一下，放假回去還可以煮給我的孩子吃。」

　　「對呀，好久沒有看到孩子了，我真有點想他們……。」說起孩子，兩個女工沉默了，臉上一陣落寞，孩子總是女人心裡最掛記的人。為了孩子女人什麼都肯做，若不是想要讓孩子生活的更好，女人大可不必跑這麼遠來工作，就連在外面工作都時時會想到，留在家裡的孩子吃飽沒？有沒有加件衣裳？功課做完沒？那麼多生活上的小事，做ina的永遠都操煩不完，多希望自己能夠在他們身邊，看著孩子在自己手下一時時長大，就連現在吃飯吃到好料，都想要學起來回家煮給孩子吃。

而一旁的古勒勒已經和小林老闆喝起來了，天南地北地聊著工地的現況，唯獨依邦一張撲克臉，明擺著她正在生氣，最好誰都不要來招惹她。

　　阿露伊和舞蓋的勞動力不似男工，所以食量也不大，就著一碗白飯，配上整桌的菜餚，加上好幾杯飲料，很快的就吃飽了，而古勒勒和小林老闆正好相反，滿桌的菜沒吃幾口，只顧著一個勁兒的喝酒乾杯。

　　古勒勒雖是山地人，酒量其實並不好，幾瓶下肚之後，說話音量隨著體內酒精的增加，愈來愈大聲，還手腳並用地揮舞著，依邦忍不住拉下丈夫的手，一直要他小聲一點，還好小林老闆也算精明，眼見再喝下去，工頭就要和老婆吵起架了。避免在這種人多的場合難看，他當機立斷決定結束餐敘，拉起古勒勒就往車子走去，依邦和兩個女工緊緊地跟在後頭，大包小包的提著剛剛沒吃完的菜。

　　還好依邦會開車，在小林老闆的護送下，一行五個人終於安全返回工地宿舍，小林老闆費盡九牛二虎之力，才將酒後大解放的古勒勒擺平在床上，向一整晚都沒好臉色的依邦打完招呼之後，走出低矮的木板房，大大地喘了一口氣，忍不住又將菸從口袋中掏出來，狠狠地吸了幾口。

　　舞蓋兩人本來已經回到自己的房間，阿露伊後來又因為尿急，忍不住跑了出來，工地設備簡陋，通常都是兩個

公共廁所大家一起用，卻正好撞見停留在宿舍前抽菸的小林老闆，她點了點頭就往廁所衝去，想說等下出來之後，應該人就走了吧！所以也沒多想什麼，逕自做自己的事去了。

憋了一整晚的尿，阿露伊在廁所裡待了不短的時間，等到覺得膀胱裡的水分全都排解之後，她慢慢地走出來洗手，還順便擦了一把臉，天色已經徹底暗了，她在月光下伸伸懶腰，吃飽了喝足了的放鬆狀態，讓她有些慵懶，她不知道在月色下的自己，深深地吸引了此時還逗留在原地的小林老闆。

彼時小林老闆正準備離開，只是對於這夜要睡在哪裡有點困擾，幾年下來的東奔西跑，流連在各種不同的旅館裡面，他其實有些厭倦了，雖然旅館房間乾淨清爽，但是也少了人味兒，他突然有些渴望身邊能有個人作伴。

就在這個念頭浮現時，剛剛匆忙跑去上廁所的女工走出來，他想既然走出來了，那就打個招呼再走吧！他只是沒料到，女人會在月光下伸了個懶腰，他從來不知道，原來女人伸懶腰的樣子是如此嫵媚，讓他久久無法移轉眼神，如果，今天晚上能有個這樣的女人陪自己睡著，那該是多麼幸福的事情。

阿露伊望向遠方的眼神很迷茫，以前這種時候，家裡

的孩子們，可能正在準備洗澡，年邁的丈夫會在外面的院子裡喝茶乘涼，自己正好可以喘口氣做點事情。她喜歡做些女紅，拿些已經不穿的衣服縫縫補補，或是改個款式又是件新衣服，最近幾年家裡經濟大不如前，買新衣服的機會愈來愈少了，還好以前有錢時，丈夫為自己裁了不少衣裳，布料都還不錯，正好這時候可以拿出來改裝一下。

　　小林老闆在一旁看著失了神，他剛剛在飯局上，輾轉得知這個女人的些許背景，家裡有個年紀差很多的老公和三個小孩，為了支撐家計，所以才會來到這裡當女工，他心想，哪種老公會放心把這樣的一個女人放在外面呢？要是這是自己的老婆，才不捨得讓她在外面吃苦。

　　阿露伊活動夠了，正準備轉身走回房間，才突然發現，小林老闆就在幾步外的距離盯著自己看，她有些驚訝，以為這男人早在她進廁所後就已經離開了，怎麼會還留在原地呢。而那個隱隱有些火光的眼神，讓阿露伊想起自己的丈夫，那讓她感到微微地不安，急忙低下頭快步往房間方向走去，後來一想又覺得不對，就這樣不理人的離開，似乎有些不太禮貌，只好再抬起頭向男人點頭示意，說了聲謝謝，就小跑步離開了。

　　男人驚覺自己失態了，還來不及開口道別，女工已經消失在房門後面，他臉上一陣燥熱，有些不好意思了起

來，怎會突然有這種遐想呢，是自己寂寞太久了嗎？晚上請旅館的內將找個小姐好了，一定是自己太久沒抱女人才會這樣，小林老闆甩甩頭，想把自己腦袋中亂七八糟的念頭全都甩掉，他嘆了口氣，拿出車鑰匙準備離開。

滿臉通紅的阿露伊，躲在房間窗戶旁，掀開被單搭成的窗簾一角，看著離去的轎車揚起漫天灰塵，才終於吐出一口憋著的氣，緊繃的雙肩悄悄地放鬆了。她不知道，這一切都被床上的舞蓋看在眼裡，阿露伊的心還在左右晃盪時，舞蓋覺得身為好姊妹，有義氣要提醒她，同時也是提醒自己，別陷入這種曖昧中。

咳了咳痰說道：「妳別忘了，我們都是有老公和小孩的人，沒資格談戀愛的。」阿露伊被身後突來的聲音嚇了好大一跳，她還沉浸在剛剛和小林老闆的遐想中，這幾句話如同當頭棒喝，把她從不小心岔出的情懷裡拉回來，並猛然想起，自己已經不是個能夠隨便發展戀情的人了。

壓抑和被戳漏的心思，讓阿露伊心裡的委屈溢滿了，她坐在床邊無聲的落著淚，已經鑽到被子裡的姊妹淘，覺得自己似乎話說太重，爬了過去拍拍女人的肩膀：「不要哭了，我們都一樣，一不小心，我們連家都回不去了。」

舞蓋和阿露伊一起長大，直到小學畢業後，部落興起

一陣把女兒嫁給外省人的風潮，從沒見過金元寶的父母，在婚姻捐客幾句甜言蜜語哄騙下，就答應讓女兒嫁到眷村去，很多人都相信，這些嫁給外省人的女孩們，一定可以過著錦衣玉食的生活，至少，不會像部落裡那麼辛苦，她們兩人都是在這股風潮下，遠嫁到部落之外去。

兩人的丈夫年紀差不多大，所以，她們幾乎是同時面臨到男人老去、孩子嗷嗷待哺的狀態，舞蓋比阿露伊更早進入工地工作，因為自己的丈夫沒有一技之長，不像阿露伊的丈夫還有個豆腐工廠，可以維持家計一段時間，她早早就跟隨著這些工班四處奔走。

甚至，也曾經在工地發生過小小的戀情，期間的甜蜜愛戀滋味，也曾讓她深陷其中，久久走不出來。直到有一天，和她發生工地戀情的那個男人的老婆殺來工地，並當眾羞辱了她一番，男人也從這個工地移到別處去，自己才徹底從戀情中清醒過來，從此死了心，儘管後來沒多久丈夫就因病離世了，也沒想過要再發展什麼新戀情了。

她太清楚這種感覺了，足以讓一個正值風華的女人拋家棄子，何況丈夫年紀老邁，根本無法滿足成熟女人的生理需求，身邊的誘惑再大一點，不需要外人，工地裡面那些單身出來工作的男人，哪個不是夜夜飲著寂寞入睡，除非自己心思很清明，否則的話，想不暈船都很難。

舞蓋自己走過這一遭，眼見身邊一起長大的阿露伊，正逐步踏入曖昧的陷阱當中，要趁早把她棒打清醒，再慢一點就可能會來不及了。但是正因為她自己有過經驗，所以心中也充滿了疼惜，她了解阿露伊心中的委屈和壓抑，相互擁抱著痛哭流涕，兩人惺惺相惜地熬過了這個夜晚。

　　她們在婚前的部落生活時，就像親姊妹一樣，除了晚上各自回家或服務 mamazangiljan 之外，大多數的時間裡都在一起，還有另外三個年齡差不多的同儕，形成一個小團體，或是相約一起到河裡游泳玩耍，或是彼此的家庭在農忙時相互幫忙，甚至幾個女孩兒的 ina 們，會約好為女孩們的族服上，刺繡相同的圖案等等。

　　這樣的小團體在部落裡很正常，上下差距約五歲的女孩們自成一個體系，鄰近部落的淺山小工寮，或是哪個家族堆放農具的邊角處，都有這些女孩甚至是女人的祕密基地。在這些小組織裡面，女孩們透過從長輩們口中聽來的經驗，交換著彼此心底的小祕密，又或是評論著哪家發生的事情，當然，討論最多的就是關於異性了。

　　阿露伊和舞蓋雖然在婚後分別了十幾年，但是從童年到少女時代，畢竟還是一起經歷的，她們很熟稔的脫下彼此身上的衣物，緊緊相擁著。阿露伊記得女孩兒聚在河邊

一起洗澡時，如何透過觀看姊妹們的身體，來了解自己的身體，也透過彼此的撫摸，理解身體的反應和感受。那無關慾望，只是單純的認識身體。

只是，她們後來都被迫離開了部落，失去了認識女性身體知識系統的場域，還來不及學習婚姻、生育與情慾的種種，就被眷村裡的男性世界箝制住了。

但即便如此，青少女時期的記憶還是鮮明的，阿露伊和舞蓋裸身擁抱，舞蓋的手，順著阿露伊的背脊，輕輕地、一遍又一遍的撫摸著，就像安撫哭泣中的嬰兒一般。阿露伊臉頰貼在舞蓋的乳房上，那處柔軟就如同 ina 的懷抱般，讓她覺得安全，滿心的委屈終於得以發洩，兩人再也壓抑不了情緒地痛哭失聲。

舞蓋並不是阻止阿露伊談戀愛，只是希望她能再等等，年邁的丈夫撐不了多久了，就像自己的丈夫一樣，也許再過幾年就死了，到那時候，就可以光明正大地找人交往。不論是寡居或離婚，部落裡單身的女人，誰都可以追求或被追求。

只是，阿露伊還是動搖了，她輕忽了心底的寂寞，也高估了自己的控制能力。小林老闆後來到工地的次數明顯增加，終於在某天傍晚時，悄聲靠近正奮力拔鐵釘的阿露

伊，發出了共進晚餐的邀約。

　　阿露伊被突然現身的小林老闆嚇了好大一跳，還沒回過神來，就聽到小林老闆丟下來的話，「等下下工後，我在前面轉角的那個工地福利社等妳，我請妳吃飯。」還沒理清這一番話的意思，就見那男人輕輕巧巧地往工頭的方向走去，一抬眼，阿露伊見到了依邦嚴厲的眼神。

　　下工後，阿露伊和舞蓋一起洗好了澡，正互相撥弄著頭髮，阿露伊怯怯地望向舞蓋，有些不知道該怎麼將小林老闆的邀約說出口，她甚至沒想好到底該不該去赴約。舞蓋一向就是個豪爽的個性，傍晚那一幕她也看到了，「那個平地人跟妳說什麼了？妳仔細跟我說清楚。」瞪著阿露伊，她擔心這個妹妹腦袋不清楚。

　　「他說……他說……在前面那個福利社等我……要請我去吃飯。」低著頭，絞著雙手，阿露伊吞吞吐吐地，將小林老闆的話完整交代。說完後，又似乎想到什麼事情似地，立刻抬起頭對舞蓋說：「我去跟他說，我已經結婚了，不會跟他去的，妳放心。」大大的眼睛裡，有著下定決心的絕然。

　　「我和妳一起去跟他說，不然就不要去，等不到他就會走了。」舞蓋比阿露伊更絕然，這個妹妹一向心軟，從來就不敢說出拒絕人的話，她得要陪著一起才放心。阿露

伊聽到這番話面露難色，「我自己去⋯⋯這樣對他不太好意思，好像⋯⋯我到處跟人家講⋯⋯他要請我吃飯的事情。」其實更讓阿露伊覺得難堪的，是她打算拒絕的決定。

「妳放心，我一定會講清楚的，妳先到宿舍等我，等下我們去逛夜市。」說完，唯恐舞蓋會堅持跟著，阿露伊將毛巾丟給好姊妹，披著一頭未乾的長髮，轉身就往轉角處的福利社跑去了，還不忘一邊回頭朝舞蓋扮了個鬼臉。

氣喘吁吁的趕到福利社前，果然見到那個男人正抽著菸，轎車穩妥妥地停在一旁，福利社前的廣場上，有些工人剛下工，正在裡面採購零食和飲料。幾乎沒等到氣喘過來，阿露伊就迫不急待地脫口而出：「小林老闆，我不跟你去吃飯了，謝謝你。」一鼓作氣地說完，立刻就想轉身跑走。

似乎猜著了阿露伊的想法，男人一把捉住那隻甩動的手臂，阿露伊沒想到對方會有這個動作，背對著男人就楞在了原地。「妳不要那麼害怕，我只是⋯⋯想請妳吃個飯而已，可以嗎？」低低沉沉的聲音，順著福利社前夏日傍晚的薰風，輕輕地飄送過來，阿露伊的心裡突然就有了些奇異的感覺。

家裡的丈夫從來不會這樣跟她說話，總是命令式的口氣，沒有徵詢或是小心翼翼，偶爾阿露伊會表達自己的意見，丈夫習慣性的冷哼一聲，滿滿地不屑意味，更完全不會參考她的想法，彷彿那就是孩子般的不懂事，十幾年來，夫妻間就是這種關係過著生活。阿露伊唯一一次可以堅持的事情，就是在丈夫老了之後，無法繼續維持家計的情況下，爭取到工地來賺錢。

　　這讓她終於得以脫離丈夫掌控的牢籠，結婚十幾年來，她除了屈指能數的幾次返回部落，無論在原先的眷村，或是後來遷住的農村，幾乎沒能認識新的朋友，家裡來來去去的就是丈夫那些同袍，她極不喜歡這些單身年長的男人，每回丈夫喝醉酒之後，就有人會藉酒醉趁機吃豆腐，丈夫要麼是沒發現，要麼是喝醉了無法顧及，幾次之後，阿露伊曾經隱隱約約地，向丈夫提及這些性騷擾，卻被斥責都是胡思亂想。

　　她很清楚自己的婚姻是交易後的結果，ina需要錢給ama看病，還要養活弟弟妹妹，丈夫需要一個女人幫他生兒子傳宗接代，於是她就從部落去到眷村，再從眷村去到農村，生了三個女兒之後，還是沒能生出一個兒子，眼見她愈來愈成熟的容貌，對比出丈夫逐漸老去的身軀，阿露伊突然有股衝動，想要再為自己爭取些什麼。

阿露伊緩緩轉過身來，眼前的夕陽耀眼的讓人睜不開眼，她抬起手搭在眼睛上，勉強可以分辨出男人的剪影，她有些囁嚅地回答：「就⋯⋯吃個飯嗎？」她沒發現，男人嘴角現出個淺淺的酒窩，「嗯，就請妳吃個飯，妳喜歡吃什麼？」於是，原本答應舞蓋要去逛夜市的阿露伊，就這麼上了小林老闆的轎車，迎著夕陽緩緩地開遠了。

　　萬事起頭難，有了第一次之後，阿露伊外出的次數也隨之增加，舞蓋懷柔、責罵、冷戰各種手段用盡了，都無法讓她抗拒小林老闆的邀請，舞蓋有些灰心的想著，就讓這個妹妹去感受一次吧，否則誰勸都沒用。舞蓋並不看好這段感情，一方面是阿露伊還有家庭，另一方面，她總覺得小林老闆只是一時嘗鮮，不可能真的和工地的女人，尤其還是和山地人在一起。

　　少了舞蓋的勸諫和阻礙，阿露伊終於發生了第一次的夜不歸營。那天小林老闆帶她去吃了一頓飯後，買了幾瓶啤酒，說要帶她到住的地方喝酒聊天，於是就直接驅車到了旅館。阿露伊從來沒有到過旅館，看著一間四四方方的房間裡，有電視、有桌椅、還有一張大床，她已經是三個孩子的媽，心裡隱隱知道會發生什麼事情。

　　旅館雖然是水泥砌造的隔間，但是顯然隔音效果並不

好，阿露伊可以聽見一些曖昧的呻吟，從門底下的間隙或是輕薄的牆間穿透而來。小林老闆微微調大了電視的聲音，打開了桌上的幾瓶啤酒，沉默的一杯又一杯灌下，兩人都沒開口說話，氣氛瞬間有些尷尬。阿露伊只覺得隔壁間那奇異的女聲愈來愈大，隨著燥熱的空氣，不斷地徘徊在房間裡。

等到她意識過來的時候，男人已經緊緊擁著自己，大手有些顫抖的撫上那具成熟的女體，阿露伊雖然生過三個孩子，但是丈夫的粗魯和不解風情，從未讓她感受過所謂的高潮，阿露伊並不清楚男女之間的歡愛可以有什麼樣的愉悅。男人吻著女人豐厚柔軟的脣，一雙手從鎖骨緩慢地往下打轉，她只覺得自己腦袋一片空白。

男人極有耐心的取悅著阿露伊，畢竟在商場打滾已久，他已經不是青春毛躁的男孩子，從酒店媽媽桑身上學到許多性知識，他知道要先讓女性的身體放鬆，也知曉女體做好準備時，會有怎麼樣的反應，小林老闆回憶著自己腦海中所知的技巧，努力在阿露伊身上實踐著。阿露伊的身上有股沐浴過後的清香，但男人總覺得，自己還聞到了另外一股味道，是一種成熟女人特有的氣味，讓他欲罷不能。

他瞄了眼身下的阿露伊，黝黑的臉頰上，看不出情動

時的紅暈，但卻可以清清楚楚地感受到女人滾燙的肌膚。阿露伊緊閉著雙眼，低聲要求著男人關上電燈，她有些害怕在光亮下全裸的自己，「不要……妳很漂亮，讓我看……，妳要看看我嗎？」摻雜著慾望的聲音在耳畔呢喃，阿露伊從來沒有過這樣的感覺，原來，不是每個男人都像丈夫一樣。

夏日的夜晚，酒精加上慾望，逼得兩人渾身是汗，男人的手掌一隻掌握著阿露伊的乳房，溫柔的揉捏著，另一隻手掌已經游移到私密處，他忍不住地用手指頭探了進去，竟隱約觸到了濕膩的黏液。阿露伊同樣感受到，自己身體的深處似乎流出了汩汩的潤滑，有些渴望那手指再深入一些，於是主動的抬了抬腰臀迎上去。

她覺得有些暈眩，就好像喝了酒一樣，有些浮浮沉沉的飄搖著。她想起未到眷村前，曾有一次和舞蓋偷了ina釀造的小米酒，兩人相約在河邊偷偷喝著，香甜的黃色酒液，有股微酸的氣味，一截手臂長的竹筒罐，她們兩個人很快的就分享完了，那是她們第一次飲酒。喝完後躺在河床上的大石頭，燥熱的身體和微涼的午後清風，冷熱交錯的身體感受，讓兩個女孩兒有些茫然，竟這麼在河床上大剌剌地睡著了。

後來，還是幾個ａａ[14]到附近洗澡，才發現了喝醉的阿露伊和舞蓋，又是餵水又是冷水潑灑的，才讓女孩兒逐漸清醒過來，ａａ們教訓兼取笑著兩人，偷喝酒就算了，竟還把自己半泡在河床上，如果一個不小心，就要溺斃在河裡了。那是阿露伊第一次嚐到酒醉的滋味。

　　現在似乎就和那時候一樣，她浮浮沉沉著，只是從河床換到了大床上，她睜開眼看著在她上方奮力的男人，兩隻手掌正捏著自己豐滿的乳房，臉上、身上滿布的汗液，逐漸形成水滴狀落下。隨著男人時而快速、時而緩慢的抽動，阿露伊感覺到身體深處有股溢滿感，讓她幾乎來不及呼吸，像隻離水的魚，只得張開嘴巴大口大口的喘氣，到最後，似乎連喘氣都不足以平息了，她從喉嚨裡發出了幾聲尖叫，忽地一陣顫抖，一種強烈的釋放感再度讓她暈眩起來。

　　男人終於結束動作，趴在了阿露伊的身體上，兩人彷彿就要像汗水一般融化在白淨的床單裡。那是阿露伊的第一次高潮。她第一次知道，自己也能發出像隔壁房間女人的尖叫。

---

14 ａａ，排灣族語，兄弟姊妹互稱。

工地的工作繼續進行著，阿露伊卻覺得日子不再那麼難熬了。每個月總有那麼幾次，小林老闆會來到工地巡視，偶爾迎上了對方的目光，大約就知道傍晚時分，那男人會在工地轉角處的福利社前等著，然後一起去吃頓飯，之後奔赴旅館歡愛一場，還要趕在隔天上工前，偷偷摸摸地再溜回宿舍裡，等上工時間一到，和舞蓋並肩走出房間，繼續一天的工作。

　　小林老闆心底清楚，他和這個女人不會有結果，這女人有家庭、孩子，與其說是談戀愛，倒更像是寂寞使然。他偶爾會幫女人買點小東西，當作是身體陪伴上的補償，百貨店裡的衣服頭飾之類的，雖然不算便宜，但是他的薪水負擔得起，而且那些衣服比地攤或夜市的品質好多了，帶阿露伊到一些好餐廳時，也顯得體面些。

　　阿露伊一直記得，初見小林老闆時的一身純白運動服，後來小林老闆也幫她買了一套，阿露伊不識得英文字，還是男人告訴她那叫愛迪達，她只記得第一個英文字母念A。後來有一次她趁著放假，趕回家看丈夫孩子的時候，二女兒看著她一身純白的運動服，撒嬌的黏在她身上，東摸摸西摸摸的說著：「媽，我同學也有一套這個牌子的耶，你也幫我買一套好嗎？」阿露伊這才意識到，原來身上穿的衣服還是個名牌貨。

夏天過完就要入秋了，上次回家送錢時，丈夫就有交代過，說孩子馬上就要放暑假了，準備要上國中了，這次可能得要多準備一些學費。這一晚下工後，阿露伊和舞蓋一起洗完澡，坐在眼前已經成形的建築中庭裡，一起吃著剛剛託同事從夜市帶回來的小吃，「我們這個工地快要撤走了，妳知道嗎？」舞蓋拉開一瓶啤酒，豪爽的狂灌了幾口，秋老虎比真正的夏日還讓人難以忍受。

　　阿露伊楞了一下，望向舞蓋問道：「這裡要結束了嗎？大概多久？」邊夾起一塊沾滿辣醬的米血嚼著，「一個月吧，不會超過，我聽到依邦在問下個工地了，妳還要一起去嗎？」舞蓋戳了戳袋子，也不管夾到什麼，一筷子就往嘴裡餵了去，她其實有些心悶的，她擔心阿露伊和小林老闆認真了，會做出什麼不理智的決定。

　　阿露伊想起臨出門前丈夫的交代，大女兒要上國中了，說什麼都要準備好一筆錢，不能讓孩子受委屈，於是點點頭應道：「去，我的大女兒要上國中了，要用錢。」舞蓋頓了下手中的筷子，正想開口問問她和小林老闆的事情，突然就見到依邦正往這個方向踱來，「欸，依邦來了。」阿露伊抬頭一望，果然見到依邦的眼神直直地盯著自己。

　　阿露伊心裡咯噔一下，突然就手腳慌亂了起來，她直

覺依邦是來找自己的，放下筷子，就從地上站了起來，朝著依邦點了點頭。依邦倒也沒有什麼表情，就挨著阿露伊的旁邊坐了下來，順手拉了她一把，「坐下啦，我有事情要跟妳說，舞蓋順便一起。」然後向舞蓋要了一雙筷子，也朝那塑膠袋戳了幾下，找到自己愛吃的瘦肉。

「阿露伊，我們從小就是隔壁一起長大，有些話我就不客氣直接說了，妳不要怪我。妳和那個監工的事情，我和古勒勒都知道，這裡的工地要結束了，下個月我們就會移到別的工地，妳還有要一起去嗎？還是妳要跟著那個監工？妳不要忘記，妳還有丈夫和孩子，自己想清楚。」依邦是部落裡 mamazangiljan 的孩子，說話一向直接，由她的身分來提點阿露伊這些事情，是她的責任和義務，雖然舞蓋在旁邊，但她知道，阿露伊和舞蓋是姊妹淘，這些事情彼此一定都清楚。

阿露伊被這番質問羞得立刻就臉紅了，雖然黝黑的皮膚看不出來，但是她還是低下頭不敢面對依邦。「工地裡面，這些事情我看多了，舞蓋自己也發生過，外面發生的事外面解決，妳自己想清楚要不要跟著我們走，我以前不問，只是希望妳自己處理好，現在正好要移工地，要斷也是機會，不斷就是妳自己的事了，但是我就不會讓妳繼續跟我的工班。」依邦拿起一旁未開的啤酒，咕嚕咕嚕的也

是好幾口。

「這是我的規矩，妳的事情還算單純，是跟外面的平地人，如果是我們自己工班裡的，我早就直接趕走了，發生這種事，我回部落要怎麼跟他們的老婆老公交代，所以妳不要怪我。」依邦一臉凜然的望著眼前的阿露伊，她是mamazangiljan，在工地裡和在部落一樣，有階級的規矩要遵守，她在城市、對部落都要有所交代。

舞蓋有些氣憤的踢了一腳依邦，要勸阿露伊就勸，幹麼把自己的陳年舊事拿出來講，讓她太沒面子了，瞪了一眼依邦，又是一大口的啤酒罐下肚，這下子都灌的打嗝了。阿露伊看了看身邊的舞蓋，有些想偷笑，又怕被眼前的兩個ａａ們打，憋的滿臉通紅，完全忘記現在談的是自己的事情。

「笑，笑屁啊，現在是說妳的事，妳還笑。」舞蓋捏了阿露伊一把大腿肉，悻悻然地提醒著身邊的女人，依邦都來警告了，若是還想繼續跟著工班走，和小林老闆的感情肯定得斷了，不知道阿露伊捨不捨得。不過，這樣也好，有依邦出面，總比自己苦口婆心勸誡來得有用。

阿露伊「阿拉拉哇」的慘叫一聲，摸了摸被舞蓋捏紅的大腿，搖搖頭說：「我跟妳們走，我明天就跟小林老闆說，妳們放心。」眼神中的堅定，舞蓋和依邦都看得清

楚，只是說比做容易，依邦原本以為還得費一番唇舌，沒想到阿露伊想都沒想就答應了。

「妳怎麼想的？這麼快就答應了，他對妳不好，還是他怎麼了妳？」依邦果然不愧是mamazangiljan出身，如果阿露伊真受了什麼委屈，她明天肯定讓那個平地人難看。手中的啤酒又對嘴喝了幾口，「這麼容易分開，那妳們幹麼在一起，真是的。」想想又覺得自己好像多管閒事了，忍不住再責備了幾句。

「我們……我們早就知道不會在一起，我有丈夫孩子，他只是要……一個女人陪他而已，現在剛好……剛好……」阿露伊吞吞吐吐的說了幾句，其實她心知肚明，跟男人在一起只是互相取暖，她不可能放下家裡老小，小林老闆也從沒說過什麼承諾，自己不是小女生，如果真要說有什麼依戀，那大概是她終於體驗到了高潮。

可是這話太露骨，她說不出口。舞蓋和依邦碰了下啤酒瓶，彼此有些心領神會，三個女人沉默了一陣子，最後還是依邦發話了，「阿露伊，把事情說清楚了，到時候妳就跟著我們走，工地這些亂七八糟的事情，大家心裡都清楚，回到部落裡不會亂講的，妳還有孩子，孩子才是最重要的，知道嗎？」起身拍了拍屁股，依邦往自己的宿舍走去，留下阿露伊和舞蓋繼續待著。

「我只是……有些寂寞……」少了依邦的氣場，阿露伊突然就有了傾吐的慾望，她把依邦沒喝完的啤酒拿上手喝了幾口，「我丈夫……老了，我沒有過……那種感覺……」酒精迸發出勇氣，阿露伊試圖形容，身體在男人身上獲得的高潮經驗，她和舞蓋彼此擁抱撫摸過，又同樣有一個年邁的丈夫，她知道舞蓋一定懂得自己在說什麼。

一夜宿醉醒來，太陽循著軌道升起，工地裡傳來各種聲音，阿露伊和舞蓋準時上工，經過一晚上的互相傾訴，兩個女人相約好努力賺錢，等將來孩子都上了大學，她們就手牽手一起回部落，舞蓋要開美髮店，阿露伊想開雜貨店，她們還有一個偉大的目標，就是要把老家翻建成水泥樓房。

談不上情傷的情傷，懷念的只是身體上的慰藉。阿露伊身邊有個益友隨時提醒著，她很快地就度過這段心浮氣躁的時間，逐漸穩定心緒，投身在無止盡的工作裡面，讓白天裡極度疲憊的身軀，得以在深夜裡無法胡思亂想，只能在沉沉睡眠裡，埋葬慾望的蠢蠢欲動。

這種生活過得很快，阿露伊在工地裡，慢慢從菜鳥也變成了熟手，她眼見一批又一批新的、像她一般的女人投入，也見證了一段又一段、不倫必須早夭的戀情，阿露伊慶幸在舞蓋的提醒下，從貪戀情慾的邊緣轉身，不致跌入

痛苦的深淵之中。只除了偶爾在青春健美的女兒身上，見到A開頭的運動T恤時，會貪戀的想起自己第一次高潮。

某日阿露伊和舞蓋正揮著汗，在工地裡來回穿梭之際，古勒勒匆匆忙忙地四處搜尋，找尋龐大工地裡，看來最像阿露伊的身影，最後終於在某一個區塊，覓到了她。

「阿露伊，妳快回家，家裡出事了，聽說妳老公死了。」阿露伊震驚的掉落了手中的工具，一時之間竟不知該如何反應，一旁的舞蓋連忙扯著發楞的女人：「走，還發什麼呆！」然後將工作交代給旁人，拉著阿露伊頭也不回地往宿舍走去，匆忙地收拾了重要的東西，又央求古勒勒開車送她們到最近的車站，兩個人揣著驚慌，登上了返家的路途。

阿露伊沒想到丈夫的死亡會來的這麼快，她還在努力工作試圖改善家計，儘管丈夫身上滿是疾病，加上年紀老邁，但應該也不至於這麼快就撒手人寰，還是自己真的太不清楚丈夫的身體狀態了，怎會發生的如此突然呢？她一路上腦袋都是空的，只是不斷地想著接下來該怎麼辦。

陪伴著阿露伊的舞蓋，腦袋倒是清醒多了，她依照過往的經驗，試想著有哪些事情要協助處理，當年她也是在工地接獲丈夫的死訊，茫然的手足失措，那些丈夫的同袍

說什麼她就做什麼，很多事情都沒想清楚，也沒時間可以讓她好好思考，舞蓋壓根兒沒想過，丈夫的那些同袍，會趁機侵占了男人留下來的撫卹金，甚至想一併接收她，讓她從此再也不想見到，那些曾被丈夫稱為好哥們的男人們。

傍晚抵達阿露伊位在偏遠小農村的住家，三個女兒正乖乖的守候在家中，就等著她回家決定所有的事情，阿露伊見到丈夫的遺體，腿一軟就癱了下來，舞蓋連忙扶著這個命運如同自己一般的女人，安慰著說：「一定要撐住啊，把所有的事情都處理完，妳就真的自由了。」

在三個女兒和熱心鄰居的協助下，阿露伊快速地將丈夫的後事處理完畢，就在丈夫火化後，準備放入納骨塔的那天下午，她坐在許久沒回來的豆腐工廠裡四處張望，「接下來呢？我要去哪兒呢？孩子們怎麼辦呢？」一個接一個的疑問浮現，讓她有些虛脫無力。

只陪伴一天就返回工地的舞蓋，在她最茫然的時候，帶著阿露伊的家人出現了。

原來，舞蓋在確認阿露伊有三個孩子，以及幾位熱心的鄰居可以幫忙之後，她決定先回工地請假，並清理匆忙之中遺留下來的東西，她私心地希望，阿露伊再也不要回到工地來了，當初若不是因為家計需求，她不會引薦阿露

伊來到這裡，畢竟這裡不見得適合每個人，她就覺得阿露伊不是個應該待在工地的人，或許兩個人可以商量一下，帶著各自的孩子，相偕回到大武山下的部落去，回歸以前她們未能經歷的少婦生活。

就在最無助的時候，阿露伊見到了家人和姊妹淘，這讓她如釋重負，正當自己不知道該怎麼進行下一步的時候，最最親愛的人都出現了，阿露伊發洩的淚水不斷湧出，這一群從大武山趕下山來的族人，在深秋的黃昏裡相擁無言。

有人可以一起討論，事情就進行的快速多了，返回部落的意見，被阿露伊採納之後，後續的事情就更容易了，已經在外流浪多年的她，根本不用親友團說服，就已萌生回山上的想法，只是孩子是否願意一同歸去，這才是她最顧慮的事情。

長女和次女都上了國中，打算住校繼續完成學業，長女功課好，準備考個好高中，而次女很快地就表明，自己是外省人的孩子，畢業後要留在都市裡打拼，阿露伊心裡知道，沒有辦法說服兩個自小就獨立的孩子跟著一起返回部落，只能由著她們自己決定未來。但是老么才國小，現在既然無牽無掛了，說什麼她也要負起ina的責任，把這個最小的孩子帶在身邊，好好地將她帶大。

豆腐工廠裡的眾多工具，是阿露伊最不想要的回憶，她很快的聯繫上附近的同行，以低價轉賣給過去是對手的同業，工廠出清完畢之後，這個居住了多年的家，居然也沒剩下什麼東西，空蕩蕩的像是沒人住過一般。

　　阿露伊有些唏噓，在她還沒出去工作之前，積蓄已所剩無幾，為了孩子的教育和男人的醫療費用，其實就已經開始典當一些財產了，她外出工作的時間還不長，尚不足以有太多的餘錢添購家具，這個家，其實簡單到接近清貧了。

　　在家人手腳俐落的清理後，女人帶著么女和幾只箱子，登上了族人提供的小貨車，揮別所有與丈夫相關的記憶，與兩個漸行漸遠的女兒，終於返回了她睽別十幾年的故鄉。

　　部落裡的空氣，和記憶中一樣香甜，阿露伊在外跌跌撞撞地過了十幾年，她從來不敢奢想，居然有一天可以回到撫育她長大的家裡，曾經以為，自己會和垂垂老矣的丈夫一樣，終老在眷村那個異鄉中，如今，隨著丈夫的離世，她返回心中最思念的所在，但十幾年可以改變很多東西，就連她自己，也不再是當年的那個小女孩了。

三、魯真

界線

　　彼時，部落已經走完了秋天，準備邁入冷冽的冬季，早晚寒意逼人，樂歌安睡眠少，總是比公雞的啼叫還早起身，她聆聽著屋外風聲穿越竹林的吱叫，總覺得似乎有人在交談著，講述著遠古的語言，偶爾吠起的狗鳴，會打斷某間屋子裡震耳的鼾聲，不都說老人耳朵不好嗎？樂歌安卻覺得自己聽見愈來愈多以往聽不見的聲響。

　　從窗戶看出去，真正的夜並不是純然的黑色，有月光照耀的部落，美麗而祥和，樂歌安患有白內障的眼睛望出去的景色，總是矇上一層神祕的白霧，已經過世的pulingav慕妮家屋就在正前方，隔著一條僅能通行搬運機的小徑。她想起那屋頂原本的樣子，層層舖疊的石板，像極了故事裡百步蛇身上的鱗片，會在黑夜裡發出詭異的亮光，若是遇上了冷凝的晨露，一條條順著石板緩慢流動的水滴，會讓人錯覺是正在滑行中的蛇身。

　　再往前一些，是三層樓高的教會，通上電流的十字架，整晚閃爍著白光，讓她無法安睡，就衝著那隻高聳的

十字架，樂歌安終於主動向嘉納夫要求，從山下的城市返回部落時，帶回兩片厚重的窗簾布，遮擋在房間的窗戶上，免去那總是擾她心緒的白色壓迫。

以前，教會還沒蓋起來時，她可以越過派出所的屋頂，望見學校的操場和操場周遭一覽無遺的秋芒，以及那些隱藏在秋芒叢裡的烤芋頭工寮，這個季節最適合烘烤芋頭乾了，守爐的族人盡責地在爐旁盯緊火侯，裊裊的白煙，會從好幾個不同的方向揚起，從白煙揚起的位置，就能判斷出是誰家的烤芋頭工寮。

這天，樂歌安早早便在這樣的凌晨裡醒來，消失的pulingav家石板屋頂，沒落的烤芋頭工寮，這些都讓她心情不好，重重地嘆了一口氣，總覺得醒來就陷溺在這樣的回憶裡不舒服，該不會有什麼事情要發生吧，樂歌安隨口念了幾句向祖靈祝禱的話語，就慢慢地輕聲移動腳步，往屋外走去了。屋外的空氣雖然冷冽卻香甜，她忍不住地吸入再吸入，想將這股甜甜的氣味灌飽胸腔，但帶著寒氣的清晨空氣，還是讓她承受不起的嗆了幾下，這才終於將鬱積整夜的濁氣吐盡。

像是衛兵巡守著城堡，樂歌安慢慢地在部落裡巡視著，這是她帶領著族人抵達的新土地，她從小就聽聞祖先

如何跋山涉水來到老部落定居，這些故事就是自己家族的榮耀過往，只是，現在的景物已經截然不同。樂歌安還親眼見過全部落都是石板屋的年代，老部落裡櫛比鱗次依著地勢興建的石板屋，她可以從位於部落最上方的家屋院子一眼望盡，而如今卻是水泥樓房一間間蓋起，樂歌安再也看不見各個家屋的屋頂，如百步蛇的鱗片一般，在陽光下隱隱發亮。

　　行過小學的校門口，兩幅巨大的祖靈木雕像護衛著入口處，樂歌安站在大門前好一會兒，她有些迷惘困惑，這雕像還真醜啊，不知道是出自哪個工匠之手。她想起被遺留在老部落裡，老家屋廣場前的石雕像，臉部表情雖沒眼前這座木雕繁複，卻是肅穆令人敬畏，每回部落有重大事情要討論的時候，全部落的族人都會聚集在祖靈像前，她想起雕刻那塊石雕祖靈像的pulima家族，臉上竟隱隱有些發熱，那位pulima的兒子，曾是自己心裡喜歡的人呢，只是，自己的身分……，搖了搖頭，樂歌安想把那段記憶也一併給晃掉。

　　經過了校門，再往前就是另一個mamazangiljan的勢力範圍了，樂歌安在分界線前停下，努力睜著眼睛往前看去，其實，真正的分界線還在更前方呢，只是，幾十年下來的各種紛爭，讓自己的領地節節敗退，樂歌安想好好再

看一次，那條只有她還記得的分界線，無奈又是一座三層樓的房子阻擋了視線，她再度嘆了口氣，打算轉身往家屋的方向走去，卻是頻頻回首著，眼角餘光裡，盡是那些曾是隸屬自己家族勢力的範圍區域。

天光微微滲出大武山脈稜線，樂歌安走回自己家屋前時，部落裡已經有人在走動了，吾艾那時正在自己院子裡準備著工具，打算出發前往小米田裡去拔草，她望見慢慢行走的樂歌安，正從部落唯一一條馬路轉進來，看似準備往自己的方向走來，她叫了一聲：「樂歌安，這麼早？」沉思著的樂歌安，被這一聲呼喚召回現世，她抬起頭瞧了一眼，原來是住在自己家隔壁的吾艾。

「妳也早啊，吾艾，要去田裡？」樂歌安朝著眼前的人點點頭，問了句安，腳步卻也沒停下來，雙手負在身後，緩慢地移動著。

「是啊！妳這麼早，去和土地打招呼嗎？」吾艾沒停下手邊的動作，仍在撿著一些工具往 sikau 裡裝著。

「是啊！去走一走，那個十字架真是討厭，閃的我不能睡覺呢！」樂歌安指著她剛好錯身的教會上方，那個仍兀自亮著的巨大十字架。

「喔，要不要跟傳道講一聲？晚上就不要通電吧，都睡覺了誰還看得到啊！」吾艾也抬起頭看了眼那座十字

架，想起了那位溫文儒雅的傳道師，其實還是自己看著長大的孩子呢。

「算了算了，我躲他都來不及，一天到晚來家裡要我上教會，煩都煩死了，我還親自送上去？又不是飛鼠，看到光就忘了躲。」樂歌安和吾艾同時發出了大笑，引起幾隻敏感的狗吠叫著。

「我去田裡拔草一下，妳先回家休息吧，等等我回來，一起吃檳榔。」吾艾背起了 sikau，詢問著已經走到家屋門前的樂歌安。

「好，快去吧，我等妳回來。」樂歌安揮了揮手，往自己家屋裡走了進去。

吾艾再回到家時，一臉嚴肅的樂歌安，坐在自己家屋前的院子裡，身旁還坐著好久不見的魯真和嘉納夫兄妹，她和三個人點了點頭示意，就往屋子裡鑽進去，在房間內卸下了 sikau，她思考著該不該出去，樂歌安的聲音便傳了進來。

「吾艾，吾艾，妳別像老鼠一樣，鑽進去就不出來了呀，我等著妳的檳榔呢！」在房間裡的吾艾聽見樂歌安的呼喚，連忙就端了裝檳榔的籃子快步出門。

「來了，我這不是鑽出來了嗎？老鼠聽到妳這麼著急

的叫喚，只怕會鑽的更深呢！」吾艾拖著自己平日坐的小椅子，挨在樂歌安的身旁，急忙掀開棉布覆蓋的檳榔，一顆顆小青綠就現身在眼前了。

吾艾手腳俐落地將檳榔對剖，夾上甘草片之後遞給樂歌安，見族老一口塞進嘴裡，發出清脆的「喀拉」一聲，才繼續剖開第二顆檳榔，用同樣的步驟複製交給魯真，第三顆檳榔才輪到嘉納夫，見三人都規律地咬著口中的檳榔之後，吾艾開始製作自己的份。

「吾艾，我總想念著妳的檳榔呢！」樂歌安望著眼前的大武山脈，津津有味地邊嚼著檳榔邊說著。

「好啊，只要妳想吃，我隨時準備著等妳。」吾艾笑了笑，也隨著樂歌安的眼睛望向前方，一次出現三位mamazangiljan家族的人在自家門前，其中兩位還是現、繼任的族長，儘管檳榔的清香撲鼻，她還是可以嗅得著一些不尋常的氣味。

「魯真，所以，妳書不讀了？」樂歌安把吾艾當成自己家人，只要不涉及階級才可聽聞的事情，她從不避諱在吾艾面前討論事情。

「vuvu，對不起，辜負妳了。」魯真點了點頭，鼻頭還紅紅的，看得出來剛哭過，眼下的黑圈也昭告著睡眠不足的事實，略微沙啞的聲音，從魯真的口裡吐出，混雜著

檳榔的香氣。

「然後呢，妳打算怎麼辦？」吾艾看了看魯真，又看了看樂歌安，心裡納悶著，魯真不是在讀大學嗎，還沒聽說畢業，怎麼就不讀了呢？

「我想先回家休息，然後找個工作。」魯真低著頭認真的摳著指甲，說出自己的決定，然後抬起頭來望了一眼樂歌安。

「vuvu，妳就先讓魯真回家吧，以後想讀……」嘉納夫護妹心切的在一旁幫腔，希望能和妹妹一起說服樂歌安，沒想到話還沒說完，就被樂歌安打斷了。

「還沒輪到你說話，急什麼？我想問你的時候就會問你。魯真，那個男孩兒呢？妳沒告訴他家裡的規矩？」樂歌安張大眼瞪去，嫌棄像猴子一樣毛躁的嘉納夫，繼續探問著魯真。

「沒有，我和他結束了，所以我想回家休息一下，學校會不會回去以後再看，說不定先找工作。」樂歌安一向教導孩子要誠實，勇於承擔自己做的事情，只要想清楚事情的每個步驟，就算做錯了，都有機會可以補救。魯真將自己這幾天想的結果，從頭到尾如實地告訴vuvu，一來是對男孩心灰意冷，二來是知道唯有如此，vuvu才有可能讓她回到這個避風港。

「好，那就回來吧！工作的事不急，邊休息邊找。」樂歌安點了點頭，似乎滿意魯真的回答和安排，這才繼續詢問嘉納夫，「你覺得呢？」然後吐掉口中的檳榔殘渣，吾艾很迅速地又掀開了棉布，取出一顆小青綠剖開來。

　　「我……我覺得……就是這樣吧，總比她留在我那裡哭哭啼啼的好。」剛剛搶快的嘉納夫，真到樂歌安認真詢問他意見的時候，反而回不出話來。

　　「眼淚，要為值得的人和事情流，琉璃珠就是最珍貴的眼淚化成的。」接過吾艾遞上的檳榔，樂歌安喃喃自語著。

　　一椿不大不小的情傷，也就這麼解決了。魯真很快就辦好了休學手續，搬回了部落居住，若遇上有好事的族人問起，便回說是因為身體不好，暫時返家休養，只是魯真心裡，還有著小小的火苗在搖曳著，她多希望，那男孩有一天會突然出現在家屋前，告訴她一切都是誤會、希望復合等等之類的，但是她一天熬過一天，看著太陽從山脈升起，復從山脈落下，期盼的人始終沒有到來。

　　盼來的卻是讓全家驚惶的結果，魯真懷孕了。沒有經驗的女孩，初起只是覺得月事遲到，倒是眼尖的樂歌安發現異狀，先是看見孫女無精打采，她當那是療癒情傷的必

經過程。後來，魯真茶不思飯不想、愈來愈沒精神，後來是餐前餐後總見她嘔吐，加上自己最近夢裡老是出現百步蛇，那是祖靈捎來家族裡有新生兒的通知，樂歌安覺得自己不能不問問了，這才把魯真叫到房間裡細細查問。

果不其然，一如樂歌安所預料的，魯真的確懷了孩子，嚇壞了她自己，也讓樂歌安陷入了思考，孩子到底要不要留下來？該找孩子的父親談嗎？結婚的可行性？這一切都讓樂歌安傷透了腦筋。倒是魯真沒盼到朝思暮想的情人，卻盼來了意料之外的孩子，她不知道自己該怎麼辦，難道真的要扼殺這個孩子嗎？

想到這件往事，魯真摸了摸趴在自己膝蓋上的奈奈，她還記得這個小女嬰剛剛出生的樣子，又想起自己曾經決定墮胎的念頭，突然有些愧疚感浮上心頭，若不是vuvu最後的安排，就不會有現在這個貼心可人的女兒了。

她撫了撫奈奈的長髮，想起眼前正在進行召喚儀式的pulingav，猛地抬起頭望向前方，pulingav仍努力地穿梭在龐雜的亡靈迷宮裡，企圖尋找出樂歌安的蹤跡，魯真再看一眼pulingav緊緊握在手心裡的琉璃珠鍊，那是vuvu親手交給自己的傳家信物，希望樂歌安能認出這串珠鍊，因此受到召喚而來。

pulingav大汗淋漓，她已經找到了樂歌安家族與自己部落氏族分家時的斷點，一旦尋著這個共通處，要召喚出樂歌安應該不會太難。但是，光是找到這個斷點，就已經耗費她太多心力，各種顏色的煙霧在四周瀰漫，她得要仔細辨識這些不同顏色所傳遞的訊息為何，還得要避開流竄在身邊的亡靈們，這些不懂自己法力而靠近的亡靈們，都有許多話想透過pulingav傳給家人，但這不是今日的任務，她得靜下心來，不能迷惑了雙眼，否則，極有可能因此再也回不了人間。

　　日月雲霧風雨快速地在自己眼前變換，彷彿快轉的畫面，一幕幕影像出現又消失，一張張臉也迅速地從眼前穿越，pulingav忍住不適的暈眩感，嘴中喃喃念著師傅教導的祭詞，讓她雖驚險卻又穩定地，站在自己劃設的結界裡，不致隨著那些畫面隨風消逝。

　　突然她感受到了極其熟悉的亡靈接近，定眼一看，那不正是自己的師傅嗎？帶領自己修行成巫的已逝pulingav，見到許久不見的師傅，讓她眼眶有些灼熱了起來，她知道一定是師傅得知自己無力的處境，才會出手相助。

　　「我的師傅，您好嗎？我真是想念您啊！」站在眼前

的師傅拍了拍她的頭，沒說什麼，只是點點頭透出微笑。

「您知道我來做什麼吧？可以指引我、教導我嗎？」pulingav再度向師傅開了口，她有些擔心繼續在這個空間裡遊蕩，自己終將耗盡體力無功而返。

已逝的pulingav又點了點頭，無語地手指著前方，突然就見著了另一個身影，那人她認得，是樂歌安氏族所屬的末代pulingav慕妮，以前她曾和師傅來拜訪過這位法力強大的pulingav，可惜慕妮後繼無人，再也無人可以承襲她莫測高深的法力。看來，自己的師傅的確是來幫忙的，帶來這位最重要的牽引者，這位末代pulingav和師傅一樣，始終無語地的看著自己，她只能靜立著，等待下一步的指示，突然一股神祕的拉力，將她從這個亡靈的空間裡硬扯出去，pulingav感到一陣暈眩和噁心，竟昏厥了過去。

pulingav整個人身體一軟，就癱倒在客廳的沙發上，魯真被這個動作嚇了好大一跳，立刻從座位上彈跳了起來，衝向pulingav的身邊，喊著：「pulingav……pulingav……，妳怎麼了？」，就連屋外的族人都聽到了魯真的驚呼，大家紛紛想進入屋內探看究竟發生何事？依邦雖然始終沒有學習到繼承人的事務，但也知道這時候要穩住人心，急忙向丈夫使了個眼神，守候在門前的男人，

立刻就起身將門窗都關了起來，徒留屋外的族人臆測。

　　還好pulingav沒幾秒鐘的時間就清醒過來，她癱軟在魯真的懷中，「魯真，我師傅帶來妳們的pulingav慕妮，我猜，應該就快要找到妳的vuvu了，先讓我休息一下。」然後就閉上了眼睛，依邦等人幾乎是立刻就聽見pulingav的鼾聲。魯真不知道該讓pulingav躺下休息，還是繼續這樣抱著她？聽到pulingav睡前交代的話，決定就這麼抱著pulingav直到她醒來，vuvu就要來了嗎？這個訊息讓魯真充滿了期待。

　　屋外族人依舊議論紛紛，最靠近魯真家屋的族人，成了第一手訊息的傳遞者，說是pulingav昏倒了，也有人說pulingav是突然大喊一聲暈過去了，但究竟發生何事，沒人能夠說的清楚，這些話語像波浪一般，不斷地往後方傳遞。

　　吾艾坐在家門前正拿起一顆檳榔，聽見這個消息也不禁停下了手，「pulingav暈倒了？」這倒不常見啊，吾艾在心裡想著，但是，她並不是沒有見過這種情形發生，部落最後一任pulingav慕妮也曾經發生過類似的事情，但畢竟自己的身分並不適合猜測其中緣由，所以她也只是繼續舂了一顆檳榔放進嘴裡，默默地留心著屋內的變化。

「ina吾艾，妳覺得這是什麼意思？」舞蓋手中的木梭沒停下來過，她畢竟離開過部落一段時間，對於這樣的事情不熟悉，想從老人家口中獲取一些答案。

搖搖頭，吾艾沒說什麼，「吃顆檳榔？」舞蓋抬起頭來看了吾艾，點點頭接過了吾艾遞來的檳榔，她知道老人家嘴裡沒說，並不表示真的不知道其中原因，有時候只是不方便講罷了。

「嘉納夫應該要回來的，畢竟是他的vuvu啊！」吾艾嘴裡碎念著，一旁的舞蓋點點頭，贊成吾艾的看法。

吾艾嘆了口氣，站起身來動了動陶壺般的身體，她慢慢走向院子前端，天色已經開始昏暗了，這讓吾艾的視線有些模糊，她很努力地張大眼睛，似乎想要瞧見什麼，這舉動讓舞蓋也好奇了，走上前去問了，「ina吾艾，妳在看什麼？天黑了。」舞蓋追隨著吾艾的眼神，只看見漸漸低垂的天幕。

「舞蓋，妳知道嗎？我們的祖先會以各種樣子，回來探視我們，就看我們知不知道而已啊！」吾艾收回了眼神，對著身旁的舞蓋說著，那雙原本混濁的眼睛，陡地就清明了起來。

「真的嗎？ina吾艾，我不知道，當年我ina過世的時候，曾經有一隻蝴蝶不斷地飛到我的床前，pulingav說那

是ina回來看我，就是這個意思嗎？」舞蓋困惑地看著吾艾，離家太久了，她對於傳統知識已經淡忘的差不多了，這些年她努力融入部落生活，但仍趕不上老人離世的速度，應該是ina教導的事情，在ina過世之後，舞蓋也只能從其他老人身上學習了。

「是的，舞蓋，那是妳的ina回來了。我在看，樂歌安會用什麼樣子回來看我們。」吾艾又搖搖晃晃地走回了剛剛的座位，身後跟隨著仍是滿臉疑惑的舞蓋。

還沒坐穩呢，就聽到了一旁的族人喊著，「回來了，回來了，嘉納夫回來了。」吾艾抬眼一望，果然就見到了嘉納夫的小轎車緩緩開進了巷子，但因為魯真的家屋前聚集了不少人，所以又緩緩地倒車出去，打算另覓停車處。

不一會兒，嘉納夫手裡抱著小嬰兒，身後跟著白白淨淨的平地老婆，一臉肅穆地往家屋的方向走了過來，吾艾點點頭，嘴裡又喃喃自語了起來，「該回來的，那可是你的vuvu啊！」然後低下頭去，手裡迅速地動了起來，她先是取出了兩顆小青綠，細細用棉布擦拭之後，再對剖開來夾上甘草片，俐落地不似老人的手腳，連舞蓋也看傻了眼。

嘉納夫沿路和族人點頭示意，就在要踏進家門前，吾艾一口叫住了嘉納夫，「嘉納夫，嘉納夫，把這兩顆檳榔

帶進去，你的vuvu最喜歡吃我包的檳榔，告訴她，這是進貢給她的。」兩顆檳榔從吾艾家屋前，轉過一隻又一隻族人的手，輾轉來到嘉納夫的掌心上，嘉納夫低頭看了一眼，跟吾艾說了聲謝謝便進門了。

嘉納夫進門時被眼前的畫面驚嚇住，此時pulingav正悠悠轉醒，但軟弱無力的身體仍在魯真的懷裡，嘉納夫急急開口問著：「怎麼了？pulingav怎麼了？」邊說邊將懷中的孩子交給身後的妻子，便迅速地往魯真身旁坐過去，緊張地探問著情形。

魯真簡單的交代了剛剛發生的事情，也稍稍安撫嘉納夫的情緒，pulingav便睜開眼接著說：「可以了，魯真，我休息夠了，要繼續出發找妳的vuvu了。」就見pulingav端坐起身，進食了幾口水酒和水煮芋頭，緊握著召喚樂歌安的項鍊，開始念起穿越生死兩界的祭詞。

這一回，pulingav很快地就來到了剛剛離去的斷點空間，補充食物與休息之後，讓她恢復了體力，她見到自己的師傅和pulingav慕妮仍在那兒，似乎正在等候著她，她不禁有些羞愧，儘管自己也算是附近幾個部落法力不弱的pulingav，但比起這些已經離世的前輩，自己的確是大大不如啊！

只是，這次pulingav有把握多了，不僅有前輩現身幫

忙，樂歌安家族的所有子孫們也都返家了，再加上信物的加持，她相信無論如何都能將樂歌安召喚出來。她跟隨著師傅與pulingav慕妮飄行的身影，緩緩地越過許多阻撓的煙霧和光影，一步步邁入最神祕不可知的世界裡，那是pulingav自己也陌生的領域，她知道，這一次將是自己成巫以來最大的冒險，於是屏氣凝神心無旁騖，嘴中念著與現世維繫通道的祭詞，緊緊跟隨著前面的兩位前輩。

禮 物

　　傍晚，部落裡煙霧渺渺，各家都正忙著料理晚餐，依邦和古勒勒也正在廚房裡準備著晚餐，若有所思的依邦，一會兒弄錯了醬油和醋，一會兒又錯下了蔥段和辣椒，搞得每道菜色味道都不對，古勒勒要她在一旁待著，自己拿起鍋鏟來炒菜，還不時安撫著依邦，「別擔心了，ina和魯真會商量出結果的，妳擔心有什麼用！」

　　打從下午起，樂歌安就把魯真叫進了房間，兩人已經在房裡待了三、四個小時，期間依邦假借送水的名義，想要進去一窺究竟，卻是落得樂歌安一句斥責，還交代「沒叫任何人，誰都不准進去。」這讓依邦只得在客廳裡來回踱步，眼見晚餐時間就要到了，她也只能拎著心裡的水桶下廚去。

　　「孩子要或不要？妳決定。我只說，第一個孩子是祖靈贈送的禮物，若生下，撫養她是全家的責任，妳不用擔心。如果考慮妳以後的生活而拿掉，我沒有意見，這是妳的人生。」樂歌安看著眼前的魯真，最後一次表明自己的

心意，自從知道魯真懷孕之後，她左思右想了許久，最終仍只能將決定權交予魯真。

魯真靜默著，面對腹中的胎兒還有太多的懵懂，她傷心的是，耐心等候並沒換來男孩回頭，先是犧牲學業，後是得面對新生命的取捨，魯真懷疑自己當初究竟愛上男孩的哪一點？如今竟得要獨自面對這一切。樂歌安將魯真的手緊握在掌中，輕柔的安撫著眼前一臉懊悔又困惑的孫女，要決定一條生命是否留下，對女孩來說實在太過殘忍，樂歌安有些不忍卻又無奈，身為家中的長者，她只能向魯真保證自己做得到的事情，其餘的就無能為力了。

「vuvu，妳說，第一個孩子是祖靈贈送的禮物，如果是妳，妳會留下他嗎？」魯真終於抬起頭看著自小照顧她、寵她愛她的vuvu，希望這個一向睿智的老人能給自己一些建議。

「魯真，每個人不一樣，我不會告訴妳怎麼做，vuvu不呆板，妳的時代和我不一樣，我尊重妳，不論什麼我都支持。」樂歌安再一次的做出了保證，希望魯真了解，不會失去來自家族的支持。

「我……，做錯事的是我，孩子是無辜的，如果這是祖靈要送給我的禮物，我會好好把他撫養長大的。」魯真一邊流淚一邊做出了決定，樂歌安點點頭沒再說什麼，只

是將孫女擁入懷裡，心疼的撫摸著痛哭的魯真。

　　一切就這麼定了下來，時間如常流失，並不會因為任何人的傷痛而稍緩，自然也不會因著誰的快樂而加快，這個世居在大武山脈下的部落，每天看似尋常的過著日子，有人離開有人歸來，有人離世有人誕生。樂歌安在魯真待產的這段日子裡，也不是沒聽過蜚言流語，只是還好部落族人還維持著純樸民情，不至於讓她聽見太過難堪的話，有些心疼魯真的婦女，還會主動前來和魯真閒聊，教導一些孕婦的常識與智慧，排遣這個新手媽媽的慌亂情緒。

　　這一天，樂歌安才從部落散步返家，見著吾艾坐在院子裡，她緩緩地朝前走去，吾艾早見到了樂歌安，進屋取了一張籐編小座椅出來，樂歌安剛一坐下，吾艾的檳榔就遞了過來。

　　「吾艾，我的小米們都好嗎？」樂歌安按捏著自己的小腿，問候著吾艾。

　　「都好呢，我會好好照顧，收成時送進妳的穀倉裡。」吾艾自己也嚼了檳榔，將檳榔籃子放在腳邊，站起身來拿著掃帚打算清掃一下庭院。

　　「那就好，吾艾，有一件事情要請妳幫忙呢！」樂歌安望著吾艾陶壺似的身體在眼前晃動，微微的灰塵隨著掃

帶飛揚，她忍不住用手摀住了口鼻。

　　吾艾聽見族老有事要請她協助，立刻就放下了手邊的灑掃工作，靠近樂歌安的身邊詢問內容。

　　「魯真快生了，妳看那個肚子已經掉下來了，應該是這幾天的事情。」吾艾點點頭，她們兩個都是有豐富生育經驗的老人，魯真的肚子已經下墜，腫脹的乳房已經做好哺乳的準備，她常常看見魯真辛苦地在家屋附近散步。

　　「這幾天應該就會做夢了，當祖靈準備讓孩子與我們相見時。」樂歌安這幾日也不敢睡得太熟，一則擔心魯真隨時會生產，一則要留心祖靈透過夢境傳來的訊息，這關係到新生嬰兒的命名，所以，她反而有些夜不成眠。

　　人從投胎進入人類世界開始，家族就要為這位剛加入家族體系的嬰兒，命定一個屬於她個人的名字，所以每個人都擁有屬於自己的名字，代表自己、家族與部落的連結，就像臍帶一樣連結母體，這一生的養分就從族名開始，生命因此延續下去。

　　「吾艾，請妳這幾天到田裡的時候，去採些藥草回來，魯真一生下孩子，立刻就會用上的，妳懂得我在說什麼。」樂歌安細心地交代著身邊的好友。

　　吾艾點點頭，知道族老所指示的事情，以前部落裡的女人第一次月事來了之後，自己的ina就會教導女人該知

道的身體知識，吾艾和樂歌安都是學習傳統智慧的女人，她們透過ina的口述，知道剛剛生下孩子的前七天，必須要以十一種植物熬煮的藥水浸泡下半身，那藥水可以幫助生產時的傷口癒合，也能夠清除產後的惡露與淤血，幾個世代以來，部落女人都遵循著這個口述的教導。

魯真學習的是現代教育，儘管樂歌安也曾經教導過她一些藥用植物，但畢竟這是pulingav的擅長領域，魯真學到的也僅是一些基本常識，至於生產後期就需要準備的藥草，樂歌安一直以為，等到魯真結婚後再教便好，只是沒想到，有一天她會先成了未婚媽媽。

「吾艾，把這件事情放在心裡，這幾天拜託妳了，每天採一點回來，得用上好幾天呢！」樂歌安不放心地又交代了一遍。

隔天清晨，吾艾比平日還早起床，樂歌安交代的事情，她一向很上心，除了平日到田裡工作的工具之外，吾艾今天還額外準備了一塊乾淨的大棉布，這些是要用來包裹採摘的藥草。趁著陽光還沒露面，吾艾就從家裡出發了，儘管自己早已過了生育的年紀，但是她還記得，有些藥草得帶著露水摘下才行。

三天後，吾艾正在屋內理著這兩日採摘回來的藥草，

有需要先風乾的、有需要預泡在水裡的，她依照著記憶，預備著魯真產後立即會用上的藥草，吾艾數了一下數量，計算著還需要多少分量才夠使用，有些藥草具有時效性，若是這幾日魯真都沒生產的跡象，只怕還得要重新採摘一些。就在這個時候，屋外傳來了呼喚聲，她停下手中的工作仔細聆聽著，是樂歌安上門來了，吾艾急忙以乾淨的大棉布覆蓋這些藥草免得沾塵，匆匆提起檳榔籃就走出去。

「我在，來了。」樂歌安幾乎是在聽到回應的同時就見著了吾艾，點點頭，她就在門前的藤椅上坐了下來。

「藥草摘得如何？」吾艾邊剖著檳榔，邊向樂歌安報告著，採摘各式藥草的狀況，樂歌安凝神地聽著，一時之間竟忘記接過檳榔，還是吾艾輕觸了自己的身體，這才意識到。

「昨晚，我做夢了。」原來，讓樂歌安失神的並不是藥草，而是昨晚的夢境，吾艾放緩了心，唯恐沒能達到族老的要求。

「得去找其他 mamazangiljan 的族老解解夢了，這關係到孩子的命名。」樂歌安沒有繼續透漏夢的內容，吾艾也沒追問下去，這是屬於 mamazangiljan 才能討論的事情，她們都很有分寸的點到為止。

Mamazangiljan與貴族系統的長嗣命名是很嚴謹的事情，得參考父母雙方氏族的歷史來決定，若是孩子生出前，家族裡有人做了夢，還得請來pulingav解析夢境的意涵，最複雜的莫過於還得加上pulingav的夢境，或是最難遇上的部落異象，那就足夠忙昏兩個氏族的人了。還好這次魯真的孩子，完全不需考慮男方，而末代pulingav慕妮也已經過世，這個孩子的命名過程顯得簡單許多，只須參酌樂歌安的夢境，和mamazangiljan的排序就好。

　　夢境啊，夢境！最難理解卻緊糾人心的徵兆。

　　「魯真……魯真……我最親愛的孩子啊。」pulingav全身不由自主的抖動，宛若強風吹襲的火把，口中發出的是全家人最熟悉的聲音，那是樂歌安。

　　魯真一聽見這個聲音，就不能抑止的爆出哭聲，她拉著奈奈跪在pulingav的面前，頻頻喚著vuvu，敘述自己的想念，除了嘉納夫的平地妻子之外，在場全部的人，全都進入了pulingav架設的結界空間，感受到一波一波湧現的思念和哀傷。屋外守候的族人，聽見了熟悉的族老聲音，也立刻知道是離世的樂歌安被召喚回來了，幾乎是同步就將消息傳遍了部落。

　　「vuvu，和祖靈團聚了嗎？新家屋還滿意嗎？」魯真

雖然悲傷，卻沒忘記心裡掛記的事情，她知道樂歌安不能停留太久，急忙詢問vuvu的意見。

「好，都好。」

「夢，找東西，房間裡。」

「嘉納夫，委屈。」

「吾艾，檳榔。」

「魯真，勿悲，想念。」

聲音停止，pulingav再度癱軟在沙發上，幸好嘉納夫一個箭步地衝上前去，才接住了pulingav如落葉般的身體，樂歌安簡短的五句話，一如生前明快的行事風格，只是這過於快速的來去，讓一家人都難以承受，尤其是魯真，她還有好多話想和vuvu說呢。

依邦擰了一條濕毛巾，覆蓋在pulingav頭上，已經半甦醒的她體力透支，仍得依靠嘉納夫的攙扶，才勉強拉起上半身，嚴謹的訓練提醒她，還得完成後半段的工作，pulingav急忙念誦起送返亡靈的祭詞，並將餘留在結界空間裡的部分自己給召喚回來，之後還得要切斷這個通道，避免一個不小心，將捲入其中的不相關亡靈夾帶回現世，這些都要趕快做，趁著自己還清醒的時候。

召喚到樂歌安了。

魯真包了厚禮給 pulingav。

那天 pulingav 休息到深夜才由嘉納夫開車送回家。

樂歌安留下了五句話待解讀。

樂歌安帶走了吾艾的檳榔。

信物琉璃珠項鍊出現裂紋。

這些是隔天之後,在部落裡流傳的事情,在場的族人繪聲繪影地,傳遞著當晚所見所聞,夜晚的風,將傳言以更快的速度,送到鄰近的部落,很快地,附近幾個部落都知道了這些事情,而且愈發誇大了。

當天夜裡 pulingav 離開之後,魯真立刻就到樂歌安的房間裡,她最知曉 vuvu 的習性,樂歌安會把重要的東西,藏在一個角落的磁磚下,那是當初家屋翻建時,樂歌安自己偷偷遺留下來的祕密暗匣。魯真小的時候,樂歌安曾經打開給她看過,但也就那麼一次,後來樂歌安過世,魯真竟然完全遺忘了這件事情。不知怎地,就在樂歌安透過 pulingav 的嘴說出「夢,找東西,房間裡。」時,她馬上就想起了這個祕密暗匣。

魯真小心翼翼地,撬開那塊顏色消褪特別嚴重的磁磚,果然看見裡面藏著一個木盒子,木盒子的蓋板上,還有著美麗的雕刻,是一朵盛開的百合花,每道落刀的木

邊，都已經顯出圓潤的弧度，魯真順著這些弧度輕輕滑過，心想這些都該是vuvu長期撫摸的關係吧。掀開盒蓋，這才發現裡面的東西還真不少，魯真一樣樣取出鋪排在地板上，她好奇vuvu有多少祕密是自己所不知道的。

先是一大疊的房屋與土地權狀，少說也有十來張，魯真簡單翻了一下，儘管知道自己家族擁地不少，但看了權狀之後還是有些心驚，而讓她更驚訝的是，這些地契的所有人姓名，都已經更換成為自己的名字了，魯真完全不知道，樂歌安是何時處理好這些事情的，想到樂歌安對自己的寵愛，她忍不住又落下了眼淚。

除了房屋與土地權狀之外，還有一些手寫的租賃契約，大約都是跟土地耕作有關，說明範圍的方式也很特別，是以哪條河川或是哪顆大樹作為辨識的標記。魯真知道這些地方，樂歌安以前帶她去巡視過，只是以現在的認知，她以為這些都已經變成原住民保留地了，沒想到居然vuvu還存有與耕作人之間的協定，想來應該是家族所有的屬地。

在權狀與契約下的是些金飾，許多年來，家人或親人餽贈的各式金項鍊、戒指、手環等等，全收攏在一個紅色的大布袋裡，這些魯真是看過的，vuvu曾經說過，遇上困難的時候，就把這些金飾拿去變賣換錢，還好，樂歌安氏

族始終沒遇上這樣的困境。紅色布袋下壓著一封信，字跡很陌生工整，看不出來是誰寫的，但可以確認的是最近才完成，魯真從信封袋裡，取出尋常可見的數張文件，第一行抬頭竟是大大的「遺囑」兩個字。

上面詳細羅列了樂歌安名下的不動產與動產，以及贈與或繼承人和完成的時間，她看見絕大部分的名字都是自己，這些魯真都可以預料得到，倒是最後幾頁文件讓她有些傻眼，一個是父母與哥哥嘉納夫的繼承權拋棄同意書，她從未聽過家中任何人提起這件事，另外一份是哥哥嘉納夫目前居住，以及隔壁連號的房屋權狀，所有人姓名一是哥哥、一是外甥，上面還貼著一張黃色便利貼，手寫著：過世後由魯真親手交與嘉納夫。

遺囑及各式文件上都已經完成了簽名、蓋章，還有律師事務所的委辦證明，以及法院公證書等等，看來這些東西不是匆促間完成，而是經過整理之後，按步驟進行的。

魯真想起哥哥在vuvu過世前，曾有段時間鬧著分家，這件事情當時讓她左右為難，她雖明知自己是氏族繼承人，但也知道現代的法律對於兄嫂的保障，但無奈樂歌安自己心裡已經有盤算，自己也不好說些什麼。後來有段時間，ina、ama常開車載vuvu出門，每回返家後vuvu總是一臉疲憊，該不會是就是去辦這些事情吧？！

木盒裡已經半空了，底下還有些東西，魯真看到另一個黑色的布包，打開來看，嚇了一大跳，她竟不知樂歌安還有數串琉璃珠項鍊，她拿出來就著房內的燈光仔細查看，儘管自己對於這些東西了解不深，但多少也能猜出色澤溫潤的琉璃珠珍貴之處，想來這也是樂歌安多年積累下來的寶貝，魯真輕手輕腳地，將這些項鍊再度裝回袋子裡綑紮好，繼續查看著木盒內的物品。

　　已經要見底了，魯真心底猜測著，被 vuvu 深藏在木盒底部的會是什麼東西。出乎她意料之外的，竟是一把已經老舊不堪的木梳子，和一支有著雕刻的木簪，這是 vuvu 的嗎？她拿出來看了又看，木梳子魯真是有印象的，小時候，樂歌安還用過這把梳子幫她梳長髮，不知什麼時候就再也沒見過了。至於木簪，魯真只能稱讚上面的雕工精緻、圖案特別，除此之外就再也猜不出其他意涵了，但會被 vuvu 藏在盒子的最底部，想來一定具有紀念價值，也許是樂歌安的父母留給 vuvu 的？

　　經過這樣的一遍清理，魯真猜想 vuvu 應該是要自己找到這個木盒，心裡的疑慮雖然清除了一大半，但是財產繼承的事情，她還是有些困惑，既然父母和哥哥都已經簽了繼承權拋棄書，哥哥和外甥的房屋所有權狀，也得要自己親手交給嘉納夫，那麼這件事情爸媽和哥哥一定知道什

麼，也許有些答案可以從他們的口中得知。

　　顧不得是大半夜，魯真敲了父母和哥哥的房門，大約是這晚的召喚儀式，對大家心裡衝擊太大，居然全都還沒入睡，魯真表明希望開個家庭會議的想法，父母和哥哥幾乎是完全沒有異議的就出了房門。

　　「我找到了vuvu留下來的東西了，上面有你們的簽名，所以，你們都知道？」魯真環視了父母和哥哥，心裡難免有些委屈，竟然沒有任何人跟她提及這件事。

　　「魯真，我們每個人知道的應該都只是部分，妳也知道vuvu的，她說過，只有掌家者才能知道全部的事情。」嘉納夫雖然尚未入睡，但也難隱疲憊的回答。

　　「嗯，我……對不起，錯怪你們了。可是，繼承權拋棄書是什麼時候的事？為什麼我完全不知道？」魯真知道自己臉色不好，先是緩了緩口氣，但是其中實在有太多疑慮讓她不解。

　　「嘉納夫，還是你說吧，我怕……我說不清楚……。」依邦吞吞吐吐地向著兒子求救，事實上，依邦的確弄不清楚來龍去脈，她畏懼樂歌安，也知道自己不如ina心中的期待擔任繼承人，所以從來就不會主動過問太多事情。

　　嘉納夫深深地吸了一口氣，看著自己的ina又看了看

魯真，點點頭，開始說起這一切。

「妳還記得我回來說要分家的事吧，我是這樣想的，我娶了妳嫂嫂，她是平地人，家裡有妳在，我早就打定主意以後要住在平地，這樣不論孩子讀書，或是我的工作都方便，只是，我們家妳也知道，每個人工作收入，都要繳回部分給vuvu，我和妳嫂嫂商量過，這樣下去沒辦法買房子，如果要住在外面，一定要想辦法買房子。」嘉納夫說的這些魯真都知道，事實也是如此，只是她沒想過哥哥的打算，是從此在外定居。

「我本來是想跟vuvu要一塊地，我先說，我只是要一塊，我沒那麼貪心要平分，我懂家裡的規矩，我要那塊地是想賣掉以後換現金，然後買現在住的這幢房子，我以為家裡的地那麼多，vuvu應該會答應的……。」嘉納夫明顯有些挫折，低下了頭，從口袋中摸出了香菸，經過魯真同意之後，點起了菸繼續說著。

「vuvu很生氣，她說她本來就有幫我打算，但是不能是我自己提起，我怎麼知道呢？vuvu從來就沒說過這件事情，眼看妳嫂嫂要生了，我希望能在孩子生下來前，就能擁有自己的房子，我還想……讓孩子和家屋命名的儀式一起辦呢！」嘉納夫重重地吐出了一口煙，魯真瞪大了眼睛，這段過程她竟是完全不知道。

「後來，孩子出生以後，vuvu 有一天帶著禮物來看寶寶，那天我們才算真的坐下來，好好談了一些事情，那天 ina 和 ama 也在。」嘉納夫指了指父母，依邦和丈夫連忙點了點頭示意。

「vuvu 名義上是給了我一塊地，然後她用現金直接跟我買回，然後又把我房屋的剩餘貸款全部繳清了，只是房屋權狀交給 vuvu 保管。所以每次妳問我 vuvu 給的是哪塊地，我根本就答不出來，因為從頭到尾我都不知道是哪塊地。」這個答案讓魯真嚇傻了眼，她沒想到 vuvu 最後是這樣處理，當全部落都流傳著樂歌安同意分家時，原來 vuvu 轉了個彎，還是將家產全都完整保留了下來。

「vuvu……用這個要求你簽繼承權拋棄書嗎？」魯真有些怯懦的詢問哥哥，擔心 vuvu 用了強硬手段逼迫嘉納夫，這是她心裡最不願意發生的事情。

「沒有，繼承權拋棄書我早就簽了，那是在這件事情之前，vuvu 沒把這件情拿出來威脅我，妳不要亂想。」嘉納夫幾乎是立刻就反駁了魯真，他剛剛也聽到了樂歌安附身在 pulingav 身上時說出的話，「嘉納夫，委屈。」當時他就快要忍不住地哭出聲來。

「嗯，我……誤會 vuvu 了。」魯真低頭喃喃地說著，突然想到什麼似地轉身望向父母，「妳們也簽了。」

依邦點點頭，拉起女兒的手，「妳別想太多，那都是我們願意的，以前我們在都市工作的時候，也在外面買了房子，只是不想搬出去住，所以一直留在家裡。妳要繼承這個家族，還有vuvu的權力，這是規矩。」一旁的丈夫連忙點點頭，頻頻稱是。

魯真總算是釐清這所有事情，雖然不知道vuvu是什麼時候找上了律師，也不知道vuvu來來回回花了多久時間，將這些繁瑣的法律文件辦好，但是樂歌安是個幹練的族老，她二十五歲從自己的ina手上接下族老的位置之後，也算是帶領了部落，走過大大小小的考驗和磨練，這些事情難不倒她的。

倒是木盒最底下的木梳子和木簪，還是讓魯真有些摸不著頭緒，她將這兩件東西從木盒子拿出來，遞給身旁的ina詢問，「ina，妳看過這個東西嗎？」依邦從女兒手上接過了木梳子和木簪，反覆細看之後搖搖頭，「沒看過，也沒聽妳vuvu提起過，vuvu留下來的？」魯真點點頭，說起是在木盒子的最底部發現的。

「明天拿去問問vuvu吾艾看看，她們一起長大，如果是少女時期的東西，她可能知道。」依邦給了建議。

魯真繼續從木盒子取出東西，拿出了哥哥嘉納夫和外甥名下的房屋權狀，指著上面的黃色便利貼說：「這是

vuvu交代要給你和阿浪的，加上由我贈與的土地權狀，你都一起收起來吧！」

　　嘉納夫接過了魯真遞來的三份權狀，認真地看了上面所有人的名字，竟然大哭了起來，他抱著三張薄薄的紙張，嘴中不斷念著：「vuvvu，我不委屈……，我不委屈啊……，是我害死了妳……，對不起……，對不起……」哭聲穿透了魯真家屋的牆縫，幽幽緩緩地朝著部落逸開，遠處傳來幾家狗兒的低鳴，彷彿也被嘉納夫的哭聲給傳染了。

祕密

　　太陽依舊安安靜靜地從山脈升起，又從另一端緩緩落下，生活尋常過著，這是個與世無爭的小部落，每天大家都在為著生養家計努力工作著，偶爾，從電視機螢幕上傳來的國家大事，會成為族人閒暇時聊天的話題，但那畢竟距離部落太遙遠，一天兩天熱度也就過了，還不如哪家夫妻前一夜裡吵了架、或是誰家的孩子買了一輛摩托車來得精采有趣。

　　無疑地，召喚樂歌安的事情，應是近日部落裡最大的話題了，在現場目擊的族人，娓娓訴說當日的情景，沒能親臨現場的，也提出諸多臆測，各種說法在部落的空氣中飄盪著，想不感染都難。

　　這日午後，吾艾正從午睡中轉醒，清早就上山工作的習慣，讓她也喜歡在午後小寐一下補充體力，她拿起檳榔籃子，慢慢地移動著身軀，午後的太陽仍然熾熱，她搭手望了一下被太陽曬得水汱汱似的馬路，決定坐在廊下不移

往院子了，院子雖然有波浪板遮著，但仍然如火烤似地。

　　抹去了臉上的汗珠，吾艾也想起了幾日前的召靈儀式，活到這個年紀了，召靈儀式也參與過不少，除了兒子古麥那次之外，就屬這回最驚心動魄了，沒想到隔壁部落的 pulingav 真能召喚回樂歌安，只怕這位 pulingav 的事蹟，很快就能傳遍鄰近部落了。

　　最讓吾艾沒意料到的，應該是樂歌安最後的一句話吧，到底是什麼意思呢？或者只是單純的樂歌安懷念自己的檳榔，想到這兒，吾艾笑了笑，樂歌安打從會吃檳榔開始，就是自己準備的呢，難怪樂歌安這麼掛念，也幸好趕在嘉納夫進屋前，遞上了那兩顆檳榔。

　　「vuvu 吾艾，妳在幹麼？」突然有人喚了一聲，將吾艾的思緒拉回來，她抬頭一看，是隔壁的魯真正走過來，吾艾笑著點了點頭，自從樂歌安被召喚回來後，總是心事重重的魯真似乎開朗多了，想來讓她掛心的許多問題，都一一獲得解答了吧！

　　「魯真啊，來吃檳榔。」吾艾向太陽底下的魯真招了招手，要她趕快進到廊下來，免得被毒辣的陽光曬得頭昏。

　　「vuvu 吾艾，妳現在有空嗎？我有點事情想請問妳。」魯真其實是算準了吾艾起床的時間，刻意在自家客

廳裡等候的，她知道吾艾有午睡的習慣。

「怎麼了？妳問。」吾艾被魯真一本正經的表情嚇到了，不知道這位繼任族長有什麼事情要問自己？心裡微微一動，可不要問自己身分不能回答的問題啊！

魯真從口袋裡摸出了幾樣東西遞給吾艾，「妳認得這個嗎？」吾艾張大了眼睛，從魯真手上接過來，是一把木梳子和一個木簪，吾艾在腦袋裡搜尋著記憶地圖，覺得這些東西看來眼熟，但一時之間竟找不著相關的印象。

「這是我vuvu的，最近才找到，我問過ina，她也說沒看過，我想妳和vuvu一起長大，說不定知道這個東西的故事。」魯真滿懷期待的望著吾艾，希望能從這兒獲得蛛絲馬跡，得知這些東西的來龍去脈。

「樂歌安的呀……，我想一想……，看來是有點眼熟……。」吾艾將手中的木梳子翻了又翻，又把木簪拿遠了細細查看，心裡開始有些什麼東西在竄動著，但還說不清楚，是哪條線正在抽動。

「vuvu吾艾，拜託妳想看看，我真的很想知道，vuvu為什麼把這些東西藏起來？」魯真聽到吾艾的回答，不禁充滿了期待，果然如ina所說的，和vuvu一起長大的吾艾，可能真的知道些什麼。

「魯真啊，妳讓我吃顆檳榔，認真想一想，別急

啊！」只見吾艾放下了木梳子和木簪，動手取出一顆小青綠，邊剖著檳榔邊望著木梳子，險些因為不留神劃傷手指，然後又將檳榔扔進了小臼裡舂了起來。

舂著舂著，吾艾突然大喊一聲，魯真立刻抓住吾艾的手腕，「妳想起來了嗎？妳想起來了嗎？」滿臉期待著老人的回答。

「不是啦，我忘了先幫妳做顆檳榔，妳等等啊！」原來，吾艾想著失神，竟失了規矩，應該要先剖顆檳榔夾上甘草片給魯真的，自己居然這麼粗心大意，這讓她懊惱不已。

「沒關係啦，vuvu吾艾，妳先專心想，我不吃檳榔沒關係啦。」魯真對吾艾的回答又好氣又好笑，一時之間竟不知道該拿她如何是好。

「不行不行，我邊做邊想，不能沒禮貌。」很快地，吾艾就把一顆處理好的檳榔交給魯真，也將已經舂好的半碎檳榔，倒入自己口中，繼續抽動著回憶的線索。

吾艾回到樂歌安留有一頭長髮的年紀，就和現在的奈奈一般，為了製作自己的族長頭飾，mamazangiljan家族的孩子，一向早早就留起長髮。吾艾還記得，打從小時候起，她就欣羨樂歌安的ina每日為她梳理頭髮，那位已經

過世許久的族老，每日上午會在當時還是石板屋的門前椅上，拿起一柄由部落藝匠雕刻的木梳子，為樂歌安梳頭、抹油，遇上起風的日子，還會把那一頭長髮紮成辮子，免得全都糾結在一塊兒。

但是那柄木梳子年代久遠，吾艾已經不太記得樣子，但應該不是眼前這一把，因為吾艾還記得，那柄梳子的握把上有個人頭紋樣，正好可以讓人握在手裡操作，但是魯真拿來的這柄梳子握把上，是一條環繞的百步蛇。

吾艾繼續順著記憶河流往後流動。過了幾年，樂歌安長大了，族老也因為忙著部落事務，不再有空每日為樂歌安梳理一頭長髮，曾有幾年，樂歌安會央著吾艾幫忙，為她紮那一條長度幾近臀部的油亮辮子……。對了，那時候，吾艾見過這一柄木梳子，樂歌安將梳子交到自己手上時，總是百般叮囑務必小心使用，看得出來很珍惜那柄梳子。

那是樂歌安十四、五歲左右吧，部落裡外都有年輕的男子愛慕著她，不論是否住在附近，總是要藉故從樂歌安家門前走過，就為了能夠看到一眼心裡愛慕的人，但是樂歌安身分尊貴又是長女，不是一般族人可以垂涎的對象，所以儘管愛慕，也不曾有人真的敢告白。

樂歌安的婚事很早就被長輩確定了，只是樂歌安自己

不知道，鎮日裡被男子的愛慕眼神追尋，其實樂歌安也是樂在其中的，不過她知道分寸，不會輕易丟了自己家族的顏面。

那柄梳子什麼時候出現的呢，吾艾並不能確定，但知道那柄梳子陪伴了樂歌安幾年，之後才出現那支簪子，樂歌安平日喜愛紮髮辮，或是打散髮絲的迎風飛揚，並不愛纏髻，何況年紀也不到，所以木簪子始終沒派上用場。

倒是後來有一群部落的青壯男人，被日本人派上了戰場，吾艾自己暗戀的青年，也在那波名單內，從此部落裡，天天都有哭泣的母親與女孩兒，期待自己的兒子或戀人平安歸來。

對了，就是從那之後，樂歌安再也沒用那柄木梳子梳頭了，開始纏起黑絲改以木簪纏髻。吾艾當時也沉浸在自己的憂傷之中，並沒注意到樂歌安的變化，只是有一回聊天時，說起那木簪子稍顯粗糙，不適合樂歌安的身分時，才聽起樂歌安說道，製作木簪子的人也在戰場上，兩個女孩相擁哭泣，為相同的命運而悲傷不已。

但是，吾艾記得清清楚楚，那批名單上的族人，都是平民家族的男子，mamazangiljan 和貴族家族的男孩子，有許多都在家族的掩護下上山隱蔽，就連樂歌安後來的夫婿，也是如此才躲過被徵召，難道……樂歌安心裡喜歡的

人是平民？剝絲抽繭後發現的真相，讓吾艾驚嚇不已，她不知道該不該告訴魯真這一切。

魯真始終在一旁安靜地等候著，她不敢打擾吾艾的回憶之旅，甚至不敢懷抱太高的期待，vuvu吾艾的年紀畢竟大了，許多事情或許也都忘記了，她也只是碰碰運氣，看能否這麼湊巧的，得知一些vuvu年輕的事情。但她看著吾艾臉上一會兒疑惑、一會兒錯愕、一會兒驚嚇，表情千奇百怪無奇不有，她料想vuvu吾艾肯定是想到了什麼事情，就是不知道到底是怎麼一回事。

「vuvu吾艾，妳想到了吧？妳一定知道什麼事情對不對？快告訴我。」魯真搖著吾艾的手臂，求著眼前的老人能夠多透露一些訊息，讓她解開心中的問號，她真後悔，以前沒有多些時間陪在vuvu身邊，聽她聊這些再也聽不到的往事。

「魯真啊，這些事情，我也不確定，妳真的要聽嗎？」吾艾有些為難的看著魯真，樂歌安都已經過世了，自己真的要將這些煙消雲滅的往事再翻出來嗎？樂歌安會不會怪自己呢？

「vuvu吾艾，妳也知道那天召喚vuvu的時候，她有提到妳的名字吧？我想，那是一種提示，vuvu提醒我來找妳，告訴我關於她的所有事情。」魯真一臉堅毅的表情，

讓吾艾有些動搖，她也知道那晚的事，本想是樂歌安懷念自己的檳榔，但是檳榔那麼小的事情，樂歌安不會在那麼重要的時間裡提這個，也許真如魯真所言，是要透過自己轉達些什麼給魯真？

「好吧，魯真，但是我先告訴妳，有些事情只是我的猜測，所以妳要拿捏，另外，妳得答應我，不能跟其他人再提起這件事情啊！」吾艾軟化了態度，準備將自己當年所知到的線索告知魯真，但是她也很清楚，有些事情永遠都不會有答案了。

「魯真，其實那個vuvu有來靈堂祭拜，妳有印象嗎？就是幫妳送奈奈去學校的穆莉淡家男人的ama。」吾艾邊說著，邊把手邊青翠的檳榔，一粒粒的鋪平在棉布上。

「你是說ina穆莉淡的公公嗎？我想一下喔……，那幾天人真的太多了。」的確，樂歌安的身分特別，她的喪儀前前後後到訪的人，沒有破千也有數百，那麼多的人，魯真哪能一一記得呢，何況，又是在那麼傷心的情況之下。

「vuvu吾艾，我還真的想不起來ina穆莉淡的公公是誰，可是我知道她嫁去的那個家族，男人都是pulima，欸……這樣說起來，她們是破格結婚的耶！」魯真睜大了

那雙閃閃發亮的眼睛，像是突然發現了什麼祕密一般。

「對，穆莉淡是破格結婚的，還是她自己堅持的，她的男人和男人的 ama，都是 pulima。」吾艾點點頭，望向眼前的大武山，陷入了久遠以前的記憶之中。

於是，就著一顆又一顆的檳榔，吾艾娓娓說著那段她和樂歌安的無憂歲月、少年情事和女孩兒的懷傷，那些逐漸逝去的部落故事、早夭生命和傳統約束，那些關於 mamazangiljan 家族的壓抑、無奈與反抗，那些隨著日起日落、在呼吸之間遠去的記憶，那些……那些……那些……，許多魯真聽過或沒聽過的那些，直到太陽緩緩落入山脈後方，吾艾仍在叨叨地敘述著……。

四、爾仍

戰 爭

　　那時候吾艾大概還不到十歲吧，個子小小的，比同齡的小女孩還要嬌小一些，當時還在老部落，一幢幢的石板屋，依傍著山脈，以mamazangiljan家為中心，向四面八方延伸出去，若是從空中俯瞰，立刻可以看出，這是一個規模不小的部落。

　　家屋再延伸出去，就是四周的田地了，隨處可見的小米、高粱、芋頭田，每座田裡都散落著族人，在炙熱的陽光下揮汗工作。遠離部落入口大約一公里處，有座比一般建築高出許多的瞭望高台，高台下方聚集了一些男性，這些是負責部落安全的勇士們。

　　其實那時候，日本人已經到部落裡了，吾艾的個子實在太嬌小，日本警察說，她還不用到教育所讀書，但是她是樂歌安的隨侍，每天得跟著樂歌安，負責幫著背書包，所以也等於每天要到教室報到，樂歌安因為是mamazangiljan的孩子，特別受到日本人的關注，偶爾想要翹課都難。

「小吾艾，快點整理書包了，我們要回家了。」樂歌安叫著比她矮小許多的女孩兒，單手搭上她的肩膀，拽著人就往前走去，吾艾一肩背著書包，一肩被樂歌安搭著，連路都要走不穩了。

　　才剛剛踏出教育所的廣場，樂歌安立刻就附耳跟吾艾說道：「妳先回去，然後跟我 ina 說，我還在教育所，知道嗎？」然後頭也不回地就往前方跑走了，只留下瘦弱的吾艾在原地，不知該如何是好。

　　看著眼前飛奔而去的樂歌安，吾艾緊緊捏著手中的書包背帶，想到等等回到 mamazangiljan 家屋，要面對那位慈祥卻又嚴厲的長輩，就不禁一陣心寒膽戰，她不敢對樂歌安的 ina 說謊，只好朝著剛剛樂歌安跑走的方向追去，小巧卻飛快地步伐，在教育所前揚起一片塵土。

　　那是部落的東南方，吾艾記得穿過一片小米田之後，有片巨大的竹子園，ama 曾經帶她來過這裡，砍伐製作農具的竹子，她背著樂歌安的書包踏進竹園時，霎時一陣夏日的薰風吹過，竹子彼此糾纏著，發出嘎吱嘎吱的聲音，嚇得吾艾不敢再多往前一步。

　　竹園裡的風很涼，這種午後正適宜小憩，吾艾想起自己的父母，此時可能正在小米園裡的涼台上，吃著飯糰喝著山泉水，她摸了摸自己的肚子，覺得自己也飢腸轆轆了

起來，她突然有些埋怨起樂歌安，若不是她亂跑，自己可能已經回家吃飯了。

颯颯的風，一陣又一陣地從竹林深處吹來，隱隱約約地，似乎有人說話的聲音，吾艾又驚又怕，她希望那真的是人在說話，又害怕那是ina說的故事裡，會把小孩捉走的邪惡靈魂，這麼一聯想，小小的身體抖了幾下，做好先回家挨罵的心理準備，然後轉身就要離開了。

「……我們……ina不會同意……怎麼辦？」就在吾艾已經走了幾步後，轉向的風聲將樂歌安的聲音帶來她的耳邊，「……喜歡……ina說……等我……」這下聲音換成男聲了，吾艾皺了皺眉頭，樂歌安躲在這裡跟男生說話嗎？她的年紀實在太小了，還不懂得喜歡是什麼意思，只隱約覺得樂歌安的行為有些不恰當。

四處亂竄的風，將交談的聲音吹的到處飛揚，吾艾無法判斷聲源到底來自何處，她停下了腳步，準備就在竹林外面等待，既然確定那個聲音是樂歌安了，那就乾脆再等等好了，總比她一個人回家挨罵好。念頭一形成，吾艾就蹲在了竹林入口處的林蔭處，在陣陣涼風的吹襲下，儘管肚子餓得咕咕叫，還是忍不住地打起瞌睡來。

「吾艾……吾艾，醒醒，妳怎麼在這裡睡著了，起來

了，我們回家了。」睡得迷迷糊糊的吾艾，在一陣天搖地晃中醒來，她揉了揉眼睛，竹林裡的風不知道什麼時候已經停了，樂歌安正蹲在面前，雙手抓著自己的肩膀用力地搖晃著。

「aa，妳跟人說完話囉？」吾艾站起身來，蹬了蹬已經有些麻痺的雙腳，身旁的樂歌安也跟著她起身，一個巴掌拍在吾艾的頭頂，有些慌亂地說道：「哪有人，我哪有和誰說話，妳聽錯了，妳怎麼會在這裡，讓我找了好久，不是叫妳先回家嗎？」樂歌安又用手指戳了戳小女孩的額頭，有些緊張地交代著，「回家不準亂講話，記住囉！」

竹林裡的風刷刷地又吹了起來，吾艾抬起眼睛看著眼前的大姊姊，有些困惑地想著，剛剛明明就有聽到另一個男生的聲音，難道是自己做夢了嗎？還是真的遇到了故事中的惡靈？還沒時間多想，樂歌安轉身就往部落的方向走去，口中還喊著：「回家了，快點，我們的ina一定在找我們了。」一頭飄逸的長髮在風中飛揚，那娜娜的背影，讓吾艾多年後想起依然欣羨不已。

匆匆忙忙地趕回家之後，吾艾跟著樂歌安踏進了mamazangiljan家屋的前院，她低頭瞧見自己沾滿塵土的雙腳，有點不敢繼續再往裡面走去，於是在院子裡的石板椅

上，放下了樂歌安的書包後，朝著屋內喊：「ina爾仍，我是吾艾，我先回家囉。」於是慌慌張張地，便朝隔壁自己家裡奔去，等到爾仍走到院子時，早已不見了吾艾的身影。

爾仍嘆了口氣搖搖頭，想起那個小小的女孩兒，又想起自己的女兒，於是回頭朝著屋內說道：「樂歌安，把妳的書包拿進去，今天怎麼會這麼晚回來呢？」屋內半天都沒人回應，爾仍於是拎著書包往屋內走去，有些感慨著女兒似乎被自己寵壞了。

爾仍是這個部落三個mamazangiljan家族之一的族長，根據部落裡流傳的口述，爾仍的祖先是太陽神生下的孩子之一，擁有統御這附近幾座山脈與稜線的權力，越過界線，是太陽神另外幾個孩子的領土，每年這些mamazangiljan家族都會互相造訪，除了互道平安之外，也會討論一年下來部落大小事務，久而久之，部落之間的婚嫁自然也就多了。

這附近的山脈都是板岩，依據傳說，石板屋製作的靈感，是來自百步蛇身上的鱗片，族人觀察這個為祖靈傳遞訊息的使者的身體，認為這是祖靈的暗喻，於是仿造百步蛇身上的層層鱗片，搭建起石板屋作為居所。

mamazangiljan家屋的形制最大，功能也最完整，與一般子民所居住的家屋有所不同。

一踏入屋內，便可感受到陣陣的沁涼襲來，家屋從屋頂、牆面到地板，全都是用切割完整的石板搭建而成，入門抬頭便可見到矗立的中柱，上面雕刻著面目嚴肅的祖靈像，以中柱為中心往兩側延伸的石板平台上，規整地擺放著一個又一個美麗古樸的陶壺，無論是從形制或是色澤判斷，明顯都是極其古老的製品。

平台上方則是一附又一附整齊的山豬頭骨，大部份是家族裡的男人狩獵而得，少部分來自子民的進貢，或是婚嫁時取得的聘禮，白森森的骨頭襯在黑黝黝的石板上，似在彰顯家屋主人的功績，格外的顯眼。

屋角的火塘裡，還留著前一夜燃燒殘留的灰燼，爾仍皺了皺眉頭，她想起剛剛屋前的大廣場上，各家派來的代表討論的事情，她抬眼望向廣場上方的駐在所，那當初刻意設在監視位置的機構，明顯地就是用來監視自己家屋，剛才族人們討論事情的時候，穿著警察制服的小鬍子，就站在那處猛盯著廣場看，就像看著陷阱裡的獵物般，讓人不舒服。

這幾年已經不像當初日本人剛來的時候，部落裡一天到晚都有衝突發生，族人們見不得那些趾高氣昂的外來

人，尤其不服氣他們對mamazangiljan家族的態度。儘管有好幾次爾仍也想發動保衛部落的戰爭，但在經過和其他鄰近部落的mamazangiljan討論之後，大家都不願意犧牲自己的子民。那些日本人身上攜帶的長槍，明顯比部落自製的火槍強大許多，何況，爾仍在受邀下山談判時，親眼見到了那些龐大的火炮，她不敢想像，如果那些火炮落在子民身上，將會造成多劇烈的傷害。

　　近幾年雖然日本人還算和善，還算尊重mamazangiljan家族傳統的地位，但是進駐的警察開始要求，每家屆齡的孩子都得到教育所上課，學得卻是日本語，還不准族人們以自己的話交談。接著，便是徵召年輕人，一批又一批的青壯族人，穿上軍裝跨出部落，然後就再也沒有消息了。那些青壯人的ina們，哭著輪流來找爾仍，請託她去駐在所問問看，到底這些孩子何時才會回來。

　　爾仍抬起手揉了揉自己的眉頭，走的那些人還沒回來，這次又傳來消息，要繼續徵召更小的孩子，期限就在下一次月圓的時候。每家都有這樣的孩子，已經走了丈夫，現在輪到孩子，女人們聚集在廣場上，向爾仍發出抗議，再這樣下去，會不會連女人都要出門了。部落的田地已經缺了男人耕作，這樣的生活要如何過下去呢？爾仍身為mamazangiljan，必須出面和駐在所的警察交涉，但她隱

隱有些預感，這批孩子們似乎難逃厄運。

　　午後的陽光，透過石板屋上方的天窗射進屋內，黑黝黝的石板屋內一點都不陰暗，反而折射出一片光亮，樂歌安正坐在主屋內的石板椅上喝水，雙腳在空中晃呀晃著，爾仍將書包輕輕地放下，忍不住地輕輕拍了女兒的大腿，碎念道：「吾艾幫你背書包回來，你也不知道拿點水給她喝，有你這樣的mamazangiljana嗎？」子民雖然為mamazangiljan家族服務，相對的，也有照顧子民的責任。

　　樂歌安嘟了嘟小嘴，不以為然的輕哼了一下，關於ina的教導，她從來不敢有太多的反駁，畢竟這是繼承人所要學習的知識。光線下的樂歌安，蓄著一頭長髮，輕巧靈動的雙眼滴溜溜的打轉，看得出來是個聰慧又有主見的孩子。

　　爾仍往樂歌安的身旁坐下，憐愛的撫著那一頭長髮，詢問著上午在教育所裡學習的狀況，其實在爾仍心裡，是不願意讓樂歌安到教育所去的，但是這裡面有太多的無奈與不得已，為了全部落的子民著想，甚至和鄰近mamazangiljan家族討論之後，這綿延著幾座山脈的mamazangiljan家族，最終都妥協將孩子送到教育所內去讀書。

「那個老師好凶，一直巴嘎、巴嘎的罵人，每次都點名要我上去示範，煩死人了。」樂歌安一想起上午在教室裡的情景，心裡就不舒服，把她叫上台示範念日文，說不好還會被兇，讓她在子民面前很丟臉。樂歌安往母親軟軟的懷裡靠去，「ina，我可以不要去讀書了嗎？」委屈的聲調讓爾仍有些心疼。

爾仍嘆了口氣，輕輕拍著女兒的背，「妳是mamazangiljan的孩子，除了要學習祖先傳下來的知識，那些新的東西也要一起學，這樣妳才能什麼都懂，學校的老師我會去說，叫他對妳不要那麼凶，但是妳也不能都不學習，知道嗎？」也許是剛好天上飄過幾片雲，屋裡的光線突然就有些昏暗，就像此刻爾仍的心情一般。

「樂歌安，妳的ａａ們可能也要去打仗了，唉……」爾仍輕輕地對著女兒說著心事，大約只是想要有個人說話，她竟然和什麼事都還不懂的樂歌安談起這件事，樂歌安從ina的懷裡抬起頭，張著大大的眼睛，一臉困惑地問道：「ａａ？他們的ama都還沒回來，ａａ們也要去打仗了嗎？ina，那我們怎麼辦？」連珠炮似的問號丟出來，樂歌安年紀雖然不大，但是在mamazangiljan家族裡長大，她還是知道一些事情的。

其實，樂歌安心裡有個更擔憂的問題，ａａ們……包

括他嗎？

　　爾仍拍了拍樂歌安的背，「我等下要去駐在所找妳們老師，ama還在瞭望台那裡，妳記得待在家裡不要亂跑，要出去玩的話，也要記得找吾艾一起，知道嗎？」爾仍心底有事，沒瞧出樂歌安的臉色有些發白，只是交代著女兒尋常家事，然後便往床台上拿起了sikau，背上身準備出門去。

　　慌亂的點了點頭，樂歌安不安的雙手絞著，她打算等ina出門之後，立刻就飛奔到部落角落的小米田裡，把這個剛剛聽來的消息說給那個人知道，如果ina說的是真的，那麼他也會去吧。畢竟不是所有人都像ama一樣，可以用ina的身分去跟日本警察談判，繼續留在部落裡不用上戰場。

　　爾仍前腳剛出家屋，樂歌安緊跟著就呼喚了吾艾，「吾艾……吾艾……我要出去，快來跟我一起。」站在家屋前的廣場上，朝著右手邊的一幢家屋呼喊著，沒多久的時間，一個嬌小的身影就從屋裡竄出來。吾艾衝到樂歌安的身前，一手接過sikau，俐落地就背上身，邁著小步伐轉到樂歌安後方，準備當個貼身的小尾巴。

　　樂歌安畢竟比吾艾大出幾歲，加上又急著找人，步伐又快又大，讓吾艾跟得有些吃力，只好小小聲地喊著「樂

歌安……樂歌安……我跟不上妳，妳慢一點……。」但是心急的樂歌安哪裡聽得見，只見風一般的身影往前奔去。樂歌安大約真的是被吾艾叫煩了，只得回過頭來丟下一句，「妳到東邊ina拉敏家的小米田，我在那邊等妳。」焦急的聲音還飄盪在空中，就見一點小黑影迅速消失了。

等到吾艾抵達ina拉敏的小米田時，已經氣喘吁吁地，如同被追捕的獵物一般，好不容易緩過呼吸，她才抬頭四處張望，試圖尋找起樂歌安的身影，滿園的小米田波浪搖搖蕩蕩，空氣裡是成熟穀物的禾香味，吾艾狠狠地猛吸了幾口氣，這是她最喜愛的味道之一，因為那代表著豐收。

隨著吹拂的風聲，植物摩擦的聲音陣陣傳來，由遠而近，吾艾的耳朵突然抖動了一下，某個角落似乎有人正在低聲交談，她逆著風向凝心傾聽，隱約判斷出音源的方向，於是踏在乾燥的田埂上，一步步向前走去。隨著距離愈近，聲音也就愈清楚，她竟聽到了低低的啜泣聲，難道……是樂歌安在哭嗎？

這個念頭一起，吾艾顧不得腳下高高低低的田埂扎腳，立刻就朝著聲音的方向奔跑而去，樂歌安的身分尊貴，可不能讓她被人欺負了，自己雖然只是個小跟班，但是也有責任擋在她前面。細碎的步伐加大，吾艾似乎就要

看見了樂歌安的身影，突然一股男聲傳來，嚇得她瞬間收回腳步，身體前後的衝力無法平衡，讓吾艾咕咚一下就撲在了田埂上。

「……不用擔心……我一定會回來……我會請ina去跟族長說的……。」沉沉緩緩的男聲傳來，趴在地上的吾艾有些發楞，是誰在跟樂歌安說話呢，這個aa的聲音好熟悉啊，她一定知道是哪家的孩子，吾艾順勢就著田埂往前匍匐，從錯落的小米梗間隙裡，看到一雙健壯的小腿，再往上看去，是一條藏青色的膝上腰裙，沒有任何刺繡或裝飾，這是個平民家族的男生。

吾艾忍不住好奇心，抬了抬自己的身體，將一顆小頭顱探出小米田的高度，這一看，才發現原來是住在下部落的aa里本，頎長的身形，樂歌安的身高才堪堪到他的胸膛，里本的大手正輕拍著啜泣的樂歌安，邊低聲地說著些什麼話。吾艾距離有些遠了，既聽不清楚、也聽不懂兩人究竟在說什麼。

她驀然想起中午在竹林聽到的聲音，似乎是同一個人，難道說，中午也是aa里本嗎？吾艾搔了搔自己的小腦袋，覺得這樣躲著有些沒禮貌，又想起是樂歌安讓自己來這裡的，於是弱弱地喊了幾聲，「aa樂歌安……aa樂

歌安……。」像隻小貓般的叫聲，驚醒了正在交談的一對男女，里本一雙銳利的眼神，立刻就捕捉到吾艾的方位，並低聲地喊著：「誰在那裡？快出來，不要像隻老鼠一樣躲著。」

吾艾慢吞吞的從小米田裡站起身，已經蹲麻的雙腳在地上踱了踱，ａａ里本一向沉默寡言，在部落裡遇到的時候，總是見他木著一張臉，什麼表情都沒有，就算是和同輩的青少年在一起，他也總是低調地在群體角落裡。不過，ａａ里本的巧手，在部落裡是有名的，他的ama和ina都是pulima，ama曾經參與過mamazangiljan家族家屋的建築，ina也曾受族長委託織布刺繡，兩人手藝精湛，做出來的東西受到很多族人歡迎。

也許是受到父母的遺傳，也或許是從小就浸淫在巧美的氛圍裡，里本很小就顯露出在雕刻上的天分，加上有ama、ina從旁協助，里本製作的一些小物件，總是引得一些青少女的喜愛，不少人都希望能夠獲得他的饋贈，並以蒐藏里本的小東西為樂趣。

「是我叫她來的，你也知道，我都會有個小跟班，吾艾不會亂說的。」樂歌安見到里本嚴肅的臉色，急忙出聲為吾艾辯解。吾艾對著樂歌安睜了睜大眼睛，覺得自己有些無辜，她根本就不知道樂歌安和里本見面的事情，更別

說要去跟誰亂講什麼了。她的責任只是背著樂歌安的sikau，跟隨著樂歌安四處亂跑玩耍，若是遇到危險時，要發出聲音或尋求幫助，充其量不過就是個玩伴罷了。

「吾艾，回去妳千萬不能跟我ina說我和里本私下見面的事情，知道嗎？不然我就叫ina換人囉。」吾艾用力地點點頭，雖然不懂為什麼不能說，但讓mamazangiljan換掉跟班的工作，無異是一種懲罰，事關家族的名聲，這一點她還是懂得的。她常在晚上睡覺時，偷聽到父母的對話，了解因為自己是樂歌安的小跟班，ina爾仍對自己家裡格外照顧。

「我該回去了，不然ina會找我的。」樂歌安睜著一雙清澈的大眼睛，對著眼前的里本說道。

里本艱難的點點頭，再怎麼不捨得，也不能強留樂歌安太久，他和樂歌安的事太麻煩，ama已經上了戰場，他必須得想辦法跟自己的ina溝通，「妳快回去吧，這個給妳，是我做的。」變魔術般地，樂歌安眼前出現一柄手掌大小的木梳，在梳牙的上方，有一條栩栩如生的百步蛇環繞著，木梳顯然經過細細地打磨，透著溫潤的光澤和香味。

樂歌安低呼出聲，張開手掌從里本的手上接過禮物，她抬起手臂，透過陽光仔細的觀察，忍不住開心的笑了出

來，原本睜得大大的眼睛，也笑成了彎彎月牙。「給我的嗎？ａａ里本，謝謝你，我很歡喜。」彷彿想到了什麼，驀得臉一紅，拽著吾艾背上的sikau轉身就跑走了，只留下清脆的笑聲在小米田的深處。

隨著部落裡男人逐漸減少，爾仍感受到巨大的存亡危機，於是她腦中興出一股念頭，雖然與傳統不符，但是為了考量現在的特殊情況，她決定必須先做這件事。於是，她連繫了部落裡面幾個貴族家族的掌家者，在Aivaliyan召開了會議，她決定要先為樂歌安舉行nakivecik儀式。

Nakivecik在傳統中，是身分與階級的表現，不同的出身有不同的圖紋，女性nakivecik的範圍在手背和手腕處，是榮耀、尊貴、美麗與勇敢的表徵。通常是在分支的新家屋落成後，pulingav進行完家屋命名儀式，家族新任的繼承人就要nakivecik，圖紋依據家屋的歷史而來，從指甲後端開始逐步往外紋，圖紋組合依據身分階級而定。

爾仍的家族是部落裡的mamazangiljan家族，因此圖紋共會有七到八層，範圍更要含括到手腕的內側，不僅耗工更耗時，尤其樂歌安又代表未來mamazangiljan的繼承人，這項工程必然嚴謹又慎重。更困難的是，還得要瞞住監控部落的日本警察，如何安排樂歌安nakivecik期間，不

必到教育所上課，需要整個統御子民的集體協助，才有可能完成。

Nakivecik是帶著走的家譜，當爾仍和貴族家族的掌家長們，開始討論這個議題之後，爾仍就開始著手研究，樂歌安的nakivecik必須包含哪些圖紋，她坐在家屋前的廣場上，在陽光下細細研究著自己的手背，回想當初ina如何教導她圖紋的知識。雖然樂歌安和自己的nakivecik基調圖紋大致相同，但還必須加上一些不同的紋路，代表這段時期部落發生什麼變化。

後來她決定雙手大拇指的圖紋依循自己的樣式，因為這是唯有mamazangiljan才擁有的權利，特別複雜的人形紋，是部落最高領導人的代表，不是這個身分的人，絕對不能使用。至於第二到第五隻手指，則逐層是頭對頭人形紋、一般人形紋、太陽紋、齒狀紋、波形紋、百步蛇紋，最靠近手腕處的地方則是兩個掛勾形紋，這樣的排列組合，任何熟知部落知識的族人，都可一眼看出手紋主人的身分地位，除了是太陽神子女的血統之外，還享有土地、河川和食物的所有權。

爾仍用小石子在自家的石板椅上刻刻畫畫，決定圖紋之後，她進屋背起sikau，急忙地往部落某戶家屋走去。這個家族是專門負責為mamazangiljan與貴族家族紋手的

工作，爾仍在屋外呼喊了幾聲，便見到一位傴僂耆老，拄著拐杖、顫顫巍巍地走出來，「誰啊？我的眼睛已經看不清楚囉，可以告訴vuvu，妳是誰家的孩子嗎？」

爾仍急忙上前去扶了一把，對著耆老的耳畔說道：「ina，我是爾仍啊，我找久布蘭，她去田裡了嗎？」耆老拍了拍扶在手臂上的手，意識到是族長到訪，連忙點了點頭問候，「mamazangiljan嗎？久布蘭到田裡去了……妳要找她嗎？我去田裡叫她……妳回家裡等著好嗎？」耆老輕咳了幾聲，總算把話順利地講完，才說完，便打算提起腳往外走去，mamazangiljan有事找自己的女兒，得趕快去執行才行啊。

爾仍哪裡捨得年邁的耆老跑這一趟呢，她拍了拍耆老的肩膀，有些不忍的回答，「ina，你留在家裡，我叫人去找久布蘭，她在田裡對吧，你快進屋裡休息，我先回去了啊。」她知道耆老是極為遵循傳統的人，為了不讓耆老堅持自己走一趟，爾仍轉身就離開了，耆老沙啞的聲音還在持續著，「mamazangiljan，對不起啊，我也會找個孩子去叫久布蘭，您稍等等啊。」

爾仍心裡盤算著，若是在路上遇著了哪位族人，就請他到久布蘭的田裡跑一趟，nakivecik這件事得趕快確定下來，正想著時，迎面走來了從瞭望台剛下哨的青年人，她

招了招手喊道，「孩子，過來，ina有事要你幫個忙，你知道ina久布蘭的小米田嗎？去替我請她到我家裡一趟好嗎，謝謝你。」靦腆的少年漲紅了整張臉，他知道爾仍的身分，從來沒有這麼近距離的接觸過，更不用說還受到如此客氣的委託，少年搗米般點頭回答，「mamazangiljan，我知道……現在就去……。」一轉身便飛奔了起來。

「ina久布蘭……ina久布蘭……mamazangiljan找妳，讓妳去她家……」正在田裡揮汗除草的久布蘭，遠遠地便聽見了粗啞的呼喊聲，一陣陣地由遠而近傳了過來，她起身朝聲音來源的方向望去，一團灰黑的身影伴著塵土，正朝著自己的田裡跑來，她忍不住皺了皺眉頭，心底有些疑惑，如果沒聽錯，是mamazangiljan找自己嗎？

當久布蘭匆匆趕到爾仍的家屋前，正見到族長坐在廣場上盯著石板發呆，她拍了拍自己身上的塵土，慢慢走上前去尊敬地問道：「mamazangiljan，您找我嗎？不知道有什麼事情是我可以做的？」，爾仍突然被打斷思緒，有些楞然地抬頭，這才發現正是自己在等待的久布蘭，連忙招呼她在身旁坐下。

「久布蘭，我要做一件事情，需要妳的幫忙。」

「您說，我專心的聽，只要是我能做到的，一定去做。」

兩個女人就著石板椅上的圖紋，開始認真而仔細地討論起來，時而是爾仍皺緊眉頭，時而是久布蘭抿脣搖頭，手上各自拿著小石子在石板上畫著，討論進行了很久，直到夕陽已經傾斜剩下半截，兩人才似乎終於達成共識。

　　「久布蘭，這些事情就要拜託妳了，我希望就在最近能開始進行。」爾仍清了清喉嚨，進門舀了一碗水出來，交到久布蘭手中，示意她喝點水潤潤喉，久布蘭忙接下碗喝了一口，然後點點頭，「mamazangiljan，您放心，我回去就開始準備工具，等到可以進行了，就立刻通知您。」

　　爾仍望著久布蘭的身影在眼前淡去，心裡的念頭愈來愈堅定，她覺得今天晚上必須要跟女兒樂歌安談一談，事關全部落的未來，她得要加快教育樂歌安的腳步，正這麼想著時，眼前一高一矮的身影出現，她抬眼一看，立刻就確認是樂歌安和吾艾，揮了揮手，朝著女兒喊著：「終於捨得回家了，快去把自己整理整理，準備吃飯了。吾艾，妳也回家吧。」兩個女孩輕巧地奔跑到爾仍眼前，應了聲好，便分別朝著不同的方向離開了。

　　樂歌安在屋子裡的角落，用棉布擦洗自己的身體，mamazangiljan有子民服務，每天都會有人送水到家裡來，所以樂歌安不用像大多數的女孩兒，要趁著傍晚時分，跑

到河裡去洗澡。想起今天下午收到的禮物，她開心地哼著歌，想著是不是該和ina坦承，自己收下了男孩兒的禮物。但是眉頭一皺，又有些不確定自己的行為是否恰當，aa里本的家族畢竟是平民，也許ina並不會同事這件事。

mamazangiljan與其他家族之間的階級之分，雖然樂歌安從小耳濡目染，但是爾仍也教導她，不能因為自己的身分，而對其他人有所不敬，雖然平常可以感受族人對自己與眾不同，但除了慣常指使的吾艾之外，樂歌安的個性還是很平易近人的，這全歸功於ina的耳提面命。

她畢竟年紀還太小，還不需要去思慮部落的未來，或是背負家族的使命感，樂歌安現下最煩惱的事情，只有去教育所上學的不耐，和日常與ina去巡視領土的範圍，以及認識各貴族家族的掌家者。她還要背誦自己家族每一代的族老名，ina每回念誦一次都要好久，樂歌安聽著聽著就打起瞌睡，斷斷續續的能背誦到第五代就不錯了。如今，她的煩心事又多了一件，就是心裡有喜歡的人了。

爾仍在屋外站了一會兒，想起要準備晚餐給家人，於是緩緩地走入了屋內，在火堆灰燼裡扔了幾顆芋頭地瓜，今天她心裡有事，不打算下廚煮菜，又拿小刀從簷下吊著的燻肉割幾塊下來，準備就這樣簡單的解決一頓，等丈夫和兒子從田裡回來，一家四口得好好討論一番。

紋手

　　傳統中，nakivecik的事前工作很繁複，除了工具的準備之外，還需要聯繫pulingav、還有通知貴族家族的掌家者、尋找空間等等，但是因為情勢非常，爾仍決定悄悄地進行這些流程，避免遭遇到日本警察的干涉，導致nakivecik儀式失敗。

　　月亮剛剛掛上天空，爾仍一家便已經用完晚飯，她在吃飯時，先向兩個孩子簡單開了口，說是近期家中會有大事，要兩個孩子別亂跑之外，向丈夫使了眼色，兩人就往家屋旁的穀倉走去。樂歌安和弟弟畢竟是mamazangiljan的孩子，知道ina常常要處理部落中的重大事務，便乖乖地留在主屋內玩耍，沒有吵鬧著跟上去。

　　「布嘎，我決定了，在下次月圓之前，為樂歌安進行nakivecik儀式。現在部落的男人們愈來愈少，今天警察又找我過去，說要再送一批孩子去打仗，我擔心啊，這部落將來會變成怎麼樣呢？」爾仍巡視著穀倉裡的小米和芋頭

乾，那是子民們的進貢，邊說著她邊順手整理了一番。

「爾仍，這麼快嗎？樂歌安才十四歲啊，過去大多是等到初經來，或者是正式宣布她的繼承身分之後，才會進行nakivecik儀式的呀，其他家族不會有意見嗎？」丈夫魁梧的身影壟罩在爾仍的身上，他有些擔心的捏了捏眉心。

部落裡的男人的確是愈來愈少了，連續幾次的強制徵召，像布嘎這樣的男人所剩無幾，若不是憑仗著mamazangiljan和貴族家族的身分，大概也要像其他家族一般，家屋裡只剩老人、女人和孩子了。今天布嘎和其他幾個男人，親自去巡守了淺山的陷阱，失去了過往為mamazangiljan家族服務的子民，現在一切都得自己動手，距離上一次送走一批族人才沒多久，日本警察居然又來徵召了，一想到這，他就忍不住憤恨的握緊了雙拳。

爾仍看著布嘎漲紅的臉，試圖掰開丈夫的雙手，忍不住嘆了口氣，「我沒辦法等了，之前日本警察就已經不准許我們nakivecik了，再這樣下去，我擔心樂歌安的雙手上，將會失去祖先的榮耀。」夫妻兩人互看了許久，在沉默中似乎達成了共識，決定此事非要開始著手不可。兩人又窸窸窣窣地溝通了好一陣子，最後才牽手一起返回家屋歇息。

不過一會兒的時間，就見到爾仍背著sikau，悄悄地

走出了家門，身影在月光的照射下，顯得單薄又瘦長。pulingav門前逐漸顯現一道人影，爾仍左右張望了下，尤其是駐在所的位置，見沒有引起注意，抬起手敲了敲門，低聲喊道：「pulingav、pulingav，我是爾仍，你休息了嗎？我有事找你討論。」沒多久就聽聞屋內傳來腳步聲，有人開了門回應，「爾仍，有什麼事嗎？怎麼這個時候來呢？快進來。」

開門的人正是pulingav，一家人正圍坐在石桌旁，露出驚訝的眼神朝著爾仍的方向望來，爾仍朝這一家人點了點頭，便低聲問著pulingav，「家裡哪個角落方便？我有事要和你商討。」pulingav於是邊拉著爾仍的手，邊拿起床邊的巫師袋，朝著後方的角落走去。她是pulingav，常常需要有自己的空間與時間，整理和存放各種祭儀所需的東西，所以家屋裡闢有一處她專屬的空間。

「pulingav，有話我就直說了，晚點恐怕遇上日本警察巡邏，我決定要讓樂歌安提早nakivecik，到時候需要你幫忙坐鎮，並為她設下結界，防止惡靈干擾，你覺得如何？」pulingav先是楞了一下，然後慢慢地從巫師袋中拿出檳榔，她望向盤坐在地板上的族長，不答反問地說：「你最近有做夢嗎？還是遇上什麼事情了？」喀嚓一聲，清脆的檳榔應聲破成兩半。

爾仍搖搖頭，伸手跟 pulingav 要了一顆檳榔，「沒有，部落的男人走了一批又一批，我擔心部落以後有變數，所以想讓樂歌安先確認繼承人的身分。我還擔心……日本警察會不答應她 nakivecik……」爾仍看了眼跟前的 pulingav，說出自己的擔憂。pulingav 點點頭，有些理解族長的憂心，「你沒做夢，我倒是做夢了，我最近老夢到你的 ina，我正打算這幾天去找你，想來……應該就是這件事了，唉。」

爾仍有些意外會聽到這番回答，本來她最擔心不容易說服 pulingav，沒想到竟有 ina 入夢，為她解決了自己的難題。「我想，ina 應該也是擔心部落的未來吧，我今天已經跟久布蘭討論圖紋了，只要 pulingav 你這邊答應，我就通知貴族家族，時間就訂在下次月圓前。」pulingav 點點頭，算是默認了爾仍的規劃，吐掉口中的檳榔之後，開口道：「我這兩天會跟祖靈溝通，沒問題的，倒是日本警察那裡你要想想辦法，要瞞過他們可沒那麼容易。還有，這些日子就讓樂歌安待在家裡吧，她的初經還沒來吧？」

「嗯，還沒有。我得趕快回去了，碰上他們出來巡邏就麻煩了，我走了。」爾仍拍了拍 pulingav 的肩膀，吐掉口中的檳榔，站起身來就迅速地往屋外走去。pulingav 向自己的丈夫使了個眼色，就見男人連忙跟上爾仍，他得要

尾隨護送族長安全到家才放心。

　　等爾仍回到家屋，天色已經黑透了，若不是還有月光，恐怕連路都要看不清楚。她卸下背上的sikau，正準備舀碗水止渴，陰暗中走出一道身影，爾仍定眼一看，居然是早該上床睡覺的樂歌安，她微微皺了眉頭，這孩子這麼晚還沒睡覺，肯定是有什麼事情要說。

　　果不其然，爾仍的念頭剛成形，樂歌安就嚅嚅地張口喊著：「ina……我有事情想跟你說……。」閃爍的眼神四處飄忽，明顯有些心虛的樣子。「說吧，孩子，我在聽。」爾仍清了清喉嚨，她有些想要抽菸，翻著sikau，找出裡面的菸葉捏碎，拔下插在頭髮上的菸斗，塞了一把菸葉進去，就著火塘上的餘燼點上了，今夜的忙碌讓爾仍有些心浮氣躁。

　　「我有喜歡的……喜歡的ａａ……」樂歌安看到ina點起菸斗，聲音更輕更低了，像隻小貓似地幾不可聞。爾仍才剛剛大吸一口菸，被樂歌安的話驚得一口氣鯁在喉嚨裡，咳了半天才緩下來，她沒想到，女兒居然要說的是這個事，菸斗拿在手裡許久沒反應。樂歌安見到ina的表情，頓時有些心慌意亂，她從小就被教導，如果長大後有喜歡的人，隨時都可以和ina提起的，她的身分可以喜歡任何人。但是ina的反應似乎並非如此，這讓樂歌安有些

手足無措。

「ａ ａ……哪家的ａ ａ？」爾仍終於反應過來後，才想起得要循循善誘，讓女兒先將喜歡的人說出來，再決定究竟該怎麼辦，她正好也要把nakivecik的事情告訴樂歌安，這將影響她未來的一生，無論如何，這段時間樂歌安都必須保持穩定。緩緩吐出口中的煙，爾仍很快就在心中謀略好一切，準備今天晚上和女兒詳談人生。

「就是……就是……ina拉敏家的……ａ ａ里本……」樂歌安還沉浸在不安中，吞吞吐吐地才終於將人名說完。聽完這一段話，爾仍睜大了眼，又被自己給嗆了一口氣，若不是即時調整呼吸，恐怕又得要撫著胸口咳半天。拉敏……居然是拉敏家嗎？那可是平民家族啊，雖然拉敏的男人勉強可以算是pulima，但是身分階級還是遠遠比不上啊。

那家的男孩兒叫做里本嗎？爾仍試圖從記憶庫裡搜尋那個男孩子的長相，隱隱約約地似乎有點印象，但是卻很模糊，「樂歌安，他是平民家族的呀，無法和我們家族匹配。」過去部落裡並不是沒有這樣的例子，mamazangiljan贅婚平民家族，身分階級也會隨著下降，如今樂歌安是mamazangiljan的第一繼承人，若是和平民家族共組家庭，她將會喪失繼承人的位置，最多只能保有貴族家族的地

位。

　　而且，爾仍想起另外一件事，在最新一波的徵召名單裡，這個叫做里本的男孩子應該也在其中，她的身分能力保的男孩兒，僅有自己家的丈夫、兒子，以及其他六個貴族家族的男人們，其餘的就心有餘而力不足了。若是里本也在名單裡面，那麼樂歌安的未來會是何種景況呢？爾仍愈想愈害怕，為了家族、為了部落、甚至僅僅是為樂歌安，她都不可能答應這兩個人的交往。

　　樂歌安見ina臉上的表情陰晴不定，心裡也不知該怎麼辦，只是不停地絞著雙手，緊咬著下唇瞪著爾仍，就等ina說點什麼，好讓她可以去跟a a里本報喜。爾仍凝視著眼前亭亭玉立的女兒，過去還那麼小小一點的嬰兒，居然不知不覺就到了會喜歡人的年紀了，只可惜……。她想著該如何和樂歌安解釋，這個長女從出生起就背負的責任，尤其是mamazangiljan的孩子，喜歡一個人從來就不是那麼簡單的一件事。

　　「樂歌安，妳已經十四歲了，我今天晚上要好好跟妳談幾件事情，我希望妳能認真地聽我說，妳知道，我一直都把妳當大人看待，所以，今天晚上是一個大人與大人之間的對話，懂嗎？」爾仍做好心裡準備後，開始拿出族長

的氣勢，試圖以一場談判的模式，開啟與樂歌安之間的對話，她希望今晚能夠讓女兒徹底變成大人。

爾仍牽著樂歌安的手，坐在了主屋內的石板椅上，張開自己的手掌反過來，讓手背上的圖紋，清晰的開展在燭光下，「這是mamazangiljan獨有的權利，這是我們家族擁有的山脈、河川……，最後一個雙鉤紋，代表子民需要向我進貢農作和獵物。」語畢，她將手掌覆蓋在樂歌安乾淨幼嫩的雙手上，凝視著女兒的雙手說，「這是我們家族的榮耀，我希望妳的雙手上，也能有和我一樣的nakivecik。」

靜默一陣之後，爾仍嘆了口氣，見女兒清澈的眼睛裡，仍有一絲困惑，於是繼續說道：「如果妳和一般平民家族訂下婚約，身分將會降級，就不配擁有這樣的nakivecik。即使是妳的弟弟，和部落裡其他貴族家族結婚，一樣會因為是第二個孩子而降級，我們的家族將再也不能保有它了。」爾仍指了指手背上的nakivecik，第一次如此慎重地告知樂歌安，她身上所背負的重責大任。

樂歌安心裡似乎隱隱領悟了什麼，她緊緊咬著下唇，不知道該如何回應ina的交付，「那……我要怎樣才能有這樣的nakivecik？」她遲疑地問出心中的疑惑，覺得這攸關自己的將來，雖然還不太能理解ina所說的話，但她

從小就知道家族的榮耀，是她從小迄今享有特殊待遇的根源。

「我會親口向部落宣布，妳將是我的繼承人，為了讓妳繼續保有尊貴的身分，妳必須和隔壁部落 mamazangiljan 的長子訂下婚約，他會贅婚到我們家族，妳就能繼續管理我所擁有的一切，包括子民、屬地、統領權和稅收。另外，最近外面愈來愈亂，日本警察又來徵召部落裡的青年了，所以最近他們會強制帶走一批人，我只能保護 mamazangiljan 和貴族家族的男人。所以，我將要安排妳的 nakivecik 儀式。這些原本不是現在的妳所要承受的，但是已經沒有時間了，妳能理解 ina 嗎？」

因為急迫地希望樂歌安能理解現下的處境，爾仍幾乎是一口氣將事情都講清楚，也不管女兒的年紀是否能理解她所說的一切，但是爾仍的確是不能再等了。愈來愈少的男人、鄰近部落傳來的不利訊息、傳承自己家族的權利，再加上女兒突然有了喜歡的人，身分居然還是平民，這些在在都考驗著爾仍，如今的一舉一動，不僅受到日本警察的監控，她知道，現在的局勢是過去部落不曾面臨過的，她必須慎重思量，並決斷做出接下來的所有安排。

樂歌安被 ina 所敘述的事情驚嚇到了。依她的年紀，想像不到身為一個 mamazangiljan，需要擔心的事物何其

多。她雖然知道日本警察一直在對部落施壓，ina幾乎每天都要被叫到駐在所去，日本警察兇神惡煞的模樣，她在教育所內感受的很清晰。至於部落消失的那些男人，她只知道是出去打仗了，但是沒有一個人回來，他們究竟去了哪裡？發生了什麼事？她小小的腦袋裡，從來沒想過這件事。如今ina所說的一切，似乎都和自己有密切的關係，她突然有些害怕，喜歡a a里本這件事情，好像也變得微不足道了。

樂歌安緊緊的揪著爾仍的手指，心中的恐懼愈來愈甚，竟忍不住地微微顫抖，「ina，妳跟我說這些，我聽不懂，不是有妳在嗎？妳只要告訴我，我要做什麼，我一定會乖乖聽話的。」樂歌安害怕，怕ina也會像那些消失的族人一樣，會不會有一天，日本警察也會把ina帶走？一想到這種可能性，眼淚就不住的簌簌掉落，一滴滴地落在她和爾仍交疊的手上。

「我在，妳不要害怕，告訴妳這些，只是要妳做好未來繼承人的準備。聽ina的話，喜歡只是一時的感覺，放下里本，妳的丈夫一定會是mamazangiljan的長子。還有，我已經在安排妳nakivecik的事情，最近不要亂跑了，我會趁著這一批青年要被帶走的事情，鬧出一點風波，那個時機就是妳進行nakivecik的時候。答應ina，這一切都是為

了保持家族的榮耀。」爾仍不捨地抹去樂歌安的眼淚，她知道女兒畢竟年紀太小，理解能力有限，但是她也相信自己一手調教出來的孩子，必定會將家族榮耀放在第一位。

這一夜短暫又漫長，當月色從墨黑逐漸現出微光，樂歌安眼角帶著淚滴，躺在爾仍的大腿上睡著了，只是那秀氣的雙眉緊皺，似乎在夢中也被驚懼困擾著。

隔日上午，當樂歌安還困在夢境中時，爾仍已經背著sikau從駐在所趕回來了。她先是和駐在所的警察兼教育所的老師為樂歌安請假，遭到警察一頓數落後，便又被警察耳提面命一番，要她盡快召開會議，通知那些家裡有青少年的族人，務必在下一次月圓前，將人全都找齊了，若有人逃跑，就從mamazangiljan家族或貴族家族裡找人充數。這不僅是在逼爾仍，也同時在逼迫部落族人，不能擅自逃入山區躲避，這是叛主的行為，家屋將無法繼續在部落立足。

想到這一切，爾仍頓時覺得有些煩躁起來，她急匆匆地找了個傳令的青年，讓他去各家屋傳遞訊息，要各家家長下午到廣場上集合。然後又去瞭望台下找到丈夫，要他派個機靈的少年，盯緊駐在所的警察，在會議進行時，務必不能讓警察到附近巡邏。然後又派了一個孩子，前往拉敏的小米田裡，將拉敏請來自己家屋一起吃午餐。之後，

才踏著燙腳的石板，邊喘著氣邊緩下腳步返家。

踏入屋內，一股清涼迎面而來，身上的燥熱終於緩了過來，爾仍連忙丟了幾支竹片進火塘，讓餘燼盡快燃燒起來，從角落的醃甕裡，取出幾塊芋頭粉醃漬的酸肉，隨意抓了一把樹豆，裝了水入鍋就置於火堆上，然後又匆匆忙忙地，把昨晚就烘熟的地瓜芋頭，裝了幾塊在竹籃裡，按照孩子的腳程，這時候拉敏應該已經在趕來的路上了。為了要徹底解決里本和樂歌安的問題，她得要和拉敏把事情攤開來談。

「mamazangiljan……mamazangiljan……我是拉敏，你在嗎？」爾仍剛剛放下喝水的碗，就聽到一縷輕細的聲音傳來，仔細聽，還微微有些氣喘。爾仍連忙回應，「進來吧，拉敏，我在裡面。」爾仍瞇著眼朝屋外看去，一抹嬌小的身影緩步進屋，好不容易習慣了光線，這才看清楚拉敏一臉是汗，有些靦腆地站在門旁靜候著。爾仍走上前去，拉過拉敏的手，「坐吧，鍋裡的酸肉湯剛好，我們等下配著地瓜芋頭吃。」

拉敏有些手足無措，心裡忐忑著族長呼喚她來的原因，她坐在火塘旁，楞楞地望著被塞入手掌的芋頭，火塘上的鍋子正咕嚕嚕地滾著，熟悉又久違的肉味從鼻端拂

過。沒多久，爾仍湊過身來坐下，已經盛了湯的碗，塞到她另一隻手上，拉敏這才回過神來，急忙地推拒道：「mamazangiljan⋯⋯不用了，我有準備芋頭在田裡，等下回去吃就好，您找我來有什麼事呢？我聽著。」

爾仍拍了拍拉敏的肩膀，露出平和的微笑，「客氣什麼呢，吃我家的一樣，我們邊吃邊說吧，快吃。」說完，怕拉敏不好意思開口吃食，自己就先喝起碗中的湯了。「拉敏，你有個兒子叫做里本吧，幾歲了呢？」爾仍低著頭，不想讓自己的眼神帶給拉敏壓迫感，啃著芋頭緩聲問著。

「里本⋯⋯他闖了什麼禍嗎？十七歲了，是祖靈賜給我的第一個孩子。」拉敏迅速回憶這段時間裡，里本是不是做了什麼事情，竟惹來族長的詢問，忍不住抬起頭來，望向身旁的爾仍，握著芋頭的手下意識地緊了緊。「拉敏，別著急，孩子沒做什麼事，今天是有兩件事情要跟你談談，你先吃點東西。」拉敏提到喉嚨的心跳，終於慢慢地安靜下來，沒闖禍就好，族長應該是有什麼事情要孩子去做吧。

「拉敏，前幾天日本警察又找我過去了⋯⋯。」拉敏剛剛平靜的心，突然又爬上了喉嚨，日本警察？丈夫都還沒回來呢，這次⋯⋯是要帶走孩子嗎？拉敏突然覺得一股

鼻酸湧上來，想起已經一年沒消息的丈夫，她有些想念了。看見拉敏的神情，爾仍知道一向敏感的拉敏，必然是想到了自己的男人，也猜到日本警察的目的了。

「你猜得沒錯，日本警察這次要讓年輕人去了，里本也在名單裡。下午我會召開部落會議，就是要宣布這件事情。我只是先跟妳說了，因為還有一件關於里本的事情，得要和妳討論。」爾仍又拍了拍眼前女人的肩膀，希望能安撫她一番，但是爾仍知道，連著兩件事情都會讓拉敏不好過。

兩個女人坐在火塘旁相對無言，卻完全沒想到，在屋子裡的石板床上，樂歌安正縮在角落裡偷聽。

樂歌安原本是在睡覺的，爾仍進門後連番大動作，將她從夢裡吵醒了，她想著反正ina在忙，她就繼續賴床躺著，等ina準備好午飯，自然會來叫自己吃飯。樂歌安沒想到，這一等竟等到了a a里本的ina，等到拉敏進門後，她更不敢出聲了，只得縮窩在床角邊，聽著兩個ina的對談。

「拉敏，我家的樂歌安說，她喜歡里本，妳知道這件事情嗎？」爾仍又啃了一口芋頭，想要輕鬆一點的和拉敏談這事。拉敏手中的芋頭這下再也握不住了，咕咚一聲掉

落在火塘旁，她睜大了眼睛看著爾仍，嘴中幾乎不成句地回應，「我不知道……不會的……這孩子不會的……他知道部落的規範……不行的……」拉敏放下手中的碗，緊緊握著爾仍的手，拚命地搖著頭，她辭不達意，只好藉著這種方式表達自己的意思。喜歡上領袖家族的女兒？這在拉敏的思想裡，是絕對不曾也不能發生的事情呀。

「拉敏，妳先不要害怕，聽我說，我說的是，樂歌安說她喜歡里本，沒有說是里本的意思，妳先不要緊張。」爾仍只當這是兩個孩子不懂事，喜歡根本還算不上什麼感情，只要把身分說清楚，兩個孩子自然是不可能在一起的，她只是想先跟拉敏打聲招呼，沒想到拉敏的反應會如此激烈。

「我知道妳們家一向守本分，妳的丈夫如果不是去了戰場，手藝也算得上是優秀的 pulima，將來還有可能擔任貴族家族的藝匠，我相信妳們的教育。這應該只是兩個孩子不懂事，說著玩的，妳不要這麼激動，我們好好討論怎麼做才好。」也許真的是感受到了爾仍的誠意，拉敏這才又蹲坐在地上，撿起剛剛掉落的芋頭，族長賜予的食物，可不能隨便糟蹋。

「mamazangiljan……我回去一定會好好打一頓里本，這種念頭想都不能想，何況是說出來，我一定會好好教訓

他的……。」「拉敏啊，孩子都比妳還高了，不能再打了，妳好好跟他說，而且……他這次會被徵召，妳要不要先找家女孩兒締約，至少……還能為妳的家族留下一顆種子……。」爾仍有些艱難地把話說完，看著拉敏的眼光裡，有著身為族長的擔憂和考慮。

「mamazangiljan……孩子真的會像他的ama一樣，去了戰場也沒消息嗎？他是我的第一個孩子啊。」拉敏驚慌地看著爾仍，如果真的如族長所說，那她該怎麼辦？其他的孩子都還小，現在家裡的勞力工作，幾乎都依靠里本，若是連里本都走了，她還能依靠誰呢？絕望如風吹過的小米田一陣陣襲來，拉敏有些支撐不了殘酷的現實，差點就要趴倒在石板地上。原本清涼的觸感，竟突然如冷冽的冬季一般刺骨。

「如果妳不介意我做主的話，部落裡有家女兒的年齡和階級，都和你們家匹配，那個女孩兒排行老三，可以入住到你們家屋，這樣妳也算是多了一個家人了。徵召是下次月圓的時候，我幫妳去提親，讓兩個孩子趕快在一起，順利的話，就能為妳家留下種子了。」爾仍撥了撥火塘裡的餘火，她一向思慮周全，事情想好該怎麼進行之後，絕不拖泥帶水，會依序徹底執行。

其實這麼俐落的協助拉敏家也是有原因的，除了斬斷

樂歌安的情愫之外，拉敏的丈夫一年前被徵召走了，里本下面還有三個年幼的弟妹，家裡還有一個年邁的 vuvu，一個女人拖老帶小的不容易，平日裡爾仍就特別關照這家，如今連里本也要被迫離家，她是真心擔心拉敏會撐不下去，如果家裡多個女人幫忙，應該會好過一些。

躲在床腳的樂歌安，聽到自己的 ina 這麼一提，眼淚成串的掉落，ina 居然要 a a 里本去娶另一家的女孩兒，這讓她的心裡難受極了。她緊緊握著前一日里本相贈的木梳，有些怨恨起 ina 來了。昨晚 ina 和她說的話，雖然喚起了樂歌安的使命感，但畢竟是情竇初開，也沒這麼容易就放下。

「我家世代受 mamazangiljan 庇佑，這次還有 mamazangiljan 親自做主婚嫁，這是我們家族的榮幸，如果里本去戰場是定數，那……那……就依照 mamazangiljan 說的去做吧。」拉敏默默地啃完了手上的芋頭，她知道爾仍的想法，不管是不是樂歌安單方面的喜歡，里本都必須盡快成立家庭，讓兩個孩子絕無任何可能。而且，爾仍說的沒錯，如果里本將和他的 ama 一樣上戰場，的確需要有個女孩兒進門，並盡快為他懷上孩子，為自己的家族延續家屋之名。

兩個女人很快地就將事情商議定了，爾仍後來陸陸續

續地又講了些細節，拉敏認真地聽著需要準備的事宜。火塘上的肉湯，從滾滾沸騰到逐漸涼卻，直到浮出一層油脂，里本這個孩子的婚事，也就大致底定了。樂歌安從頭到尾仔細聽著，連那精細的木梳扎進了掌心，沁出點點血跡都沒發現，這一場少女的早戀，就硬生生地被兩個ina掐斷了。

　　午飯時間過去，蟬鳴聲響徹雲霄，叫的人昏昏欲睡，爾仍將鍋碗簡單收拾了一番，拉敏正準備告別走出門，爾仍連忙叫住了她，「別走了，待著吧，我召集了族人，等一下大家都要到了。」爾仍示意拉敏繼續在火塘旁坐下，這才想起一整天了，都沒見到樂歌安的身影，這孩子怎麼連午飯都沒回來用呢，又瘋到哪裡去了。她走進內間，準備看看樂歌安的書包和sikau，書包不在就表示去了教育所，sikau不在的話，那肯定就是又和吾艾出門玩瘋了。
　　一踏進內間，竟才發現樂歌安淚流滿面地縮在床上，爾仍心裡驚了一下，難道剛剛和拉敏的對話，這孩子都聽到了？她走上前去，凝神盯著樂歌安看，「樂歌安，妳一直都在家？我和ina拉敏說的話，妳全都聽到了？」樂歌安心虛地低下頭，「嗯，ina，我都在。」爾仍原本有些心驚的情緒，這下突然也開闊了起來，聽見就聽見吧，這孩

子遲早要面對這一切，聽見了不見得是壞事，至少，省得她還要費一番口舌。

「出來吧，鍋裡還有一點湯，配著芋頭吃。也和ina拉敏打聲招呼。」樂歌安低聲回應，慢吞吞地從床上溜下來，整理了身上的衣著，拖著腳步走到火塘旁，「我是樂歌安，ina拉敏好。」原本還有些恍神的拉敏，聽見低聲地招呼聲，這才發現眼前正站著一個少女，不正是mamazangiljan的vusam[15]樂歌安嗎？她連忙站起身來，有些慌張地不知該怎麼回應，「樂歌安好，吃飯了嗎？」話才說完，拉敏就忍不住想咬掉自己的舌頭，剛剛她和mamazangiljan一起吃飯的，樂歌安現在才從內屋走出來，肯定是沒吃飯的啊。

「嗯，ina叫我出來吃飯，ina拉敏你坐。」樂歌安始終沒敢抬起頭，一是自己的眼睛定然又腫又紅，二是眼前的女人是a a里本的ina，她有點不知該如何面對。爾仍恰好從內屋走出來，對著拉敏說道：「都坐下來吧，我們剛剛講的話，樂歌安都聽見了，這樣也好，我就不用再說第二遍了。」然後就著樂歌安的身邊也坐了下來。一時之間，屋內的三人竟是無言以對。

---

15 Vusam，排灣族語，種子，長嗣之意。

屋外開始傳來了動靜，有些說話聲隨著腳步聲逐漸接近，爾仍抬頭望了天窗的天色，預估各家屋的代表，應該正往這裡聚集了，於是交代樂歌安，「妳留在屋子裡吃飯，我等下要和族人開會，妳在裡面好好聽著，跟妳有關係。」輕輕撫了撫樂歌安的頭髮，爾仍轉身和拉敏點了點頭，起身一起往屋外的廣場走去。

　　爾仍看著廣場上聚集的族人，大多都是女性，這幾年因為戰爭的關係，部落的男人消失了不少，除了mamazangiljan和貴族家族之外，大多數的家族只餘下老人、女人和孩子。她感到有些眼酸和心疼，過去除非有大型征戰，否則部落已經不會再出現這種景況了，這是她統御的屬地和子民，眼睜睜看著情況發展到現在，她覺得自己有愧於祖靈。

　　清了清喉嚨，現場安靜了下來，「今天找大家來，是因為日本警察又要徵召了，名單已經出來，共有十個青年要出去，分別是阿發拉詹、巴拉查沙、夫露夫露……，你們這些家裡滿十七歲的孩子，在下次月圓的時候集合，這是日本警察的想法。但是我……」爾仍話還沒說完，廣場上的族人就發出一陣騷動，被點到名的家族頻頻叫喊，對於又有孩子要被送去戰場十分不滿，於是發出了抗議的聲

音。

　爾仍只好高舉起雙手，要大家安靜下來，聽她將話說完，「我知道大家都很不高興，但是，這些日本人已經在這裡太久了，我們的父祖輩也曾經對抗過，大家都聽過或見過那些流傳下來的武器，為了你們不再受到那些槍火的殘害，我和鄰近部落的mamazangiljan只能做出妥協，為大家保留最後的土地和傳統。」爾仍覺得有些難過，如果不是為了維持部落完整，她也想和這些日本人正面對抗。

　「我聽最靠近山下的那個部落的mamazangiljan說，日本人最近狀況不好，很有可能就要離開了，這一次，希望我們是最後一次送青年出去，我和鄰近幾個部落的mamazangiljan都有保持聯絡，只要有機會，我一定會帶領大家反抗的。」爾仍微微提高了音量，她希望這些傳來的訊息是真的，除了激勵她自己之外，也能夠振奮大家的鬥志。

　「真的嗎？」、「這是真的嗎？」、「真的是最後一次嗎？」此起彼落的疑問聲、驚嘆聲從廣場上傳出，爾仍的這一番話，確實達到了作用。日本人來了之後，雖然生活變得比較便利了，但是也有很多規範和限制，尤其是對槍枝的管制，讓族人無論是在防衛或狩獵上，都不再如以往自由。更不用說，禁止祭典的進行、獵場的管理、和強

迫改種水稻等等改革，都違反了過去的傳統。

爾仍再次開口時，微微眺望了駐在所的位置，有警戒的哨兵揮舞了手中的獵刀示意，表示沒有日本警察靠近開會的廣場，「這一次，我需要大家的幫忙，我已經委託了狩獵家族的查馬克，他會在下次月圓的時候，帶領十個青年先去山上躲藏，我會集合貴族家族的男人，假意上山去搜查青年的下落，到時候……我會斥責十個家族……」她微微停下了話語，眼光掃向前方的幾個家族代表。

「到時候，要委屈你們了，但是請相信我，我是為了部落的完整，為了將傳統繼續下去。」「mamazangiljan，您要做什麼呢？」其中一個家族的代表出聲了，他希望爾仍能夠給他們一個解釋，家裡已經要送走一位青年，如今還要受到mamazangiljan的斥責，這一切都是為了什麼呢？

「我在這邊正式宣布傳位給樂歌安，她是我們家族的vusam，為了讓她擁有族長繼承人的身分，這段搜山期間，就是為她施行nakivecik儀式。這樣，未來我便可以和大家一起對抗日本人了。」爾仍語氣堅定，眼中發出睿智的光芒，緊握的雙拳展示著她的決心，廣場上的族人，無一不被她的氣勢所懾服。

樂歌安楞楞地站立在屋內，看著陽光下的ina，這是她第一次認真看著自己的母親，站在所有族人面前發言，

也終於理解了，為何族人如此尊崇她。剛剛ina宣布自己為繼承人的訊息，即使昨天夜裡便已經知道，但這一刻樂歌安才清楚的認知到，身上所將擔負的責任何其重大。她張開雙手正反的看著，就在下次月圓時分，手背上將會紋上mamazangiljan專有的圖紋，一如ina所說，那是榮耀家族的徽記。

重逢

　　吾艾起身踢了踢腿，說了一下午的話，她都覺得口乾舌燥了。太陽已經沿著山脈稜線落下，金澄澄的餘光還是很亮眼，她嘆了口氣拍拍魯真的肩膀，「我去倒杯水啊，接下來繼續跟妳說，那幾天在山上的日子，大概是我這一輩子最驚險的記憶了。」語畢，便朝著屋內去了，魯真有些恍神，她想著剛剛vuvu吾艾訴說的回憶，竟彷彿是看了場電影般的不真實，原來，自己的vuvu竟有這麼一段故事。

　　吾艾顫顫巍巍地從屋內走出來，手上拿著兩杯水，一杯遞給了魯真，一杯囫圇幾口便下了肚，她手指著左後方的山脈，「那時候我們還住在老部落，從老部落出發再往山裡走，大概走了足足一天的時間，到的時候已經晚上了。」繼續在藤椅上坐下，吾艾端起了地上的檳榔籃，熟練地又剖開了檳榔，一顆先是放在了魯真的手心裡，一顆塞進自己的嘴裡，又開始叨叨絮絮的憶起過往。

月圓前一個月，爾仍就以女兒咳嗽不停的藉口，讓樂歌安不用再到教育所去上課了，那時候，日本人最怕傳染病發生，所以立刻就同意了爾仍的請求，甚至要求將樂歌安送到山上去短暫隔離，還得要對族人保密。

　　這正是爾仍心裡所期待的結果，她讓丈夫布嘎率同兩位老獵人，帶著久布蘭和樂歌安啟程，往山裡的獵寮出發了。那獵寮在哪個方位，連爾仍都不知道，直到隔日布嘎返程抵家，她繃緊的心才稍稍鬆了一口氣。接下來，還有許多事等待進行，她必須要全神貫注來面對，部落裡的生活得要照舊，千萬不能引起日本警察的察覺。

　　過了三日，原本陪同一起上山的兩位獵人，回來了一位，幾乎是馬不停蹄地立刻就找爾仍報到，說明獵寮裡的一切已經準備好了，就等待第二批人上山。爾仍拍了拍獵人的肩膀，要他回家先休息，等候人去通報。這時候四個貴族家族的掌家者，以及 pulingav 和三位助祭，加上樂歌安的隨侍吾艾，一行人以為部落除穢的名義，正正當當地從日本警察眼下離去，往樂歌安所在的方向前進。

　　當時日本警察正緊盯十個即將被徵召的青年，又見那幾個上山除穢的族人，除了 pulingav 之外，老的老、小的小，根本不足以為患。另外，部落裡同時有兩場婚禮要舉行，嫁娶的男方都是即將要上戰場的人，部落裡的

mamazangiljan屆時會為兩家主婚，重要的人都在部落裡，顯然必須警備的重心在部落，也就不太關注那一小群在此刻離開的人。

「那一次，情況特殊，我的身分應該是不允許在現場的，但是我的ina收到爾仍族老的指派，要我跟隨一批vuvu們上山。我走得好累啊，一開始我自己走，走到都哭了，我腳底還起水泡了呢，到後來是幾個vuvu輪流背著我。我記得天都黑了，vuvu們還不肯點燃火把，堅持靠月光的照射走到的。」吾艾笑了笑，抬起腳指著大拇指處，有些羞澀地戳了戳疤痕處。

「我們到的時候，只有一位獵人在保護樂歌安和ina久布蘭，獵寮裡很乾淨，ina久布蘭看我們到了以後，就叫我和樂歌安去附近的水源地洗澡，回來之後就被趕去睡覺了。我只知道那些大人一整個晚上都在開會，不知道說些什麼。我和樂歌安縮在月桃蓆上面，趁著大人沒注意的時候，把一把木簪塞到樂歌安的手裡，那是我要出發前幾日，ａａ里本交代我帶給樂歌安的，還說有一句話一定要講。」

「什麼話？那支木簪……就是這支木簪嗎？」魯真急迫地發出疑問，舉起手中緊握的木簪。那木簪顯然年代已

久，木頭上已經被摸觸的極為平滑，甚至透出木質特有的光澤，在頂端有一個立體的人形紋，腳下是一條環繞的百步蛇，接著是山形紋，每隔兩座稜線便鑲嵌一個筆尖般大小的銀點，手工極為精緻細膩，帶點低調的奢華。

吾艾拿起魯真手中的木簪，瞇著眼就著餘下的陽光細細斟酌，時間實在是太久遠了，她其實已經有些忘記了木簪的樣子，何況，因為怕被人發現，她始終都藏在最貼近身體的衣服內層，根本沒機會好好地看一眼，但顯然手中這支木簪的確有些眼熟。她嘆了口氣搖搖頭，「魯真啊，原諒我已經老了，我的眼睛和腦袋，都已經忘記那支木簪的樣子了，我不確定是不是這一支啊。」魯真有些失望地應答，「沒關係的，vuvu 吾艾，您繼續說吧。」

那是吾艾第一次，也是唯一一次觀禮 nakivecik 儀式，因為在此之後，nakivecik 儀式就徹底被後面的外來者禁絕了。

第二天一早，吾艾和樂歌安被 ina 久布蘭從夢中搖醒，久布蘭要吾艾和樂歌安到水源地去，好好的洗把臉，然後遞給吾艾幾支竹筒，要她記得將水裝滿了帶回獵寮。兩人出門的時候，就看見四位貴族家族的 vuvu，分別站立

在屋子的四個角落，手裡拿著芋頭配著水安靜地啃著。

　　兩個女孩兒都知道現在情況特殊，急忙地到水源處將自己打理好，就匆匆地趕回獵寮裡，入口處已經點燃了火塘，繞過火塘有兩張平鋪在地上的月桃蓆，兩張立起來的月桃蓆形成一個圓，ina久布蘭正在裡面準備東西。三個助祭正在整理檳榔，pulingav看著樂歌安說：「樂歌安，妳即將要進行nakivecik儀式，水少喝一點，一次一口就好，芋頭一次一顆就好。記住，施針的時候不能說話，再痛也不能哭，直到儀式結束，妳是mamazangiljan，不能讓妳的家族蒙羞。」pulingav的語氣嚴厲又慎重，看得兩個女孩兒一陣寒顫，樂歌安應了一聲，低下頭安靜地吃起芋頭。

　　「妳的ina為了這場nakivecik儀式，正在部落裡做努力。十個要被徵召的青年，也會因為妳的nakivecik，將要做一場叛逃，會為叛主的罪名遭到責罰。甚至我和久布蘭，與四個貴族家族的掌家者，回去之後也會被日本警察處分，這一切都是為了妳、為了部落，好好地進行完這場儀式。這三天我會設下結界，召喚祖靈守護，妳就安心地讓久布蘭為妳刺上最美麗的nakivecik。」pulingav看了眼屋內，將三位助祭招來身旁，低聲地說了幾句話，轉身交

代起吾艾的工作。

「吾艾，這幾天妳要守在樂歌安身邊，妳就是她的手，她要吃飯、喝水這些事情，全部由妳來做，還有，妳要為她擦汗，千萬不能讓汗水滴在手上，記住了嗎？」吾艾看著 pulingav，楞楞的點點頭，連忙也學起樂歌安，安靜地啃起芋頭。

三個助祭分別向 pulingav 報告準備好時，久布蘭也從圍成圓形的月桃蓆走了出來，她牽起樂歌安的手，走向打開的圓型，指著裡面說道：「mamazangiljan，我預計三天能完成 nakivecik 儀式，那兩個立起的木樁，妳的雙手要穩穩地放在上面，施針時不能說話、不能哭，連發抖都不行，否則刺出來的圖紋就會失敗，記住了嗎？妳是 mamazangiljan，一定忍得住這種痛。我記得妳的 ina 當初 nakivecik，很堅定地動都不動，我相信妳也能做到的。」久布蘭相較於 pulingav，說話明顯要溫柔了許多，樂歌安看著 ina 久布蘭，眼神裡透出著堅定和勇敢。

pulingav 和久布蘭彼此對看了一眼，又和守在屋內的四個貴族家族打了招呼，布置好三個助祭的位置，盤腿坐在正門前，就面對著山脈的稜線，「久布蘭，那我們就開始了，從此刻開始，一直到妳今天停下，才可以交談，大家都記住了嗎？」分布在不同處的族人都紛紛應聲。久布

蘭也牽起兩個女孩兒的手，帶進了月桃蓆圍成的圓圈內，就定位之後，開始了nakivecik儀式的第一步。

「圓圈裡面有兩個木樁，三個木頭做成的椅子，還有一個大大的鐵鍋翻過來，我看到一塊棉布上，有一把小刀、一副刺針，還有幾支竹子編成的刮血器，旁邊有一大疊乾淨的布，那是用來為樂歌安擦汗的。我看到ina久布蘭一手拿起小刀，塗上鐵鍋底部的鍋灰，一手握緊那副刺針時，我的心臟都快要跳出來了。ina久布蘭還拿了一截細竹子，要樂歌安橫塞到嘴裡咬住時，我當時真的好慶幸自己不用紋手啊，哈哈哈。」

吾艾拍著自己的大腿，哈哈大笑起來，可是眼睛裡卻噙著淚水，「魯真，妳知道嗎？我以前都認為妳的vuvu是個吃不了苦的女孩兒，直到那天，我才知道她有多勇敢。」吾艾凝視著眼前的山脈，想起那個清晨，眼睜睜看著兩隻細針，夾在木頭縫內以藤緊纏，ina久布蘭用小刀刀柄，狠狠地就往刺針上敲下，緊貼著樂歌安手背的刺針，就這麼猛地刺入皮膚，瞬間就冒出了大顆的血珠。

儘管樂歌安做好了心理準備，在腦海中想像曾經遭遇過最大的疼痛，但畢竟想像距離現實太遙遠，當久布蘭的第一針刺入肌膚時，仍然讓她全身精神緊繃，尖刺的疼痛

感侵入四肢百骸，橫咬在上下脣之間的竹枝，似乎硬生生地被齧咬穿透，她閉上眼睛忍了忍，最終還是顫抖了幾下身軀。

　　樂歌安皺緊了眉頭，死死地咬緊嘴中的竹子，突然想起 pulingav 和 ina 久布蘭的交代，絕對不能哭、不能出聲、不能抖動，於是她只能狠狠地吸氣再吸氣，仰起頭將眼眶中的淚水含著，說什麼都不能落下。久布蘭沒在第一時間就把刺針拔出來，她盯著樂歌安的臉色，要樂歌安再感受一下這種疼痛，下在大拇指的第一針是最痛的，唯有適應了，接下來才能順利進行。

　　見到樂歌安的身體忍不住痛的抖了一下，久布蘭才將刺針穩穩地拔出來，沿著爾仍和她商討過的圖紋，一下下地、認真地繼續第二針、第三針……，刮除血跡、抹上鐵灰……，直到大拇指上最神聖的圖紋完成。久布蘭示意吾艾擦汗，吾艾這才趕緊為樂歌安拭去額頭上細密的汗珠，還有雙臂上因為疼痛而冒出的汗水。久布蘭再指了指脖子，吾艾才發現，原來樂歌安連脖子、背後也都被汗水浸濕了。

　　久布蘭從樂歌安逐漸放鬆的手部肌肉判斷，她應該已經對於疼痛麻痺了，於是加緊手中的速度，繼續往第二隻手指頭進行拍刺。因為和爾仍在事前的討論充分，每個指

節間的圖紋，久布蘭都牢記在腦海中，她只需要依據樂歌安手指的大小，決定圖紋的比例。她在之前就仔細丈量過樂歌安的手背，只要樂歌安克服大拇指的疼痛感之後，牢記施針中的禁忌，接下來大致就沒問題了。

屋中迴盪著久布蘭有節奏地拍刺聲，吾艾也在一旁緊盯著樂歌安和久布蘭，一旦她們的額頭或臉頰上出現過密的汗珠，她便會起身靠近，先拿起手中的布塊示意，等對方點點頭之後，就上前擦拭那滿布的汗水。

原本尖銳的刺痛感一陣陣傳來，樂歌安先是不斷地透過呼吸，試圖調整自己對疼痛的適應，慢慢地，手背已經麻木了，她不再感受到那麼強烈的痛感。只覺得自己的意識有些迷茫，她抬起眼往屋頂上方看了看，突然發現正有個 vuvu 飄浮在空中，臉上是滿布的皺紋，正對自己和藹地微笑著。

空中的 vuvu 對她伸出手來，樂歌安眼尖的發現，那隻手背上有著極其複雜而美麗的 nakivecik，是自己從未見過的圖紋。渾渾噩噩的樂歌安，在此時聽見一道低沉的聲音傳來：「孩子，來吧，我終於等到妳了。我帶妳去看看，妳的祖先們所統御過的屬地，還有一切故事的起點。」

於是，樂歌安覺得自己也輕飄飄地浮了起來，但是視

線往下一看，明明 ina 久布蘭和吾艾甚至連樂歌安自己，都還在屋內，正在專心地看著木樁上的那隻手，再往四周一看，她還能夠見到月桃蓆外圍，盤坐在地上的 pulingav 和三位助祭，形成一個菱形的形狀，將月桃蓆圍成的圓圈，緊緊地護衛在其中。

後來，她感覺到自己飄出了屋外，不算太大的獵寮，四處角落分別站立著四位 vuvu，她認得這些老人們，是常常和 ina 在 aivaliyan 開會的耆老，分屬不同貴族家族的掌家者，原來，自己被保護得如此周全。

「孩子，跟上我，妳會看到更多。」樂歌安抬頭看見剛剛那位 vuvu，正伸出那有著美麗 nakivecik 的雙手朝著自己而來，她有些猶豫地伸出自己的右手，看了看上面尚未刺有任何圖紋的手背，然後又看了眼眼前的老人問道：「我是樂歌安，vuvu，妳是誰？要帶我去哪裡呢？」樂歌安對於眼前的一切都感到困惑。

「我是爾仍的 vuvu，妳要叫我 qaqidung，妳沒見過我，但是妳的 ina 爾仍見過我，來吧，我帶妳去看看最古老的部落。」和煦的微風輕輕揚起兩人的衣角，樂歌安看著巍峨綿延的大山在眼前展開，陽光柔柔地灑遍大地，遼闊的土地、河川無限蔓延，直至視線的盡頭。

「那裡，是太陽升起後，第一道光線照射的地方。」
qaqidung指著東方山脈的一道稜線，轉身向樂歌安說道，
「也就是我們家族誕生的地方。」樂歌安睜大的眼睛，試
圖看清楚那距離自己有些遙遠的地方，「好遠啊，我們是
從那裡來的嗎？」樂歌安喃喃的問著，qaqidung點點頭
說：「我們是從那裡開始的，然後人愈來愈多，就沿著這
條溪往下開拓，遇到適合居地的地方就停下來。但，也有
些時候是遇到戰爭，或者是疾病，所以不得已得離開。」
qaqidung的聲音有些消沉，指著順著山脈而下的溪流，似
有些哀傷。

　　「每一次分離，就會有孩子帶著原來的家族名，直到
尋找到定居的地方，然後延續原有家族名，為新落成的家
屋命名，如此代代相傳，所以，妳會吟唱歷代的家屋名了
嗎？」qaqidung慈祥的對著樂歌安笑了笑。「我……
我……我還只能背到第四代……。」樂歌安囁囁地回答著
老人，有些心虛以前實在太不認真了。「四代嗎？妳要加
油了，我們家族可是超過了數十代啊，可惜了，上回我聽
到妳ina的召喚，也只能到十代而已。有些故事就這麼被
忘記了……。」qaqidung的哀傷似乎又更重了些。

　　「妳知道我們家族的土地在哪裡嗎？四方的界線又是
如何分辨知道嗎？」慈祥的qaqidung牽著樂歌安白淨的

手，以老鷹飛翔的高度俯瞰著地面。樂歌安搖搖頭，以前每次 ina 說要帶她去巡視土地的時候，她總是找藉口不肯跟去，因為總要走好遠好遠的路，實在是太辛苦了。反正各貴族家族的掌家者，也會來家裡向 ina 報告土地的情況，她跟過 ina 參加幾次 aivaliyan 的會議，知道這些家族們，分別有協助掌管的各項事務。

「我召喚鷹族過來吧，這樣巡視太累了。」於是，qaqidung 發出一段古老的語言，一段樂歌安從來沒聽過的語言，然後便見到三兩隻老鷹，揮動著巨大的翅膀來到眼前。樂歌安以前聽 ina 說過鷹族的故事，但老鷹飛得實在太高了，她其實並未真正見過老鷹的樣貌，尖銳犀利的眼神、尖鉤的鼻子和張揚的爪牙，嚇得樂歌安緊緊拽住 qaqidung 的雙手，不敢有片刻鬆手。

「不要怕，孩子，祂們是使者，和百步蛇一樣，都為傳遞祖靈的訊息而來。來，我們坐上去吧，讓祂們帶著妳，去好好看一看自己的屬地。」於是，跟隨著 qaqidung 身後，樂歌安輕巧地坐上了老鷹雙翅之間，朝著地面俯衝而去。「北面以這條稜線為界，這面是我們的，翻過稜線就是另一個 mamazangiljan 的屬地，我們有過很美好的盟約，千萬不能忘記。」老鷹帶著兩人沿著稜線飛行了一會兒，然後轉向西方前進。

腳下是一條溪流，這條溪流樂歌安有點印象，她和
ina曾經來這裡，和山下的平地人交換過鹽巴和鍋子，那
一次，她還吃到了糖果，所以印象特別深刻。「這條溪以
西是另一個mamazangiljan的地盤，以東就是我們家族的範
圍了，以後妳要注意，這個mamazangiljan家族從以前就好
戰，常常會越過地界前來挑釁，知道嗎？」樂歌安點點
頭，心想回去以後一定要提醒ina，還有管理這條溪的貴
族家族。

　　沿著溪流，老鷹降低了飛行的高度，樂歌安覺得自己
的雙手，幾乎都可以碰到樹梢了，「樂歌安，這裡也是部
落主要的水源地，看看前方那間獵寮，妳的身體正在裡面
進行nakivecik儀式。族人生存最重要的是水源，作物也都
需要水源，所以水源地的保護是非常重要的，一定要記
住。」樂歌安俯瞰腳下的清澈河水，想起每回ina總是特
別關注水源，這才理解，原來沒有水源部落就無法生存
啊。

　　繞過一片森林，老鷹們陡然傾斜滑翔，眼下是四處分
散的聚落，一群群的分布在山腰上，有些是茅草搭蓋的屋
頂，有些則是和部落一樣的石板屋頂，有的聚落很大，有
的聚落不過十幾戶。遠遠地，竟還有一大片藍色的土地，
她的世界沒有海洋的概念，只以為那也是一種土地的顏

色。

　　樂歌安覺得自己十個手指頭，再加上十個腳趾頭，可能都算不出來這些聚落的數量。「這裡，是最危險的，地界已經很模糊了，現在大概就是這條沿著山道建立的路線。那些茅草屋的房子，都是想要進入部落的人，你們以後要小心的是這些人。」qaqidung皺著眉頭，握緊了樂歌安的小手，慎重地交代著。

　　「qaqidung，這些人以後會到我們的部落嗎？我回去一定會告訴ina要小心的。」樂歌安也回握了qaqidung的雙手，眼睛裡滿是堅定，她知道自己未來將會繼承母親的位置，但是現在她還太小，她可以將這些事情全部告訴ina，讓ina先準備好。

　　「傻孩子，那是以後妳會遇到的事情了。現在，我要送妳回去了，再好好地看一眼吧，這是尚未被分散時的部落範圍，把這些全部記在妳這裡。」qaqidung指了指樂歌安心臟的位置。老鷹正在緩緩地下降，樂歌安可以看見那間獵寮了，自己剛剛跟著qaqidung飄出來的地方。

　　「這裡嗎？qaqidung，你要走了嗎？我以後還會看到你嗎？」樂歌安撫著自己的左胸口，抬頭望向眼前的老人詢問著，獵寮的屋頂幾乎就在腳下了，她甚至看見守在四

個角落的耆老，抬起頭正往天上不斷張望。「對，記在妳心裡。看看妳的雙手，很美麗呢。我們……一定還會再見面的。」qaqidung輕輕地撫摸樂歌安的頭，然後和藹的一笑，便消失了蹤影。

樂歌安正想開口說話，突然發覺自己嘴裡正咬著一截竹枝，喉嚨有些乾澀的發不出聲音來。她眨了眨眼，眼前的人赫然是施針的ina久布蘭，此刻久布蘭正凝視著她說：「好了，成功了，樂歌安，妳很勇敢，妳榮耀了妳的家族。」然後伸出了手，摸了摸樂歌安的頭，一如qaqidung最後的那個舉動。

吾艾一聽見ina久布蘭開口說話，就知道整個nakivecik儀式已經完成了，自己也終於可以開口說話了，於是連忙將橫在樂歌安口中的竹枝拿下，問道：「樂歌安，妳還好嗎？一定很痛吧，每天天黑以後，妳就直接倒頭睡覺，好像連說話的力氣都沒有，我們都不敢吵妳，妳還好嗎？」吾艾邊為樂歌安擦拭額頭上的汗水，一邊拿起水碗餵她喝水，連著三天樂歌安都安安靜靜的，真的嚇壞了吾艾。

「完成了嗎？」樂歌安抬起雙手，睜大眼睛注視著浮腫瘀青的雙手和手臂，現在還完全看不出來圖紋的形狀，她有些訝異地看著久布蘭，「ina久布蘭，nakivecik儀式

完成了嗎？我……我……」久布蘭微笑地點點頭，「是啊，妳應該是遇到什麼人了吧，pulingav跟我說，不要驚擾妳，她看到有祖先來到這裡保護妳。」語畢，便打開了月桃蓆圍成的圓形，走出去呼喚著pulingav，沒多久，pulingav和三位助祭，以及屋外的四位貴族家族的耆老，紛紛走進屋內，朝著樂歌安點頭微笑。

「樂歌安，我看到妳的qaqidung來了，這幾天應該都是她護佑著妳吧，妳們有說話嗎？」樂歌安瞪大了眼，連忙朝pulingav點頭，說道：「對，她說是我的qaqidung，她帶我去……」，pulingav手一揚，打斷了樂歌安的話，「不要說，那是妳們mamazangiljan家族的事情，不能告訴我們，妳自己記住就好，也可以等到回家以後跟妳ina說。」pulingav這麼一提醒，四周包圍的人才赫然領悟，樂歌安和已逝的族老都是mamazangiljan家族，他們的事情不是一般家族可以知道的，四位耆老才開口轉移話題，和pulingav討論有關於回程的時間與安排。

依照爾仍的策劃，這個時候部落裡應該正一團亂，為了追捕十個叛逃入山的青年，爾仍一定正在和日本警察斡旋。pulingav認為，樂歌安的手還需要養護一段時間，還是分成兩批次返回部落，當哨兵的一位獵人，先帶著

pulingav 和四位貴族家族的耆老，再加上一個吾艾同行，三天後再由另一位獵人前導，帶領樂歌安和久布蘭下山，因為顧忌樂歌安的手不能施力，所以行程不能趕，得分成兩天走回去。

商議好之後，幾個人圍著火塘好好的吃了頓飯，這是上山以來，所有人真正放鬆心情的一餐，兩個獵人利用時間，去探查附近的陷阱，收穫不少獵物，久布蘭也帶著吾艾，去獵寮附近採回不少山菜野果，一頓晚餐算是吃得舒適又飽足。等收拾好之後，除卻兩位獵人夜間警戒外，其餘的人都早早就休息了。

「我後來啊，又是幾個 vuvu 輪流背下山的，真是丟臉啊，不過那山路對當時的我來說，的確是太遠又太陡了，所以只好辛苦幾位 vuvu 了。」吾艾拉了拉肩上的外套，轉過身來對身旁的魯真說。

「因為不能知道 mamazangiljan 家的事情，所以後來我也就沒問妳 vuvu，那幾天到底發生了什麼事。我只知道，她非常勇敢，整整三天，除了喝水、吃飯、上廁所和睡覺，她完全都沒有掉眼淚，也沒有說一句話，倒是我有好幾次差點忘了禁忌，差點被 ina 久布蘭趕出去呢。」吾艾清點了一下棉布下的檳榔，晚上得提醒阿露伊要補貨

了。

「那⋯⋯後來你們說的那個 a a 里本呢？他們真的被送去戰場了嗎？」魯真有點敬佩她從未謀面的 qaqidung 爾仍，在那樣混亂的年代，既要保存部落傳統，又要對抗外來殖民者，這是一個怎樣的 mamazangiljan 呢？魯真覺得自己身為族長，已經完全比不上自己的 vuvu 了，與那個傳說中的爾仍族老，差距更是大了，她覺得自己有些羞愧。

「是啊，事情完全依照爾仍族老的說法發展下去，唯一一個意外是，十個青年雖然有老獵人查馬克帶入山躲藏，但是日本警察找了部落裡，另外一個系統的 mamazangiljan 組隊搜查，所以他們很快就被找到了。」不過也因為很快被找到，所以處分不是很重，日本警察幾乎立刻就把他們帶下山了。十個青年前腳剛走，pulingav 這組人就回到部落，因為先前的慌亂才剛剛落幕，因此 pulingav 等人的回歸，並未引起太大的注意。

當天夜裡，萬籟俱寂，高掛在天空的星星閃爍不定，雖過月亮盈滿之日，月光依然明亮不已，pulingav 踩著月光，緩緩移步到爾仍家裡，還有幾道人影，分別從不同的方向，往爾仍的家屋前進。他們分別是四位貴族家族的耆

老，相約好今日晚間齊聚爾仍家，要瞭解這幾日各自所發生的事情。

爾仍的家屋並未關緊，來人陸陸續續地自行推門進入，為了今晚這場會談，爾仍已經讓兒子提前入睡，她與丈夫布嘎就等候在火塘旁，火光映著兩人的臉龐，有股說不出的壓抑瀰漫在屋內。

待所有人都坐在火塘旁之後，爾仍才開了口說道：「謝謝幾位的幫忙，我的家族會謹記這份功勞，並世世代代口傳下去。pulingav，先說說 nakivecik 儀式吧，一切都順利嗎？樂歌安什麼時候會下山？」爾仍炯炯有神的眼睛與火光相映，她看向 pulingav 輕聲地問著。這是她心裡一直記掛的事情，只是部落這陣子太慌亂，直到今晚她才能開口詢問。

「嗯，都順利，樂歌安謹守禁忌，全程沒有出聲，久布蘭很順利的完成了 nakivecik 儀式，妳放心吧。另外，我看到妳的 vuvu 來了，樂歌安在她的守護下，應該沒受太多苦。」pulingav 點點頭，看著眼前沉穩的爾仍，慢慢地敘述自己所看到的景象。爾仍上任之後，一直表現得非常好，雖然在日本人的逼迫下，他們從老部落遷移到這裡，又有另外兩個部落的 mamazangiljan 家族虎視眈眈，但是爾仍不愧是太陽神之子，從未讓跟隨這個家族的子民，受

到太多災難與刁難。

「嗯，一定是有祖靈來護衛，我們都看到了鷹族出現，在附近的山頭盤旋了三天，正好就是樂歌安 nakivecik 的時間，爾仍，妳放心吧。」其中一位貴族家族的耆老，也開口說話了，一旁三位耆老分別點點頭，表示他們也都看見鷹族了。爾仍緊繃多日的情緒，這才終於緩緩放下，「那就好……那就好……。這次最讓我意外的是，另外一支 mamazangiljan 家族，居然主動組團上山搜尋，我還擔心你們會被打斷。」爾仍的眼中突然現出一絲凶狠，似乎有些憤恨難平。

「久布蘭過兩天就會帶樂歌安下山，因為顧慮她剛完成 nakivecik，可能速度會慢一些。妳正好趁這個時間，去和對方談談吧，也許……他們有什麼目的，若不是祖靈護佑，說不定真的會被找到。」pulingav 有些憂心，他們是被迫離開本家的人，這個部落再怎麼說，終究有直系的 mamazangiljan 家族，雖說這裡也有一個系統被遷到本家去，形成了相互牽制的關係，但難保這裡的 mamazangiljan 沒有棄保的心思，若是如此，爾仍這支系統就危險了。

「這幾天部落裡發生了什麼事呢？我們回來的時候，聽說日本警察剛剛把人帶走？」滿頭白髮的耆老出聲詢問，他所管轄的河川警衛，這次有兩個青年被徵召了，此

事讓他很傷心，這些孩子就在他的看管下長大，就形同是自己的孫子一般。

「對，月圓前兩日，查馬克依照我的命令，帶著名單上的十個青年，往與你們相反的方向離開，但是很快就被發現了，我猜想應該是有其他系統的人，去通報給日本警察的。後來日本警察來我這裡要人，我先是以時間沒到來推託，但是日本警察很強勢，堅持要人緊急到駐在所報到，這才隱瞞不下去。」爾仍撥了撥火塘裡的灰燼，又丟了塊木頭下去，一股白煙緩緩地自火堆中升起，嗆得圍坐的人有些眼紅。

「他們一直想把從另外兩個部落遷來的mamazangiljan家族整併，好讓自己的權力獨大，當初被迫拆成三個部落的時候，各部落的本家都有說清楚，保證絕對尊重遷出的家族，不會干涉交換過後的子民和屬地，這一次，破壞了當初祖先們立下的盟約，他們的權威和信用會受到挑戰的。」爾仍異常氣憤，大家追隨這位族長已經許久了，很少見到爾仍有如此大的情緒波動。但因為關係到部落的存亡，雖然覺得事有蹊蹺，但也需要從長計議。

「先觀察看看吧，最近非常亂，我聽鄰近部落傳來的消息，有些日本警察正在撤離，有些部落反而被帶走更多青年，我們剛剛送走一批人，短期內絕對要守護好剩下的

族人。等樂歌安回來，再兩個月圓小米就要成熟了，pulingav，是不是也要準備 masalut 了？你選一天和祖靈溝通一下吧。」pulingav 聞言點了點頭，對著爾仍表示，「的確是需要準備了，等樂歌安回來，我再為她的 nakivecik 做個祝禱儀式，也就差不多了，先讓子民們安靜得過幾天日子吧。」

爾仍淡淡應了一聲，來人又依照各自家屋的方向慢慢離去。她站在門口，看著眼前墨黑的山脈稜線，有些想念離家多日的女兒，不知道樂歌安現在如何了，她低頭交握著雙手，想起當年自己進行 nakivecik 儀式時，可是在自己家的穀倉進行的，當時觀禮的人很多，大家都興奮地期待著族長繼承人。沒想到不過幾十年的時間過去，女兒居然要躲藏到深山去 nakivecik，爾仍心裡為樂歌安感到委屈和折辱。

三天後，在爾仍的殷殷期盼下，久布蘭和樂歌安兩人，終於在獵人的護衛下返回部落，為了照顧養護 nakivecik 的傷口，久布蘭把樂歌安的雙手都以棉布包裹住，那傷口不能受到陽光曝曬，也不能碰觸到水，在結痂掉落以前，一定要好好保護。爾仍站在家屋門口，看到臉色蒼白的樂歌安出現時，急忙迎上前去，快速地護著久布

蘭和樂歌安兩人進門，讓獵人在廣場中站哨，就將門掩上了。

　　pulingav已經在屋內等候著，看到久布蘭一行人進來，站起身來，在已經掩上的門後地板上擺放一顆檳榔，口中念念有詞，她設下一個結界，預防有外人突然闖入屋內，再對著已經在火塘旁坐下的久布蘭和樂歌安頭上，各自擺放上兩片桑葉，念誦了一段禱詞。最後，打開樂歌安手上纏裹的棉布，要樂歌安掌心向上，然後用青銅刀刮除著手上的獸骨，細碎的骨末落在樂歌安的手心裡，帶著pulingav的虔誠與祝禱，一句一句地隨著輕煙繚繞，穿透天窗往四面八方散去，最終將會抵達大武山脈祖靈的居所。

　　「好了，所有的儀式都已經完成了，現在就等結痂落掉，便可看見妳專屬的美麗圖紋了。」pulingav拍了拍樂歌安的額頭，微笑地說。爾仍連忙從內屋拿出兩個以織布包覆的大包袱出來，那是分別準備給久布蘭和pulingav的謝禮。兩人都沒有客氣地收下，這是傳統中，少數有正當理由能夠接受mamazangiljan贈禮的事情，所以這贈禮一定要收下不可，否則就是不敬了。

　　「樂歌安，累不累？如果累了，就先去床上躺著。我

和pulingav還有久布蘭有話要說。」爾仍見樂歌安仍是一臉蒼白，就知道女兒還承受著傷口的疼痛。「ina，我不累，就是……就是……」樂歌安低著嗓子，怎麼也不敢說出痛這個字，爾仍理解的點頭說道：「那就坐一旁吧，我和pulingav和久布蘭還有話要說，妳在旁邊聽著。」

　　爾仍向久布蘭請教了護理nakivecik的細節，三個女人仔細地討論一番，除了護理之外，久布蘭也想知道，這幾天部落裡發生的事情，於是樂歌安知道了十名青年入山叛逃的計畫，也聽聞了另一個mamazangiljan家族的野心，甚至還聽見了ina拉敏在自己離開部落期間，為ａａ里本談定了婚約，在爾仍的協助下，很快速地舉行婚禮了，同時結婚的還有另外一對，男方也在徵召的名單之中。

　　樂歌安摸了摸自己貼身藏著的木簪，心裡有著說不出的情緒，難過嗎？她並沒有想哭，雖然對ａａ里本有著和其他人不一樣的感覺，但是她現在知道了，那僅僅也就是喜歡而已。至於失望嗎？樂歌安希望ａａ里本能夠平安歸來，和他的妻子一起好好生活，照顧辛苦的ina拉敏和vuvu。那就更不用說生氣了，ａａ里本送了一柄木梳和一把木簪給她，她知道這是一份心意，並不是承諾，現在的樂歌安已經不一樣，她知道自己的身分與責任，再也不是那個躲在小米田裡，任憑長髮飛揚，可以和ａａ里本說悄

悄話的女孩兒了。

　　她用力眨了幾下眼睛，聽著三個女人叨叨絮絮地，原本是好好地在談事情的，後來竟變成閒聊哪幾家的八卦，樂歌安覺得一陣無聊，倚著身後的石板柱，竟然也就不知不覺地睡著了。

　　「後來啊，我天天來妳們家，要餵妳的vuvu喝水吃飯，我看著那個nakivecik的傷口，慢慢地從結痂到脫落，美麗的圖紋逐漸顯現出來，真的是好漂亮啊。」吾艾將檳榔渣吐到手上，對著魯真說道，然後牽起魯真白淨的雙手瞧了瞧，「可惜啊，在那之後，紋手又被禁止了，所以妳和妳的ina也不能進行nakivecik儀式了。」嘆了口氣，放下魯真的手，又搖了搖頭。

　　「原來是這樣啊，vuvu nakivecik的過程，竟然這麼驚險刺激，我也好想nakivecik啊，vuvu吾艾，你說我可以嗎？」魯真舉起自己的雙手，翻來覆去的仔細看，想像著自己的手背上，充滿圖紋的樣子。「當然可以啊，只是……現在已經沒有像ina久布蘭那樣的紋手師了，而且你的圖紋要刺什麼呢？」聽見魯真的嚮往，吾艾竟感到一股深深的悲傷，那是永遠失去的傳統啊。

　　「後來，我聽樂歌安說，pulingav和祖靈溝通，決定再

過兩個月圓之後，舉行masalut。一方面是遵循傳統，另一方面，也是希望能安撫那些男人被徵召的家族。魯真，你有發現嗎？我們部落的男vuvu特別少，就是因為被徵召上戰場的關係。」魯真低頭屈指算了一下，好像真的是這樣，現在部落還活著的男姓耆老，似乎所剩無幾。在她所理解的醫學常識裡，還以為是男性平均餘命較低的原因。

「vuvu吾艾，那那些去戰場的男人們，回來的人多嗎？你說的ａａ里本是什麼時候回來的？」魯真好奇的追問，尤其那和vuvu有點曖昧情感的男人。「就在我們準備進行masalut的前幾天吧，原本在部落裡的幾個日本警察，急匆匆的在半夜離開了，駐在所裡面的東西都被帶走了，還是夜間警戒的哨兵發現的，然後跑來通報爾仍族長。」

吾艾低頭想了想，又繼續補充說道，「隔天一大早，爾仍族老召集了部落另外兩個mamazangiljan，在aivaliyan開會。然後又派出一個貴族家族的耆老，趕到鄰近部落去查探，才發現其他部落的日本警察也都不見了。」吾艾重回記憶深處，回想著那幾天的情景，那年的masalut很特別，既歡樂又感傷。

「沒了日本警察，pulingav傳達了祖靈的指示，表示那年的masalut停辦，改為舉辦Maljeveq，所以雖然部落分

為三個 mamazangiljan 統御,但還是辦了一次聯合 Maljeveq。大家急急忙忙地搭建刺球場,人手不夠,像我這樣的小孩子都去幫忙了。整整十五天的儀式啊,從 pulingav 點燃小米梗,燃燒出第一道煙開始,那是呼喚天上祖靈的訊號,依照前祭、正祭到後祭的順序,我幾乎天天都見不到我的 ama 和 ina。」吾艾覺得,那是她經歷過最精采、豐富、卻悲傷的一次 Maljeveq。

沒有身強體壯的青年穿梭在部落裡,她只見到一群群的 ina 和 vuvu 們,裡裡外外地忙著準備 Maljeveq 的物品,有些女性不能碰觸或進行的事物,就只能由年長或體弱的者老們動作。吾艾看見自己的 ama,不斷撫著咳嗽的胸腔,無力地在刺球場內布置,幾個頭髮灰白的男 vuvu 們用力揮動著砍刀,幾次都沒能砍斷手臂粗的竹子。

吾艾和樂歌安偷偷躲在刺球場的外圍,觀看眼前的一切,Maljeveq 五年才會進行一次,這次祖靈主動要求進行舉辦,讓全部落一時之間手忙腳亂,只能盡快地完成前置作業。樂歌安的手已經逐漸恢復,結痂正在慢慢脫落,從斑駁的痕跡中,已經可以看見清晰的圖紋,但應 ina 的要求,nakivecik 還不能曝露在族人面前,只能戴上黑色的手套,將那些美麗的圖紋暫時隱藏起來。

「吾艾,妳說那些青年會回來嗎?」樂歌安看著眼前

忙碌的人們，低聲詢問著身旁的女孩兒，眼光一瞥，突然見到 ina 拉敏也在刺球場外圍，正提著食物在分發給場中的族人，身旁緊跟著一個女孩兒，那應該就是 a a 里本新婚的伴侶吧。「不知道，我聽 ina 說，這幾天其他部落有人回來了，只是……都帶著傷口……。」不過半年的時間，兩個原本還天真爛漫的女孩兒，似乎在短短的時間內突然長大了。

吾艾的腦海中，浮現的是樂歌安 nakivecik 儀式的全程，和自己 ama 衰弱的身體，還有消失的青年玩伴，懵懂的理解了日本警察和戰爭對部落發生的影響。至於樂歌安，她回想起 nakivecik 儀式期間，帶領她走過屬地的 qaqidung，和手上圖紋所代表的意義與責任。

兩個人各有所思，靜默地看著眼前的族人忙碌著，直到有人快速地跑進刺球場外圍，高聲地呼喊著：「回來了，有人回來了，有人從戰場上回來了。」樂歌安才突然驚醒，朝著來人的方向望去，於是她牽起吾艾的手，急忙前往部落入口處奔去。

樂歌安看見幾個熟悉的人影，有些是已經當 ama 的中年人，有些是前幾批送出去的青年，共有五個人彼此攙扶著慢慢移動，聚集在入口處的人愈來愈多，大家都希望回來的是自己家人。待來人愈走愈近，終於有人認出了他們

的身分，「那是威弓……那是托比亞……那是……」樂歌安耳邊盡是嗡嗡的人聲，唯獨沒有聽見里本的名字。

她知道其中兩人是ina統御的族人，等會兒必定會到家裡向ina報到，於是她又牽起吾艾的手，「走，我們回家，等下他會到我家來的，我們回去等。」兩人艱難地穿過人群之後，走著走著就又奔跑起來。她們都有些激動，想知道那些上戰場的人，都遭遇了什麼事情，為何有人失去了手？又有人斷了腳？他們臉上的表情為何如此沉重呢？

經過漫長的等待，樂歌安和吾艾躲縮在內屋裡，聽著回來的兩個族人，正在向爾仍匯報離開部落後的經歷。原來他們登上了大大的鐵殼船，經過不知道多少日夜地航行，最後到一個叫做中國的地方，隨著無法數計的軍人，帶刀配槍地就上了戰場，只要看見衣服不一樣的就殺，在混亂的戰場上，他們只知道殺殺殺，想要活下來，就只有殺了別人，否則死得只會是自己。

後來據說日本投降了，兩人又莫名其妙地被送上了鐵殼船，兩人是在船上遇到彼此的，一個被砍斷了右臂，一個大腿中了兩槍，互相攙扶著回到了台灣，邊走邊問人，經過了好長的一段時間，才終於回到部落，另外三人應該

也是差不多的情況。

爾仍面色凝重地問道：「那其他人呢？我們部落至少送出去了四、五十人，你們有看到嗎？」。兩人都靜默了許久，最後才由比較年長的人回道：「最近還可以等等看，如果過了半年左右，大概……就是戰死了。」男人抿了抿脣，聲音都哽咽了。

Maljeveq的正祭就在這種壓抑的氛圍中開始了。各家族依照身分製作祭桿，分別是mamazangiljan家族、貴族家族、平民、祭場守護神和pulingav所屬助祭團，從祭桿的裝飾上，就可以分辨出家族代表的身分。只是這次比較特殊，全部落都同意從戰場回來的五人，可以進入刺球場成為家族代表，期望他們能分別刺中代表平安、好運、健康等意涵的籐球。

「後來陸陸續續的一直有人回來，差不多過了一年後吧，就幾乎再沒人出現了，但是始終沒有ａａ里本的消息，我們都以為他已經死了。幸好，他的太太有為他生下一個兒子，ina拉敏也終於當了vuvu，這個孩子就是穆莉淡的先生啊。」吾艾穿越了回憶，走回當下，終於將整件事情的來龍去脈解釋完，她想了想，也覺得命運真的很不可思議。

日復一日，時間也就這麼過下去了，吾艾和樂歌安從少女變成了ina，再從ina變成了vuvu。當所有人都遺忘了那些沒回來的人，卻沒想到隔了四十年之後，ａａ里本突然出現在大家眼前。原來當時他說不清楚自己是哪裡人，所以就直接被留在中國了。

　　「ａａ里本回來的時候，他原來的太太因為身體不好，早已經過世了，兒子還是ina拉敏帶大的。他後來常常到我這院子裡聊天，妳的vuvu也一起，他說在中國也有一個家庭，沒有孩子，後來也是太太過世了，他就決定回台灣在部落定居。」吾艾決定故事就說到這裡，取起兩顆檳榔剖開塞入甘草片，一顆先進奉給魯真，然後才往自己嘴裡塞了另外一顆。

　　「原來就是那個從中國回來的vuvu啊。」魯真恍然大悟的點頭應聲，她想起這個vuvu回來部落的時候，引發好一陣子討論，就連新聞都報導了。原來，他就是自己vuvu一直掛記在心上的人，也正是製作那柄木梳和木簪的人。

　　「你這小腦袋別亂想，後來大家都變成朋友了，早就沒了那些心思。你的vuvu一輩子背負著保存傳統的使命，ａａ里本死裡逃生，過了四十年才能再回來，那些少

男少女的情愛，對他們來說根本不值得一提。魯真啊，我累了，改天再和你說故事吧，樂歌安的事情我知道的就這麼多，不要再問我了。」吾艾捶了捶自己的腰間，到她這個年紀的人，回憶太沉重，總要牽動她許多情緒，若不是因為魯真提到，樂歌安透過 pulingav 收下她的兩顆檳榔，她大概永遠都不會提起這些事情吧。

夜有些深了，吾艾緩緩起身，伸展了一下僵硬的身體，轉頭對魯真說：「孩子，妳要好好遵循樂歌安的教導，這些傳統就靠妳繼續下去了，千萬不要忘了。回去吧，該睡了，妳的奈奈在等妳呢。」吾艾凝視著眼前的山脈稜線，靜默了一會兒，拖著疲憊的身軀進門，她覺得，跟隨了一輩子的樂歌安走了，自己存在的使命應該也差不多了。

這一夜，吾艾靜靜地在睡夢中離世，厚實的手掌裡，緊緊攢著兩顆檳榔，嘴角浮現一抹微笑，一如每回和樂歌安聊天時的表情，安詳無比。

國家圖書館出版品預行編目（CIP）資料

女族記事/利格拉樂・阿𡠄(Liglav A-wu)著. -- 初版. --
臺中市：晨星出版有限公司, 2024.02
　面；　公分. --（台灣原住民；72）
ISBN 978-626-320-750-9（平裝）

863.857　　　　　　　　　　　　　112022099

線上讀者回函，
加入馬上有好康。

台灣原住民 72
女族記事

作　　　者	利格拉樂・阿𡠄（Liglav A-wu）
主　　　編	徐惠雅
執 行 主 編	胡文青
校　　　對	利格拉樂・阿𡠄（Liglav A-wu）、莊文松、胡文青
美 術 編 輯	黃偵瑜
封 面 設 計	季曉涵

創 辦 人	陳銘民
發 行 所	晨星出版有限公司
	台中市 407 工業區 30 路 1 號
	TEL：04-23595820　FAX：04-23597123
	https://star.morningstar.com.tw
	行政院新聞局局版台業字第 2500 號
法 律 顧 問	陳思成律師
初　　　版	西元 2024 年 02 月 05 日

讀 者 專 線	TEL：（02）23672044 /（04）23595819#212
	FAX：（02）23635741 /（04）23595493
	service@morningstar.com.tw
網 路 書 店	https://www.morningstar.com.tw
郵 政 劃 撥	15060393（知己圖書股份有限公司）
印　　　刷	上好印刷股份有限公司

定價 390 元
（如有缺頁或破損，請寄回更換）
ISBN：978-626-320-750-9
Published by Morning Star Publishing Inc.
Printed in Taiwan
版權所有 ・ 翻印必究

本書獲 國｜藝｜會 創作補助